하라칸

주논 판타지 장편소설

ORIGINAL FANTASY STORY & ADVENTURE

dream
books
드림북스

하라간 15(완결) 신들의 전쟁

초판 1쇄 인쇄 2019년 9월 20일
초판 1쇄 발행 2019년 10월 7일

지은이 쥬논
발행인 오영배
편집 편집부
일러스트 유진
본문편집 오정인
제작 조하늬

펴낸 곳 (주)삼양출판사 · 드림북스
주소 서울시 강북구 도봉로 173
대표 전화 02-980-2112 **팩스** 02-983-0660
편집부 전화 02-987-9393 **팩스** 02-980-2115
블로그 blog.naver.com/dreambookss
출판등록 1999년 3월 11일 제9-00046호

ⓒ 쥬논, 2019

ISBN 979-11-283-9575-8 (04810) / 979-11-313-0654-3 (세트)

드림북스는 (주)삼양출판사의 판타지 · 무협 문학 브랜드입니다.

| 완결 |
하라간
쥬논 판타지 장편소설
ORIGINAL FANTASY STORY & ADVENTURE
15
신들의 전쟁
dream books
드림북스

목차

사대신수

『성혈의 바하문트』
─신수: 날개 달린 사자
─상징: 공포
─속성: 흙(土), 피(血)

『둠 블러드 이탄』
─신수: 냉혹의 뱀
─상징: 파멸
─속성: 금속(金), 빛(光)

『불과 어둠의 지배자 샤피로』
─신수: 광기의 매
─상징: 탐욕
─속성: 불(火), 어둠(暗), 나무(木)

『포식자 하라간』
─신수: 투명 마수
─상징: 타락, 나태
─속성: 얼음(氷), 균(菌), 물(水)

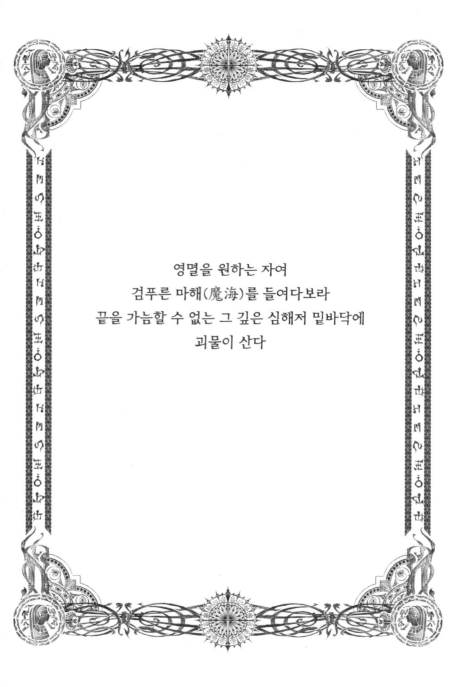

영멸을 원하는 자여
검푸른 마해(魔海)를 들여다보라
끝을 가늠할 수 없는 그 깊은 심해저 밑바닥에
괴물이 산다

제1화
멸망

Chapter 1

[봐주는 것은 한 번이면 족해.]

하라간이 솔샤르의 언어로 뇌파를 보냈다.

"뭐?"

골드 라이온이 되물었다.

하라간이 말을 반복했다.

[봐주는 것은 단 한 번이면 족하다고 했소.]

"뭐라고?"

골드 라이온은 하라간의 말을 제대로 알아듣지 못했다. 머리카락이 송두리째 뽑히는 듯한 통증과 함께 골드 라이온의 몸이 허공으로 부웅 떠올랐다. 체구가 작은 골드 라이

온은 하라간의 손에 매달려 버둥거렸다.

푸욱──

뜨끈한 것이 골드 라이온의 복부를 뚫고 들어왔다.

"흡!"

골드 라이온이 두 눈을 부릅떴다. 이어서 골드 라이온의 온몸이 사시나무처럼 떨렸다.

"우훅, 으흑, 흑."

골드 라이온은 입술을 질끈 물었다. 꽉 다물린 입술 사이로 신음이 새어 나왔다. 골드 라이온은 차마 아래쪽을 내려다볼 수 없었다. 너무나 무섭기 때문이었다. 골드 라이온의 배에서 서걱서걱 소리가 울렸다. 어쩐지 배 속의 내장들이 몸 밖으로 뽑혀 나가는 것 같았다.

"흐으윽."

골드 라이온은 애써 시선을 위로 고정했다. 만약 자신의 배에서 내장이 줄줄 뽑혀 나가는 모습을 목격하기라도 한다면, 공포에 짓눌려 그대로 심장이 멎어 버릴 것 같았다.

하라간이 골드 라이온에게 뇌파를 보냈다.

[그때 내가 경고했잖소. 다시는 내 눈에 띄지 말라고. 두 번째 만나면 목숨을 부지하기 어려울 거라고. 토레의 궁전에서 내가 그랬잖소.]

"그, 그게 무슨⋯⋯?"

골드 라이온은 처음 듣는 이야기였다.

토레의 궁전에서 골드 라이온이 전투를 벌인 것은 사실이었다. 하지만 누군가로부터 경고를 듣지는 못했다. 당시 하라간은 그저 혼자서 독백했을 뿐이었다. 골드 라이온이 하라간에게 어리둥절한 눈빛을 보냈다.

하라간이 한숨을 푹 쉬었다.

[하아— 내 경고를 듣지 못했나 보군. 하긴, 마음속으로만 주의를 주었으니 듣지 못했을 수밖에. 그래도 말이오, 사람이 눈치가 있어야지. 당시의 내 표정이나 분위기, 이런 것들을 살펴서 조심조심 내 눈에 띄지 말고 살았어야지.]

"대체 뭔 소리를 하는…… 아니, 그보다 토레의 궁전이라니? 그곳에서 우리가 만났다니? 서, 설마 그때 그 키르샤?"

골드 라이온이 두 눈을 부릅떴다.

하라간은 가타부타 말하지 않았다. 그저 허공에 대롱대롱 매달려 있던 골드 라이온을 다시 땅바닥에 내려놓은 뒤, 상대의 어깨에 붙은 먼지들을 툭툭 털어 줄 뿐이었다. 물론 그 전에 주변에 막을 둘러 골드 라이온과 나눈 대화가 밖으로 흘러나가지 않도록 차단했다.

그러는 동안에도 골드 라이온의 복부에선 선혈이 계속 쏟아졌다. 하라간이 피범벅이 된 상대의 배에 손바닥을 밀착했다.

　[나도 이렇게까지 하고 싶지는 않소. 당신이 스승님의 무덤을 부수려 들지만 않았어도, 이렇게까지 하지는 않아.]

　"스승님의 무덤이라니? 카일이 스승이라고? 그렇다면 루잉?"

　골드 라이온이 깜짝 놀라 하라간을 올려다보았다.

　그 순간이었다. 하라간의 손바닥에서 자라난 투명한 촉수들이 골드 라이온의 배 속으로 파고들어 크게 부풀었다.

　부와악—

　"커헙?"

　골드 라이온의 온몸이 풍선처럼 크게 팽창했다.

　그러곤 뭐라고 말할 새도 없이 뻐엉!

　갈가리 찢어진 골드 라이온의 살점들이 허공에서 후두둑 떨어졌다. 잘게 터진 내장 파편과 뼈 조각들이 살점과 함께 낙하했다. 주변에 피비린내가 진동했다.

　"악!"

　데스 로즈가 자신도 모르게 손으로 얼굴을 가렸다. 그녀의 몸에도 골드 라이온의 살점 파편들이 덕지덕지 달라붙었다.

　"으앗, 으아앗."

　데스 로즈는 기겁을 하며 얼굴과 옷에 붙은 살점들을 떼어 내었다. 전쟁터에서 산전수전 다 겪은 데스 로즈지만, 이렇게 사람을 산 채로 부풀려 터뜨리는 장면은 처음 보았다.

"우웨엑, 우에에엑."

결국 데스 로즈가 헛구역질을 해 댔다.

반면 하라간은 아무렇지도 않았다. 몸이 지저분해지지도 않았다. 골드 라이온의 살점들이 사방으로 터져 나갔건만, 하라간의 몸 주변으로는 단 한 점의 잔해도 날아오지 않았다. 투명한 촉수가 방어벽 역할을 한 덕분이었다.

하라간이 데스 로즈를 돌아보았다.

"이제 어찌할 것인가?"

데스 로즈는 겁에 질린 눈빛으로 하라간의 눈치를 살폈다.

"제가 무슨 힘이 있어 의견을 내오리까. 그냥 신인의 뜻대로 하소서."

축 늘어진 데스 로즈의 어깨가 안쓰러워 보였다. 하라간은 마음속으로 데스 로즈에게 '죄송합니다.'라고 사죄했다.

하지만 겉으로는 무뚝뚝하게 대화를 이끌었다.

"이 볼품없고 나약한 카롤 왕국에 내가 관심을 둘 이유는 없다. 이런 왕국쯤은 스벤센 왕국의 거인들이나 토레 왕국의 수인들을 부려서 잿더미로 만들어 버리면 그만이야. 그대는 그런 결과를 원하는가?"

데스 로즈가 펄쩍 뛰었다.

"아닙니다. 신인께서는 부디 자비를 베푸소서. 이 땅의 백성들을 지옥에 밀어 넣지 말아 주소서. 루잉의 영혼을 봐서라도 제발!"

"흐음."

하라간은 차마 데스 로즈의 절을 받을 수 없어 자세를 비스듬히 돌렸다.

"신인이시여. 제발."

데스 로즈가 간절히 빌었다.

하라간이 잠시 고민하는 척하다가 고개를 주억거렸다.

"좋다. 루잉의 영혼을 봐서 네게 기회를 주겠다."

"아!"

데스 로즈의 얼굴이 밝아졌다. 대신 그녀에게 새로운 근심거리가 생겼다. 하라간이 내건 요구 조건 때문이었다.

"대신 조건이 있다."

"무슨 조건이신지요?"

"내가 너의 청을 받아들여 거인족과 수인족의 진격을 멈춰 줄 것이다. 그사이에 네가 이 왕국을 올바로 계도하여라."

"계도라고 하심은?"

"어차피 왕이 죽었으니 저항할 사람도 없을 것이다. 네가 발 벗고 나서서 이 볼품없는 땅의 백성들을 나의 백성들로 만들어라. 시간은 오래 줄 수 없다. 나의 군대가 남부 연합의 나머지 왕국들을 정리하는 동안, 너는 내가 시킨 일을 해내야 할 것이다."

"아아아아."

데스 로즈가 입을 딱 벌렸다.

"때가 되면 내가 와서 보고 판단할 것이다. 군대를 휘몰아쳐 이 땅을 뿌리째 쓸어버릴 것인지, 아니면 나의 보호막 아래에 둘 것인지. 결국 이 땅의 미래는 너의 손에 달렸다."

남부인들에게 신인은 곧 지옥의 마왕을 의미했다. 그런 남부인들을 계도하여 신인의 추종자로 만들기란 쉬운 일이 아니었다. 데스 로즈는 머리가 지끈 아팠다.

그렇다고 신인의 말을 거역할 수도 없었다. 그 즉시 마물과 결합한 거인족과 수인족들이 쳐들어와 카롤 왕국의 모든 백성들을 찢어 죽일 판국이었다.

결국 데스 로즈에게는 선택의 여지가 없었다.

"알겠사옵니다. 미력하나마 제가 최선을 다해 보겠사옵니다."

데스 로즈가 하라간의 요구 조건을 수락했다.

하라간은 카일의 무덤 건물을 한 번 더 눈으로 더듬은 다음, 그 자리에서 꺼지듯이 사라졌다.

Chapter 2

스벤센 왕국과 토레 왕국이 갑자기 공격 방향을 바꿨다. 저돌적으로 남하하던 두 왕국은 카롤 왕국 국경 지대 바로 앞에서 군대의 방향을 돌려 발루아 왕국으로 뛰어들었다.

지금 발루아 왕국은 아르네군의 유린을 받는 중이었다. 바루니우스 장군과 디포에우스 집정관이 쌍두마차가 되어 발루아 왕국 각지를 휩쓸었다.

여기에 토레의 수인족과 류리크의 거인족이 합세하였다. 어떻게든 버텨 보려고 애를 쓰던 발루아 왕국의 영주들은 치명타를 입었다. 바루니우스, 디포에우스, 토레로 이어지는 3명의 키르샤들은 발루아 지방 각지의 성을 부수고 방어 탑을 허물어뜨렸다.

발루아 왕국 남부가 거의 폐허로 변해 갈 즈음, 위그 왕국도 마지막 숨을 거칠게 몰아쉬었다.

특이하게도 위그 왕국을 공략하는 주축들은 모두 여인이었다.

룬드 왕국의 시노브 공주와 아이다 공주.

헤닝 왕국의 마리네 왕녀.

아쿤 왕국의 에실레드 공주.

이상 4명의 여인들이 북부의 마물 군단을 이끌고 위그 왕국 전역을 병탄해 나갔다.

한때 위그 왕국은 발루아 왕국과 함께 남부 연합의 최강국으로 손꼽히던 곳이었다. 그런데 지금은 태풍 앞의 촛불 신세가 되었다. 위그 왕국 영토 곳곳에서 전쟁의 불길이 치솟았다. 죽은 마법사들의 시체가 꼬챙이에 꿰어져 마을 입구에 내걸렸다. 북부에서 내려온 4명의 여인들은 서로 경쟁이라도 하듯이 위그 왕국을 정복해 나갔다.

하라간과 잉그리드가 아군의 뒤꽁무니를 한가하게 뒤쫓았다.

하라간 부부는 주로 황금빛 마차를 타고 이동했다. 그러다 날씨가 좋으면 가끔씩 마차에서 내려서 산보를 했다.

용암성의 무녀들이 하라간 부부의 시중을 들었다. 그 모습이 마치 날씨 좋은 날 인근 휴양지에 피크닉을 나온 귀족들처럼 여유로웠다. 무녀들이 경치 좋은 곳에 쉼터를 마련하는 동안 잉그리드는 손수 만든 음식을 하라간에게 먹여주었다.

"와서 같이 먹지."

하라간이 후궁들을 가까이 불렀다.

"네, 하라간 님."

"명을 받들겠나이다."

후궁들이 쭈뼛쭈뼛 다가와 잉그리드의 눈치를 살폈다.

하라간의 후궁으로 낙점된 이쉬타르와 오이난테, 라티파, 레다, 그리고 실보플레는 잉그리드를 무척 어려워했다.

잉그리드가 딱히 후궁들의 군기를 잡은 것은 아니었다. 대신 잉그리드는 후궁들에게 살가운 모습을 보이지도 않았다. 마음의 벽을 세운 듯한 잉그리드의 태도가 후궁들을 위축시켰다.

밤이 되면 하라간은 잉그리드와 함께 잠을 청했다. 후궁들도 교대로 한두 명씩 하라간에게 불려 갔다. 그렇게 몇 번의 밤을 함께 지내자 후궁들을 대하는 잉그리드의 태도도 한결 부드러워졌다.

초여름에 접어든 6월 8일.

남부 연합 중심국 가운데 하나인 발루아 왕국이 기어코 마지막 순간을 맞이했다. 왕국의 유구한 역사도 이제 문을 닫을 때가 되었다.

발루아 왕국의 마지막 페이지는 남부 내륙 깊숙한 곳에서 넘어갔다. 태초의 산에 세워진 '고요의 사원'은 발루아 왕국의 뿌리 그 자체였다. 발루아 왕국의 역대 군왕들은 이 사원에서 청소년기를 보내며 수양을 쌓았고, 이 사원 출신의 수도승들을 중용하여 왕국의 기틀을 바로잡았으며, 이 사원의 명성에 기대어 백성들의 마음을 하나로 모았다. 발루아 왕국의 최강자인 비딕 대공도 바로 이 고요의 사원에 소속된 몽크였다.

그 성스러운 장소가 오늘 북부의 마물들에게 침범을 받았다.

"버텨라. 저 더러운 마물들에게 성지를 내줘서는 안 된다."

늙은 몽크가 악을 썼다.

늙은 몽크는 하얀 수염을 휘날리며 마물들 사이에 뛰어들었다.

뻐버벙!

늙은 몽크가 휘두른 철봉 끝에서 가죽 북 터지는 소리가 울렸다. 강철보다 더 두꺼운 포르키스의 껍질이 철봉에 스치자마자 그대로 터져 나갔다. 쌍발궁수 덴스가 쏘아 낸 마물 화살들이 늙은 수도승의 철봉 근처에서 녹아 버렸다.

[저 늙은이부터 잡아야 한다.]

[모두 포위해.]

마물들이 늙은 몽크를 포위했다.

"흥. 어림도 없다."

몽크는 상체를 살짝 웅크렸다가 용수철처럼 뛰어올랐다.

몽크의 발끝이 사리탑 옆면을 사뿐히 건드렸다. 그 반동으로 허공에서 방향을 직각으로 튼 늙은 몽크는 공중에서 우뚝 멈추더니 사방팔방으로 철봉을 찔러 댔다.

늙은 몽크의 철봉에서 푸르스름한 기운이 일어났다. 그 기운이 폭포수처럼 뿜어져 전방의 마물들을 그대로 쓸어버렸다.

콰콰콰콰!

포르키스 둘이 눈 깜짝할 사이에 부서졌다. 늙은 몽크를 향해 전기 공격을 퍼붓던 케토 3명이 그대로 머리가 박살 났다.

단숨에 마물 다섯을 해치운 몽크는, 바닥에 착지하여 숨을 한 번 몰아쉬었다.

"후우—"

주변의 마물들이 늙은 몽크를 향해 일제히 달려들었다.

[죽어랏.]

"오냐, 오너라, 이 마물들아. 다 죽여 주마."

어금니를 꽉 물은 늙은 몽크가 목에 걸린 염주를 끊었다.

홀리랜드에 분노 성약이 있다면, 발루아의 몽크들에게는 오버크라우딩(Overcrowding: 과밀집)이라 불리는 특수한 스킬이 존재했다. 몸속의 마나를 순간적으로 증폭시켜 과밀집 상태를 만든 다음, 그때 발생하는 폭발적인 힘으로 적들을 섬멸하는 기술이 바로 오버크라우딩이었다.

일단 이 오버크라우딩 스킬을 사용하면 평소보다 10배는 더 강력한 힘을 내는 것이 가능했다. 대신 스킬 사용 시간이 지난 뒤에는 거의 폐인이 되는 것이 단점이었다.

늙은 몽크가 마물들과 맞서 싸우는 동안에도 사원 곳곳에서는 불길이 솟구쳤다. 젊은 몽크들이 마물의 집게에 발이 잘렸다. 마물의 빨판에 끌려들어 가 미이라처럼 변하는 사태가 속출했다.

"으아악."

사방 곳곳에서 비명이 난무했다. 발루아 왕국을 지탱해 온 고요의 사원이 이제 곧 무너질 판국이었다.

"커허어, 이 와중에 내 한 몸 살아서 무엇하랴? 차라리 이 더러운 마물들을 한 마리라도 더 죽이고 나도 죽을 것이니라."

죽음을 각오한 늙은 몽크는 오버크라우딩 스킬로 증폭시킨 마나를 온몸에 돌렸다. 마나가 몽크의 핏줄 속을 야생마처럼 질주했다.

이 늙은 몽크의 정체는 바로 사원의 원주.

그는 비딕 대공의 사형이자 마나의 벽 2단계를 돌파한

초인 중의 초인이었다. 발루아 왕국의 몽크들 가운데 원주
보다 더 강한 사람은 비딕 대공 외에는 없었다.

"크아아악!"

마나가 뻥튀기되자 원주의 외모가 돌변했다. 빡빡 밀은
머리엔 푸른 힘줄이 우두둑 돋았다. 온몸의 근육이 몇 배로
부풀어 원주의 옷을 찢고 튀어나왔다. 원주의 두 눈에선 시
퍼런 광채가 쏟아졌다. 하얀 수염은 중력을 거스르며 거꾸
로 솟구쳐 펄럭거렸다.

"같이 죽자, 이 더러운 마물들이여."

크게 소리친 원주가 마물들이 가장 밀집한 곳으로 뛰어
들었다.

Chapter 3

후오오오웅!

원주의 철봉이 시퍼런 광채를 줄기줄기 쏟아 내었다.

그 광채에 스친 포르키스가 껍질이 녹아 쓰러졌다. 그 광
채에 노출된 문어형 마물 데카포스가 10개의 다리를 꿈틀
거리다 죽었다.

"죽어랏."

원주는 엄지와 중지로 철봉 끝을 잡고는 온몸을 뱅글뱅글 회전했다.

스위이이잉—

사원의 연무장 한복판에서 강한 돌개바람이 불었다. 사방으로 푸른 광채를 발산하는 돌개바람은 주변의 마물들을 떼거리로 죽이며 연무장 전체를 휩쓸었다.

[피햇.]

[젠장. 적이 너무 강하다.]

마물들이 뒤로 후퇴했다.

[치료가 필요해. 상처를 돌봐줘.]

마물들 가운데 큰 상처를 입은 자들이 도움을 요청했다.

연해 2층 레벨의 마물 세인트들이 우르르 달려왔다. 세인트는 치유 능력에 특화된 마물이었다. 세인트가 뿜어낸 빛이 닿자 마물들의 상처가 아물었다.

원주가 그 장면을 목격했다.

"네놈들부터 먼저 잡아야겠구나."

원주는 세인트들부터 우선적으로 공격했다.

그가가각!

[꺄악.]

원주가 만들어 낸 푸른 돌풍에 휘말려 세인트 몇 명이 그대로 갈렸다.

[안 돼. 세인트 부대를 보호해라.]

[저 늙은이를 막으려면 추가 지원이 필요해.]

마물들이 다시 악을 썼다.

그에 응답이라도 하듯 새로운 마물이 등장했다. 사원의 담장을 뛰어넘어 등장한 마물은 30미터의 몸길이에 열두 쌍의 다리를 가진 아이쉐아였다.

퓨퓨풋!

연해 3층 레벨의 마물 아이쉐아가 원주를 향해 꼬리를 바짝 세우고 독침을 쏘았다.

"크헝. 어림없다."

원주는 회전에 가속을 더했다. 한층 더 푸르게 일어난 돌풍이 아이쉐아의 독침을 튕겨 내었다.

이번엔 막케토가 등장했다. 연무장 담장 위에 뛰어오른 아르네군의 장수 한 명이 원주를 향해 두 팔을 뻗었다. 그의 양팔이 흐물흐물해지면서 네 갈래로 갈라졌다. 그 갈래 하나하나가 전기뱀장어 머리처럼 변했다.

파츠츠츠츳!

징그럽게 변형된 팔뚝 사이에서 시퍼런 전하가 배열되기 시작했다. 네 갈래 전기뱀장어로부터 방출된 전하는 서로 위상을 일치시키더니 무섭게 증폭되기 시작했다.

드디어 충전 완료, 발사!

빠카캉!

막케토의 팔뚝 사이에서 방출된 전하의 다발이 허공을 지지며 날아가 원주를 후려쳤다.

이번 공격은 원주에게 제법 큰 타격을 입혔다.

"크윽."

원주가 뒤로 비틀 물러났다. 돌풍이 잠시 멈추면서 원주의 본모습이 잠시 드러났다.

[이때다.]

[저 늙탱이에게 집중 공격을 퍼부어라.]

마물들이 원주를 일제히 공격했다. 덴스들이 원주를 빙둘러싸고 마물 화살을 난사했다. 케토들이 원주에게 접근해 전기 공격을 날렸다. 담장 위의 막케토는 다시 한 번 고압 전류 충전에 들어갔다. 아이쉐아가 독침을 곤두세워 원주의 머리를 노렸다.

"이이익, 내가 이 정도로 쓰러질 줄 아느냐? 너희 마물들을 다 때려죽이기 전에는 절대 쓰러지지 않는다."

원주가 스스로의 혀끝을 깨물어 정신을 번쩍 차렸다. 그다음 다시 회전을 시작하여 마물들의 공격을 흘려 버렸다.

빠카캉!

두 번째로 날아온 막케토의 전기 공격이 원주를 강타했다.

원주는 이 공격도 능숙하게 옆으로 흘렸다. 그러곤 회전 상태를 유지한 상태에서 아이쉐어의 다리 사이로 파고들었다.

콰콰콰콰!

아이쉐아의 다리 여러 개가 푸른 돌풍에 휘말려 녹아 버렸다. 아이쉐아의 거대한 몸뚱어리가 땅바닥에 쿠웅 고꾸라졌다. 원주가 만들어 낸 푸른 돌풍이 아이쉐아의 몸통 껍질까지 차례로 부쉈다.

[안 돼.]

막케토가 또다시 전기 공격을 퍼부었다.

빠카카캉!

강한 전류가 원주를 후려쳤다. 원주가 주춤한 사이, 또 다른 마물이 등장했다. 담장을 타 넘은 사마귀형 마물 부카치가 원주의 허리를 뒤에서 베었다.

"크악."

원주가 비틀거렸다.

부카치는 무려 123개의 낫을 휘두르는 해구 2층의 마물이었다. 이 자리에 등장한 마물들 가운데 부카치가 가장 강력했다.

그때부터 부카치와 원주의 격돌이 시작되었다. 빙글빙글 몸을 회전하며 푸른 돌풍을 만들어 낸 원주와, 123개의 낫을 자유자재로 접었다 펴며 원주를 공격하는 부카치는 눈 한 번 깜빡일 사이에 서로 100여 번의 공격을 주고받았다.

까가가강!

허공에서 금속음이 울렸다.

결국은 부카치가 원주보다 한 수 위였다. 원주의 공격은 부카치의 낫에 막혀 제대로 된 타격을 입히지 못했다. 반면 부카치가 휘두른 낫 123개 가운데 17개가 원주의 신체 곳곳을 베고 지나갔다.

"크우욱."

온몸이 피투성이가 된 원주가 철봉에 기대어 휘청거렸다.

"이놈들. 못 지나간다. 내가 여기 있는 한 너희 마물들은 성스러운 사원을 짓밟을 수 없어."

늙은 원주가 피를 게워 내며 소리쳤다.

빠카캉!

막케토가 원주의 측면에서 전기를 후려쳤다.

원주의 몸이 뻥 튕겨 났다가 바닥에 나뒹굴었다. 원주의 몸에서 살타는 냄새가 진동했다. 피투성이가 된 것으로 부족하여 옆구리에 화상까지 크게 입은 원주가 철봉을 지팡이 삼아 비틀비틀 일어섰다.

부카치가 번쩍 사라졌다가 원주의 등 뒤에서 다시 모습

을 보였다. 123개의 낫이 123개의 각도로 날아와 원주의 온몸을 난자했다. 특히 마지막에 수평으로 휘두른 커다란 낫이 결정타였다. 그 낫은 원주의 뒷덜미를 훑고 지나갔다.

서걱!

고요의 사원 제65대 원주.

마나의 벽 2단계를 돌파한 초인 중의 초인.

비딕 대공의 사형.

화려한 수식어들을 뒤로하고, 마침내 원주가 무릎을 꿇었다. 원주의 두 무릎이 땅바닥을 내리찍는 순간, 목 위에 얹혀 있던 원주의 머리통이 톡 떨어져 바닥을 데굴데굴 굴렀다. 머리가 잘려 나간 단면으로부터 피가 분수처럼 솟구쳤다.

[꾸우오오!]

바닥에 쓰러진 원주의 등을 밟고 부카치가 승리의 포효를 터뜨렸다. 고요의 사원이 통째로 허물어지는 소리가 그 뒤를 따랐다.

발루아 왕국의 마지막 보루마저 허물어뜨린 아르네군은 다음 차례인 마고 왕국 국경선을 향해 진격해 나갔다.

Chapter 4

나흘 뒤인 6월 12일.

발루아 왕국에 이어서 위그 왕국도 최후의 순간을 맞이했다. 발루아의 최후가 고요의 사원에서 벌어졌다면, 위그 왕국의 마지막은 베르트란 요새가 그 무대였다.

위그 왕국 남동부에 위치한 베르트란 요새는 정글 한복판에 세워진 철옹성이었다. 이곳은 마고 왕국으로 진격하는 길목에 세워진 성채라 북부군 입장에서는 반드시 점령해야 할 요충지였다.

시노브가 지휘하는 룬드의 철기사단.

마리네 왕녀가 이끄는 헤닝 왕국의 워메이지 군단.

에실레드 공주가 지휘봉을 잡은 아쿤 왕국의 라이트닝 군단.

이상 3국의 군단이 베르트란 요새 앞에서 만났다.

"정말 많기도 하군. 어허허."

정글을 뒤덮은 마물 군단을 요새 위에서 내려다보면서 베르트란의 영주 브뤼니에가 씁쓸한 미소를 지었다.

브뤼니에 공작은 위그 왕국 동남부를 지배하는 대영주였다. 또한 그는 유사시에 위그 왕국의 왕위 계승권을 주장할 수 있는 핵심 왕족이기도 했다. 샤를르 위그 대제가 바로 브뤼니에 공작의 사촌 동생이었다.

"공작 전하, 요새는 저희가 맡겠습니다. 전하께서는 마고 왕국으로 피하십시오."

브뤼니에의 등 뒤에서 마법단장이 후퇴를 권했다.

주변의 마법사들도 단장의 말에 동의했다.

"그렇습니다. 수도가 함락을 당할 때 대제께서도 실종되셨다고 합니다. 공작 전하마저 여기서 잘못되시면 우리 위그 왕국의 혈통이 끊기는 셈입니다."

"아무래도 마고 왕국으로 망명하시는 것이 좋겠습니다. 그리고 이곳은 걱정 마십시오. 저희들이 목숨을 걸고 방어해 내겠습니다."

마법사들의 결의는 아름다웠다.

하지만 브뤼니에 공작은 그 충정을 받아들일 수 없었다.

"내가 자네들만 두고 어디로 간단 말인가? 선대왕들이 지켜 온 이 땅을 마물들에게 넘겨주고 나만 혼자 비겁자가 되어 도망치라고? 그럴 수는 없네. 난 여기에 있을 게야."

"전하."

마법사들이 발을 동동 굴렀다.

"그만. 더 이상 말하지 말게."

브뤼니에는 머리에 투구를 착용했다. 이것은 절대 도망치지 않고 여기서 끝까지 싸우겠다는 결의를 보여 주는 행동이었다.

"공작 전하."

마법단장이 울부짖듯 외쳤다.

"허허허. 왕국의 대통은 걱정하지 마. 자식들을 이미 마고 왕국 국경선 인근으로 보내 놓았다네. 그러니 왕실의 혈통이 아주 끊어지지는 않을 게야. 어허허."

너털웃음을 흘린 브뤼니에가 다시 고개를 돌려 마물 군단을 굽어보았다.

북부군은 네다섯 종류의 깃발을 치켜들고 계속 유입 중이었다. 이 시간에도 북부군의 숫자가 점점 더 늘어났다.

브뤼니에가 자조 섞인 푸념을 내뱉었다.

"어허허. 정말 많군. 아무래도 오늘이 우리 베르트란 영지의 마지막 날이겠어. 허허허허."

"전하. 그런 말씀 마십시오."

"저희들이 어떻게 해서든 베르트란을 지켜 낼 것입니다."

마법사들이 펄쩍 뛰었다.

하지만 그들도 알고 있었다. 온 정글을 뒤덮으며 까마득하게 밀려드는 저 마물들을 막아 내기란 불가능하다는 것을 잘 알았다.

그렇다고 해도 미리 겁을 집어먹을 수는 없었다.

'우리 베르트란 요새는 철옹성 중의 철옹성이다.'

'이곳의 이점을 살려서 최대한 많은 수의 마물들을 죽여야 한다.'

'우리 위그 왕국은 지도상에서 지워지더라도, 인간족 전체가 멸족을 당할 수는 없는 법 아니겠는가. 여기서 우리가 마물들의 숫자를 최대한 줄여 놓아야 해. 그래야 마고 왕국이 버틸 수 있어.'

'마고 왕국으로 피신한 소영주님과 도련님들을 위해서라도 최선을 다해야지.'

마법사들이 어금니를 질끈 물었다.

솔직히 말해서 저 어마어마한 마물 군단을 막아 낼 자신은 없었다.

그러나 적들의 절반가량을 소멸시키는 것은 충분히 가능했다. 요새 성벽에 구축된 마법진을 잘 활용한다면, 그리고 성벽 위에서 마법을 난사하며 버틴다면 마물들도 무사하지는 못할 것이었다. 베르트란 영지의 마법사들은 그렇게 믿었다.

"마물들이여, 미친 듯이 달려들어라. 우리 베르트란 요새의 성벽을 향해 너희들이 가진 모든 병력을 쏟아 부어라. 그렇게 함께 가는 거다. 여기서 다 같이 죽자."

베르트란의 마법사들이 이렇게 독백할 때였다.

룬드 왕국의 시노브가 손을 번쩍 들었다.

처처척!

철기사단이 창날을 곤두세워 공격 자세를 취했다.

헤닝 왕국의 워메이지들도 이에 뒤질세라 공격을 준비했다.

아쿤 왕국의 라이트닝 군단도 무기를 치켜들었다.

한데 시노브의 입에서 공격 명령이 떨어지지 않았다. 마리네 왕녀가 주춤주춤 시노브의 눈치를 보았다. 에실레드 공주도 철기사단의 움직임을 주시했다. 마리네와 에실레드는 군단을 지휘해 본 경험이 없었다. 하여 시노브의 입술만 쳐다본 것이다.

'뭐야? 왜 공격 명령이 없어?'

'철기사단이 뛰쳐나가는 즉시 우리 라이트닝 군단도 전장에 투입하려고 했는데.'

그때 시노브가 하늘로 치켜든 손을 훅 내렸다.

뿌우우—

고동 소리가 울렸다.

'이제 공격 시작인가?'

마리네가 움찔 몸을 떨었다.

에실레드도 공격 명령을 내리기 위해 지휘봉을 치켜들었다가 잠시 멈췄다.

그녀들이 멈칫한 것은 철기사단 때문이었다. 시노브가

뭔가 명령을 내리기는 했는데, 룬드 왕국의 철기사단이 여전히 제자리였다.

'뭐지?'

마리네와 에실레드가 어리둥절한 표정을 지을 때였다. 마물 군단의 머리 위로 시커먼 것이 지나갔다.

"오오오. 마력함."

"토브욘의 마력함단이구나."

마리네와 에실레드가 동시에 환호성을 질렀다.

우거진 정글 위로 높이 떠올라 북부군 병사들의 머리 위를 지나가는 배들은 다름 아닌 마력함 편대였다. 하늘을 나는 함선, 마력함.

20기나 되는 마력함이 동시에 출전하자 정글의 나무들이 휘청거렸다. 빠른 속도로 공기를 가르며 날아간 마력함단은 베르트란 요새의 상공에 우뚝 멈춰 섰다.

"으으, 저게 뭐야?"

"북부의 마물들이 하늘을 나는 배를 만들었다고 하더니, 그 소문이 사실이었구나."

"아니야. 이건 말도 안 돼. 지능이 없이 본능만 남은 마물들이 어떻게 저런 기술을 개발했단 말인가?"

"맞아. 저것들이 진짜 하늘을 비행하는 선박일 리 없어. 저건 분명히 사악한 마물들이 만들어 낸 환상일 게야."

베르트란 영지의 마법사들은 마력함의 존재를 애써 부정했다. 남부인들이 북부에 대해서 느끼는 선입견 때문이었다.

북부는 마물들에게 오염된 저주받은 땅이다.

북부의 인간들은 마물들에게 가축처럼 사육을 당하며 때가 되면 잡아먹힌다.

북부의 마물들은 파괴 본능과 종족 번식의 본능, 포식 본능만 남은 극악무도한 짐승들이다.

북부의 마물들은 악마의 세계로부터 말미암은 종족이라 공격력은 강하지만, 지적 수준은 낮다. 따라서 북부에는 문화, 예술이라는 것이 존재하지 않는다.

북부의 마물들은 무식하고 포악한 최악의 종족이다.

남부인들에게 이러한 선입견을 심어 준 장본인은 다름 아닌 은둔 수호자들이었다.

Chapter 5

인위적으로 왜곡되어 만들어진 선입견이 800년간 이어져 내려오면서 모든 남부인들이 북부를 무법이 판치는 지옥으로 인식했다. 문화나 예술, 마법은 발달할 수 없는 지옥 말이다.

그런데 웬걸?

남부인들은 상상하도 하지 못했던 마력함이 상공에 등장했다. 베르트란 영지의 마법사들은 이 놀라운 마법의 산물이 진짜라고 믿을 수 없었다.

"거짓된 환상에 속지 마라. 저런 눈속임으로 우리를 현혹시킨 다음, 북부의 마물들이 정면에서 무식하게 쳐들어올 것이다. 하늘 쪽은 쳐다보지도 마."

마법단장이 마법사들에게 이렇게 명령했다.

"넵, 단장님."

베르트란 영지의 마법사들은 성벽 아래 적들에게만 시선을 고정했다. 그러는 사이 마력함들이 요새 상공에 완전히 자리를 잡고 포문을 개방했다.

투콱! 투콱! 투콱!

20기의 마력함으로부터 방출된 에너지의 다발이 베르트란 요새 상단부를 포격했다.

마력함이 쏘아 낸 푸른 광선이 성벽을 부쉈다. 마법사들을 죽였다.

"으악. 적이 공격한닷."

"아아악. 살려 줘."

사방에서 비명이 들렸다.

특히 원거리 마법 공격을 준비해 놓은 첨탑들이 집중 공격을 받았다.

마법단장은 그때까지도 상황 파악을 하지 못했다.

"속지 마라. 지금 들리는 소리는 모두 환상이다. 지금 눈에 보이는 광경도 모두 거짓이야. 북부의 마물들이 곧 정면으로 돌격할 것이다. 모두 정신 바짝 차려."

"넵."

전면 성벽에 배치된 마법사들은 푸른빛을 뿜어내는 마력함을 애써 외면했다. 명령에 따라 오직 정글 쪽만 바라보았다.

첨탑들을 모두 박살 낸 뒤, 마력함이 밑바닥의 문을 개방했다. 그 문으로부터 튼튼한 밧줄 수백 가닥이 휘리릭 쏟아졌다.

마물과 결합한 북부의 솔샤르들이 밧줄을 타고 빠르게 하강했다. 마력함단을 통한 상륙 작전이 전개된 것이다.

마법사 한 명이 불안한 듯 상공을 힐끗거렸다.

"단장님, 혹시 진짜가 아닐까요? 첨탑이 부서질 때도 그렇지만, 지금 적들의 공격이 너무 실감납니다."

"이놈! 내가 하늘 방향으로는 눈도 돌리지 말라고 하지 않았더냐. 저건 마물들이 만들어 낸 사악한 환상이다. 북부의 마물들이 저렇게 고도로 발달된 마법 문명을 가지고 있을 리 없어."

마법단장이 호통을 쳤다.

브뤼니에 공작이 흔들리는 마음을 다잡았다.

"그래. 단장의 말이 맞겠지. 저건 환상이야, 환상."

그러는 동안 솔샤르들이 요새에 무사히 착륙했다. 상륙
작전을 펼칠 때 가장 위험한 순간이 허공에서 공격을 받을
때인데, 솔샤르들은 아무런 저항도 받지 않고 베르트란 요
새에 침투했다. 마력함 한 기당 100명의 솔샤르가 탑승했
으니, 총 2,000명의 솔샤르가 난입한 셈이었다.

솔샤르들은 요새 정문부터 집중 공격했다.

솥을 닮은 마물들이 정문 앞으로 달려들어 녹색 불꽃을
내뿜었다. 루팟이라 불리는 연해 2층의 마물들이었다.

루팟은 행동은 느리지만 공격력만큼은 연해 3층 레벨을
압도했다. 녹색의 편린들이 반딧불 떼처럼 날아가 정문의
수비병들을 뒤덮었다.

"아아악!"

"내 팔! 내 다리. 내 몸이 녹고 있어."

녹색 불꽃에 사로잡힌 병사들은 몸이 촛농처럼 녹아내렸
다.

단숨에 병사들을 몰살시킨 녹색의 불꽃은 철과 나무, 돌
로 만들어진 두꺼운 정문을 그대로 녹이기 시작했다.

정문에 배치된 마법사들이 반사적으로 마법 공격을 퍼부었다.

어느새 착륙한 포르키스들이 루팟 주변을 빙 둘러싸서 방어를 해 주었다. 덴스들이 곳곳에 착지하며 베르트란의 마법사들에게 마물 화살을 날렸다.

"크악, 이러다 정문이 뚫리겠어."

"지원 병력! 지원 병력!"

"빌어먹을. 성벽 위에선 뭘 하는 거야? 어서 이 마물들을 막아 줘. 이러다 정문이 뚫린다고."

정문에 배치된 마법사들이 악을 썼다.

성벽 위의 마법사들이 당황했다.

"단장님, 어떻게 합니까?"

마법사 가운데 한 명이 물었다.

마법단장이 다짜고짜 상대의 따귀를 때렸다.

"이 멍청한 놈. 내 명령을 귓등으로 들은 게냐? 저것들은 모두 환상이다. 우리가 성벽 밑으로 내려가는 순간 마물들이 정문으로 쳐들어올 게야."

"죄송합니다."

뺨이 퉁퉁 부은 마법사가 용서를 구했다.

그사이 녹색 불꽃이 요새의 정문을 거의 다 녹였다. 루팟들이 옆으로 이동하여 다시 한 번 녹색의 불꽃을 피어 올렸다.

우르르 떼 지어 몰려간 녹색의 불꽃들이 이번엔 성벽 안쪽을 녹이기 시작했다. 녹색 불꽃에 닿은 벽돌이 스르륵 녹아들었다.

베르트란의 마법사들이 어리석은 판단을 하는 동안, 솔샤르들이 뭉쳐서 노덴스를 만들기 시작했다. 넓은 공터에 모여든 10명의 솔샤르가 서로 달라붙어 거대한 벌리스터형 마물이 되었다. 그런 노덴스가 무려 3기나 완성되었다.

콰앙! 쾅! 쾅!

노덴스가 거대한 마물 화살을 날렸다. 바로 앞 성벽이 크게 뒤흔들렸다. 베르트란 요새의 성벽 바깥쪽은 그야말로 철옹성이라는 평가에 부합할 만큼 단단했다. 물리 공격을 회피하고, 각종 마법 공격에 대한 대항 마법진이 성벽 바깥쪽에 새겨진 덕분이었다.

반면 성벽 안쪽엔 마땅한 마법진이 없었다. 노덴스가 쏜 대형 마물 화살이 성벽 내부부터 갉아먹기 시작했다. 안에서 공격을 받으니 마법진도 발동하지 않았다.

이윽고 성벽에 구멍이 뚫렸다. 성벽이 충격을 받을 때마다 성벽 위쪽까지 우르르 흔들렸다. 성벽 위에서 진을 치고 있던 마법사들이 당황했다.

'이렇게 생생한 흔들림이 환상이라고?'

'아무래도 진짜 공격을 받는 것 같은데?'

마법사들은 속으로 이렇게 걱정했다. 하지만 단장에게 따귀를 얻어맞을까 봐 입을 꾹 다물었다.

마법단장도 표정이 좋지 않았다.

'설마 내 판단이 잘못되었단 말인가? 무슨 환상이 이렇게 진짜 같지?'

브뤼니에 공작이 마법단장을 돌아보았다.

"단장, 아무래도 성벽이 허물어지는 것 같으이. 이게 진짜 환상이란 말인가? 성벽 밖의 마물들은 아직까지 꿈쩍도 않고 있어."

"공작 전하, 조금만 참아 주십시오. 마물들이 저희를 현혹시키는 것이 분명합니다."

마법단장이 브뤼니에를 달랬다.

"끄응. 알았네."

브뤼니에가 조금 더 인내심을 발휘했다.

드디어 요새 정문이 다 녹았다. 정문 주변 벽돌까지 함께 용해되어 문이 활짝 열렸다. 성벽 곳곳에도 구멍이 뚫렸다. 노덴스가 쏘아 낸 마물 화살들은 성벽 이곳저곳에 길을 열어 주었다.

그 상태에서 마침내 노덴스가 성벽 위쪽까지 포격을 시작했다.

피유우우우— 콰앙!

완만한 곡선을 그리며 날아온 마물 화살이 성벽 위를 그대로 강타했다.

"으아악."

"크악."

마법사 열댓 명이 그대로 추락하여 사망했다. 시커먼 마물 화살은 마치 뱀장어처럼 꿈틀거리며 성벽 상단부를 휘저었다.

"으악, 살려 줘."

마법사 몇 명이 마물 화살의 아가리로 빨려 들어가 온몸이 분쇄되었다. 성벽 상단부가 허물어지기 시작했다.

Chapter 6

성벽 위의 마법사들은 그제야 정신이 번쩍 들었다. 이렇게 직접적으로 공격을 받자 이게 환상이 아니라 현실이라는 점을 깨달았다.

"이건 진짜야. 진짜로 적들이 요새 내부에 침투했다고."

"막아. 정문을 막으란 말이야."

"아니야. 정문보다는 성벽 위부터 막아야 해."

퍼퍼퍼펑!

화염 계열의 마법사들이 마물 화살을 향해 파이어 볼(Fire Ball)을 날렸다. 일부 마법사들은 쉴드(Shield: 방패) 마법으로 몸을 보호했다.

이미 늦었다.

휘류류류류— 콰아앙! 콰앙! 쾅!

연달아 날아온 마물 화살이 성벽 상단부를 연달아 흔들었다. 성벽이 전체적으로 허물어지면서 마법사들이 우르르 낙하했다.

"안 돼."

마법단장이 플라이(Fly: 비행) 마법으로 떠올라 브뤼니에 공작을 낚아챘다. 그다음 우르르 쏟아지는 성벽의 잔해를 피해 하늘로 날아올랐다.

[꾸어어어—]

문어 다리처럼 생긴 마물이 크게 솟구쳐 마법단장을 붙잡았다.

마법단장은 허공에서 몇 차례나 방향을 틀어 적의 공격을 피했다. 그다음 얼음 계열 마법으로 문어형 마물을 물리쳤다.

마법단장이 브뤼니에를 구출하는 사이, 요새 정면부가 통째로 붕괴했다. 허물어진 폐허 너머로 북부의 마물 군단이 통째로 쳐들어오는 모습이 마법단장의 눈에 들어왔다.

"이럴 수가."

마법단장의 그릇된 판단 때문에 요새가 힘없이 뚫렸다. 적의 절반을 죽이고 장렬하게 전사하겠다는 결의는 이미 깨어진 지 오래였다.

충격을 받은 마법단장이 비틀비틀 땅에 내려섰다.

그런 마법단장의 앞에 팔이 4개인 마물이 폭발적으로 달려들었다. 마법단장은 쉴드 마법으로 전면을 보호했다.

퓨퓨퓨퓻!

단장의 등 뒤에서도 마물 화살이 날아들었다.

마법단장은 몸 주변에 쉴드를 연속 소환하여 방어했다. 물론 브뤼니에 공작 주변에도 쉴드를 둘러 주었다.

"아아악, 아파."

"크윽."

사방에서 마법사들이 비명을 질렀다.

어느새 성문을 돌파한 적의 본진이 요새의 마법사들을 퍽퍽 죽였다. 요새 뒤편에선 화염이 솟구쳤다. 하늘에 뜬 20기의 마력함들이 또다시 푸른 광선을 쏘아 요새의 탑들을 부쉈다.

"어어억."

마법단장의 눈이 절망으로 물들었다.

그래도 여기서 포기할 순 없었다.

'어떻게든 공작 전하를 살려야 한다. 나는 죽더라도 전하만큼은.'

어금니를 꽉 문 마법단장은 활로를 뚫기 위해 마지막 한 방울의 마나까지 쥐어짜서 마물들에게 공격을 퍼부었다.

브뤼니에 공작이 그 충정을 헤아리지 못했다. 하늘에서 푸른 광선이 비처럼 쏟아지고, 사방에서 마물 군단이 밀려드는 중이었다. 브뤼니에 공작은 삶의 희망을 놓았다.

푸욱!

브뤼니에 공작이 스스로의 목에 검을 꽂아 넣었다.

"공작 저언—하, 안 됩니다. 으어어."

마법단장이 브뤼니에 공작에게 달려왔다.

공작이 피에 물든 손으로 마법단장의 뺨을 어루만졌다. 목이 찢어져 말은 나오지 않았다. 브뤼니에는 입만 벙긋거렸다.

"전하. 공작 전하. 정신 차리십시오."

마법단장이 목 놓아 악을 썼다.

마법단장의 등 뒤에서 팔이 4개 달린 마물이 크게 일어났다. 그 4개의 팔이 거대한 해머를 치켜드는 모습이 보였다.

퍼억!

마법단장의 뒤통수가 화끈해졌다. 단방에 두개골이 깨진 마법단장은 브뤼니에 공작의 품으로 고꾸라졌다.

'같이 가세나. 단장.'

브뤼니에가 가물거리는 눈을 감았다. 브뤼니에의 귓가에 날카로운 여인의 음성이 들렸다. 북부의 언어라 제대로 알아들을 수는 없었지만, 대충 어떤 내용인지 짐작은 갔다. 음성의 주인공은 다름 아닌 시노브였다.

"모도 출전하라. 가서 남부 연합의 마지막 숨통을 끊어라."

시노브가 뻥 뚫린 요새 정문에 서서 크게 외쳤다.

[가자.]

[크워어어어—]

수천, 수만 명의 마물들이 요새 안으로 쳐들어와 포효를 터뜨렸다.

6월 12일, 위그 왕국의 마지막 성채가 함락되었다. 성채 안에서 살아남은 생명체는 단 하나도 없었다.

발루아 왕국과 위그 왕국을 차례로 무너뜨린 북부군은 마고 왕국을 향해 최후의 진격을 시작했다. 마고 왕국의 동북쪽 방면에선 룬드, 헤닝, 아쿤 왕국의 연합군이 척척 다가왔다. 마고 왕국 서북부의 산악 지대는 아르네군이 잠식 중이었다. 스벤센과 토레, 군나르 왕국의 연합군은 마고 왕국의 서부로 진격했다.

마고 왕국의 국경선은 손쉽게 뚫렸다.

천계 여왕이 국경 수비대를 미리 철수시켜 놓은 덕분이었다. 전력을 분산시키지 않고, 단 한 번의 큰 전투로 승패를 가르겠다는 것이 천계 여왕의 전략이었다.

대신 여왕은 천족의 수를 급격하게 늘리는 일에 주력했다. 삼원사와 육대신장들이 전력 보강에 발 벗고 나섰다. 그들은 마고 왕국의 마법사들과 병사들을 차례로 접촉하여 3계층의 고위 천족으로 만들었다. 그 천족들이 일반 백성들을 4계층 천족으로 만들었다. 4계층이 5계층을, 5계층이 6계층을 양산해 나갔다.

이런 식으로 작업을 하자 천족의 수가 며칠 사이에 기하급수적으로 불어났다.

게다가 외부에서 유입되는 천족의 수도 갈수록 증가하는 추세였다.

남부 연합 백성들은 북부의 마물들을 두려워했다. 뿌리 깊은 공포심이 백성들을 마고 왕국으로 피신케 만들었다.

개중에는 공포심이 아니라 복수심 때문에 마고 왕국으로 모여드는 자들도 있었다. 홀리랜드의 클로테스 성녀나 무크 대주교가 대표적인 예였다. 그들은 마고 왕국으로 망명하여 마물들과의 최후 결전을 준비했다. 성녀 직속 성기사들도 전의를 굳게 다졌다.

바야크 왕국의 루본 국왕과 프라이머 기사단장도 마고 왕국에 합류했다. 두 사람은 클로테스 때문에 이미 천족이 된 상태였다.

이 밖에도 맥클라우드 왕국, 위그 왕국, 발루아 왕국의 패잔병들이 마고 왕국으로 모여들었다. 마물 군단을 피해 고국을 탈출한 패잔병들은 복수심에 눈이 뒤집혀 스스로 천족이 되기를 자청했다.

제2화
파오거 대평원 전투

Chapter 1

브뤼니에 공작의 아들들도 복수심에 불타 스스로 천족이
되기를 자청한 부류 가운데 하나였다. 발루아 왕국을 탈출
한 몽크들 또한 기꺼이 천족의 길을 택했다.

"망명자들 가운데 무력이 강한 자들을 선별하여라. 또한
마법사들도 따로 모아라. 그들을 우선 3계층의 천족으로
만들 것이다."

천계 여왕이 명을 내렸다.

천족 전사들이 여왕의 뜻에 따라 망명자들을 분류했다.
좌원사와 우원사, 그리고 신장들이 그 뒤를 맡았다. 두 원
사와 신장들은 능력이 출중한 망명자들을 특별히 선별하여

3계층의 고위 천족으로 변태시켰다.

"이제 되었다. 이 정도면 준비는 충분해."

병력이 어느 정도 쌓이자 천계 여왕은 본격적으로 전투에 임했다.

마고 왕국 중앙 지역에 위치한 파오거 대평원.

이곳이 바로 천계 여왕이 점찍은 결전의 장소였다. 천계 여왕은 사방이 탁 트인 이 평원에 천계의 모든 병력을 집결시켰다.

한편, 천족이 되기를 거부한 영웅들도 파오거 대평원으로 향했다.

은둔 수호자 레드 베어와 200여 명의 레인저들.

역시 은둔 수호자에 속하는 블랙 이글 (본명, 비딕 발루아 대공).

은둔 수호자 레오파드 (본명, 람).

맥클라우드 왕국의 콘 맥클라우드 공작과 그 부하들.

은둔 수호자를 포함한 인간족 영웅들이 "천족과 힘을 합쳐 마물들을 물리치겠다."고 선포했다. 다만 그들은 인간의 폼을 버리고 천족화하는 것은 끝까지 거부했다.

천계 여왕은 이 고집불통 인간들이 마음에 들지 않았다. 하지만 지금은 개미의 손이라도 빌려야 할 판국이었다.

"할 수 없지. 자존심이 상하기는 하지만, 우선은 그 벌레

놈들과 손을 잡을 수밖에."

결국 여왕은 은둔 수호자가 내민 손을 잡았다. 이어서 콘 맥클라우드 공작과도 연합을 결성했다.

6월 19일.

드디어 천계의 본진과 하라간의 북부군이 한자리에서 맞닥뜨렸다.

마침 하늘에선 폭우가 쏟아졌다.

쏴아아아아—

아침부터 내리기 시작한 빗방울은 오전 10시가 되면서 장대비로 변했다. 광활하기 그지없는 파오거 대평원이 뿌연 물안개로 뒤덮였다. 축축하게 젖은 잡초들이 비바람에 쓸려 이리저리 춤을 추었다.

둥! 둥! 둥! 둥! 둥!

빗소리를 뚫고 큰북이 울렸다.

거인족과 수인족이 평원 서북쪽 일대를 가득 메우며 등장했다. 그 사이사이에 군나르군의 깃발도 섞여 있었다.

수사자의 얼굴에 체격이 건장한 토레가 병력의 중앙에 위치했다. 토레의 오른쪽에는 거인족의 대표 류리크가 자리했다. 토레의 왼쪽은 군나르 왕국 남부군단장인 카우라의 차지였다.

이어서 대평원 북쪽에서도 전투화 소리가 들렸다.

척척척척척!

발소리의 주인공은 아르네군이었다. 한 손에는 사각 방패, 다른 손에는 창을 든 아르네 전투병들은 파오거 대평원으로 질서정연하게 입장해 자리를 잡았다.

"이야압."

아르네군의 기수가 황금빛 드래곤이 수놓아진 깃발을 높이 들었다가 대평원 바닥에 콱 꽂았다. 집정관 디포에우스와 선봉장 바루니우스가 말을 몰아 아르네군의 선두로 나섰다.

잠시 후에는 대평원 동북쪽 일대가 병력들로 꽉 들어찼다. 지금 신규로 진입한 자들은 룬드 왕국, 헤닝 왕국, 아쿤 왕국 소속 장병들이었다. 북부 세 왕국의 깃발이 폭우 속에서 펄럭거렸다. 병력의 선두에는 갑옷으로 중무장한 4명의 여인들이 나서서 말머리를 나란히 했는데, 시노브 공주와 아이다 공주, 마리네 왕녀, 그리고 에실레드 공주가 그 장본인들이었다.

마지막으로 마력함 20기가 북부군 후방 하늘을 장악하며 진격해 들어왔다.

파오거 대평원의 절반을 가득 채운 북부군의 규모는, 한눈에 다 파악하기 어려울 정도로 어마어마했다. 대충만 셈

해도 팔십만이 넘었고, 아직 도착하지 않은 보급 부대나 후발대까지 감안하면 거의 백만에 육박하는 대군이었다.

그 대군이 한순간에 쩍 갈라졌다.

뻥 뚫린 길을 따라 황금빛 마차가 굴러왔다.

"신인을 뵈옵니다."

"신인을 뵈옵니다."

각 군의 지휘관들이 말에서 내려 한쪽 무릎을 꿇었다. 군주들 가운데 하나인 토레도 서슴지 않고 하라간에게 경의를 표시했다.

지휘관들에 이어서 병사들이 복창했다.

"저희가 신인을 알현하옵니다."

팔십만 대군 전체가 제자리에서 무릎을 꿇고 고개를 숙였다. 마치 연습이라도 한 것처럼 한목소리로. 동시에.

어마어마한 복창 소리가 파오거 대평원에 메아리쳤다.

황금 마차의 문이 덜컥 열렸다.

"흐음."

하라간이 뒷짐을 지고 느긋하게 마차에서 내렸다.

잉그리드가 얌전히 그 뒤를 따랐다. 용암성의 무녀들은 몇 걸음 뒤에서 호위했다. 몇몇 무녀들은 우산을 들어 하라간과 잉그리드에게 씌워 주었다.

손을 등 뒤로 돌리고 폭우 속을 천천히 걷는 하라간의 외모는 여신이 하강한 것처럼 환상적이었다.

[하라간 님.]

토레가 감격한 듯 하라간을 우러러보았다.

"음."

하라간이 토레에게 살짝 시선을 주었다. 그다음 다시 고개를 돌려 파오거 대평원 남쪽 방향을 주시했다.

잠시 후, 남쪽 수평선에 적 병력이 새까맣게 나타나기 시작했다. 새하얀 날개를 활짝 펴고 지상 2미터 높이로 떠서 날아오는 자들은 천계의 천족 전사들이었다.

천족 무리의 뒤에서 땅이 쿵쿵 울렸다. 키 300미터에 온몸이 황동으로 이루어진 동신장 브렌누스가 위압감을 풀풀 풍기며 등장했다.

'오호라, 저놈은 살살 녹여 먹으면 맛있을 것처럼 생겼네.'

하라간이 브렌누스를 보며 입맛을 다셨다.

폭우가 쏟아지는 하늘을 힐끗 올려다본 하라간이 고개를 내저었다.

'하지만 조금만 더 참아야겠지? 이제 거의 다 되었어. 조금만 더 뜸을 들이면 된다고.'

딱!

하라간이 손가락을 튕겼다.

[토레, 디포에우스, 바루니우스.]

하라간의 호출을 받은 세 키르샤가 냉큼 달려왔다.

[찾아계시옵니까?]

[저희가 신인의 부름을 받고 달려왔나이다.]

토레와 디포에우스, 바루니우스가 하라간 앞에 고개를 깊게 숙였다.

세 키르샤는 은근히 출전 명령을 기다렸다. 신인이 지켜보는 가운데 출전하여 저 괴상한 새대가리 놈들을 부숴 버리고 싶었다.

'하지만 우리에게까지 기회가 오지는 않겠지?'

'이번에도 신인께서 직접 나서실 게야.'

'지금까지 그래 오셨듯이 말이지. 쩌업.'

세 키르샤가 아쉬움에 주먹을 꽉 말아쥐었다.

지금까지 하라간은 전쟁터에 부하들을 거의 투입하지 않았다. 본인이 직접 나서서 압도적인 무력으로 적들을 싹쓸이하는 것이 하라간의 전투 방식이었다. 그사이 북부의 장병들은 뒤에서 하라간이 일으키는 이적을 지켜보기만 했다.

하라간의 전쟁에서는 이러한 패턴이 계속 반복되었다.

'신인께서 백만대군을 동원하시기는 했는데, 어째 이번에도 우리는 신인의 권능을 지켜보기만 하겠구나.'

3명의 키르샤는 속으로 이렇게 중얼거렸다.

한데 그들의 예상이 어긋났다.

Chapter 2

[전투를 준비하여라.]

하라간이 말했다.

[네에?]

세 키르샤가 동시에 고개를 치켜들었다.

[적들이 곧 대평원에 들어설 것이다. 그 즉시 전면전을 펼쳐 모두 섬멸하라.]

하라간의 명은 의외였다. 디포에우스가 반문했다.

[전면전 말씀이십니까?]

하라간이 천천히 고개를 주억거렸다.

[그렇다. 전면전이다. 내가 너희들의 활약을 지켜보겠다.]

'헉! 신인께서 지켜보시겠다고?'

'드디어 기회가 주어졌구나. 신인께 우리의 충성심을 증명할 기회가 왔어.'

3명의 키르샤는 가슴이 두근두근 뛰었다.

[명을 받들겠사옵니다.]

[전면전으로 저 천계 놈들을 으스러뜨리겠사옵니다.]

[저희들을 지켜봐 주소서.]

3명의 키르샤가 굳은 결의를 드러내었다. 그러곤 각자의 진영을 향해 부지런히 뛰어갔다.

하라간이 폭우를 뚫고 눈을 번쩍 빛냈다.

콰콰쾅!

하늘에선 벼락이 떨어졌다. 그 벼락이 신호탄이 되었다.

[지금이다. 전구운―, 출전하라.]

디포에우스가 쩌렁쩌렁한 뇌파를 터뜨렸다.

[모두 뛰쳐나가라. 당장 가서 천계 놈들을 박살 내버려라.]

바루니우스도 우렁차게 명했다.

이들의 명령은 북부군 주요 지휘관들에게 동시에 전달되었다.

[크으르르르―]

가장 먼저 반응한 것은 토레였다. 눈 깜짝할 사이에 거대한 레오덴스로 신체를 변형한 토레는 수백 미터의 거리를 단숨에 도약하여 천족 진영 왼편으로 파고들었다.

[이런, 선수를 빼앗겼구나.]

디포에우스가 토레와 경쟁이라도 하듯 뛰쳐나갔다. 디포

에우스는 배가 불룩하여 둔할 것처럼 생겼지만, 실제로는 바람처럼 빨랐다. 디포에우스의 마물은 심해저 1층에서 가장 신속하다고 알려진 웬투스 계열이었다.

꾸드득, 꾸드득, 꾸득.

디포에우스의 등을 찢고 거대한 날개가 돋아났다. 꼬리뼈는 엉덩이를 뚫고 튀어나와 수십 미터 길이의 꼬리로 자라났다. 그 꼬리가 좌우로 빠르게 흔들렸다. 디포에우스의 이마에는 뭉툭한 뿔 4개가 돋아났다. 그 뿔들이 푸르스름한 광채를 발산했다.

웬투스 키르샤의 등장.

쐐애액—

눈 깜짝할 사이에 본체를 소환한 디포에우스는 토레보다도 더 빨리 천족 진영에 도착했다.

[나도 뒤질 수 없지.]

바루니우스도 다짜고짜 적진을 향해 내달렸다.

우두두두두—

적진 중앙을 향해 무섭게 치달리는 와중에 바루니우스의 의복이 북북 찢어졌다. 바루니우스의 온몸은 5미터 신장의 보라색 거인으로 변했다. 바루니우스의 등판에선 여섯 가닥의 보라색 촉수가 돋아나 전갈의 꼬리처럼 독기를 곤두세웠다. 그 촉수들이 바닥을 때려 달리는 속도를 증폭시

컸다. 바루니우스의 온몸엔 고대의 문자들이 문신처럼 돋아났다. 양 팔뚝에 형성된 원반 모양의 방패는 지름이 7 미터나 되었다.

심해저 1층에 서식하는 키르샤급 마물 롤코가 등장했다.

키르샤 셋이 앞장서서 돌진하자 나머지 병력들도 정신이 번쩍 들었다. 류리크가 전 거인족을 향해 포효했다.

[크아, 우리 거인족이 뒤처지면 안 된다. 신인께서 지켜보고 계신다.]

[크워어어어.]

거인족 솔샤르들이 마물과 결합하여 천족들을 향해 내달렸다.

토레의 동생인 멘카우레도 류리크와 경쟁하듯 뇌파를 뿜었다.

[자긍심 넘치는 수인족들이여, 나가서 싸우자. 거인 놈들보다 하나라도 더 많은 전공을 챙겨야 한다.]

[우우워어.]

몸이 날랜 표범형 수인족들이 선두에 섰다. 덩치가 큰 불곰형 수인족과 사자형 수인족들이 그 뒤를 받쳤다.

[더 빨리, 더 빨리 달려라. 전투가 곧 시작된다.]

상체는 수인족, 하체는 스켈레톤인 멘카우레가 코뿔소의 등에 올라타 부하들을 다그쳤다. 온몸에 철갑을 두른 코뿔소는 콧김을 훅훅 뿜으며 치달렸다. 토레의 두 번째 왕비인 호텝도 군단을 이끌고 출전했다.

군나르 왕국의 남부군단장 카우라가 분통을 터뜨렸다.

"이런 제기랄! 신인께서 지켜보시는 전쟁이다. 우리 군나르 왕국이 뒤로 처지면 어찌하자는 게야? 뭣들 하느냐? 어서 출격하지 않고."

"예, 군단장님."

남부군단이 펄럭이는 깃발을 앞세워 대평원 남쪽으로 말을 달렸다.

하라간이 그 모습을 물끄러미 지켜보다가 잉그리드에게 고개를 돌렸다.

잉그리드가 바로 반응했다.

"다녀올게요."

하라간의 입술에 가볍게 키스를 남긴 잉그리드는, 어마어마한 동체를 드러내어 대평원 위를 미끄러졌다.

쿠르르르르—

잉그리드의 붉은 동체가 대평원 위에 S자를 새겨 놓았다. 날개를 접고 뱀처럼 땅을 기어서 적진으로 미끄러져 들어간 잉그리드는, 적진 코앞에서 상체를 크게 일으켰다.

동체의 크기만 3 킬로미터가 넘는 잉그리드였다. 그녀가 빠르게 몸을 일으키자 상승 기류가 후웅 발생했다. 잉그리드의 온몸은 이미 시뻘건 화염으로 변해 버린 상태였다.

쿠와아아앙!

하늘 높이 솟구쳤던 잉그리드가 온몸을 내던져 천족 진영 오른쪽 날개를 찍어 뭉갰다. 그 장면이 마치 화산이 하늘로 부웅 솟구쳤다가 용암을 사방으로 폭발시키며 함몰하는 것 같았다.

뒤에서 시노브가 악을 썼다.

"진격하라. 진격하라. 나보다 늦는 놈들은 다 죽을 줄 알아."

"넷."

룬드 왕국의 철기사단이 우르르 출격했다.

Chapter 3

마리네 왕녀도 반사적으로 튀어 나갔다.

"헤닝의 마법사들이여, 가자."

"명을 받들겠나이다."

헤닝 왕국의 워메이지들이 플라이 마법으로 떠올라 적진을 향해 날아갔다. 전쟁터에 출격하기 직전, 마리네는 하라간을 힐끗 돌아보고는 입술을 꽉 깨물었다.

'어떻게든 공을 세워야 해. 우리 헤닝 왕국이 타 왕국에게 뜯어 먹히지 않으려면 어떻게든 이 전쟁에서 공을 세워야 한다고.'

마리네는 그 어느 때보다 더 절실했다.

에실레드의 입장도 절실하기는 마찬가지였다.

"우리도 가죠."

에실레드가 자국의 에그버드 공작을 재촉했다.

"공주님, 제가 앞장서겠습니다."

근육질에 애꾸눈인 에그버드가 즉각 말 엉덩이에 채찍을 휘둘렀다.

"이랴! 이랴!"

아쿤 왕국의 솔샤르들이 에그버드 공작의 뒤를 따라 말을 달렸다.

잉그리드가 천족 오른쪽 진영을 불태우는 동안, 디포에우스는 천족의 중심부를 강타했다. 바람 계열의 키르샤 디포에우스는 파오거 대평원에 태풍을 일으키며 날아가 천족 중앙 진영을 덮쳤다.

[방어.]

천족의 중군지휘관이 대응 명을 내렸다. 중군지휘관은 3계층의 천족이었다.

처처척!

명이 떨어지자마자 선두 열의 천족 전사들이 뼈로 만든 방패로 몸 앞을 가렸다. 이 본 쉴드(Bone Shield: 뼈의 방패)에는 마물과의 결합을 흐트러뜨리는 봉인골 성분이 함유되어 있었다.

후오오오옹!

1열의 천족 전사들 바로 앞에 반투명한 방어막이 일어났다. 빠르게 날아온 디포에우스가 그 방어막과 부딪쳤다.

만약 디포에우스가 키르샤급이 아니었다면, 이 반투명한 방어막에 접촉하는 즉시 마물과의 결합이 해제되었을 것이다.

하지만 디포에우스는 키르샤급 강자였다.

파츠츠츠!

디포에우스의 커다란 덩치에 푸른 전류가 흘렀다.

[꾸어어엉.]

디포에우스는 큰 포효와 함께 반투명한 방어막을 찢어 버렸다. 그러곤 칼날처럼 예리한 바람의 기운을 찢어진 방어막 안으로 흘려 넣었다.

천족 전사 몇 명이 바람에 노출되어 뼈가 썰렸다.

천족의 중군지휘관이 한 번 더 명을 내렸다.

[중첩 방어.]

처처척.

이번엔 2열과 3열의 천족 전사들이 본 쉴드를 펼쳤다. 반투명한 방어막이 겹겹이 일어나 찢어진 구멍을 메웠다.

파츠츠츠! 파츠츠츠츠!

디포에우스를 휘감은 방어막은 좀 더 촘촘하게 조여들었다. 디포에우스가 크게 몸을 흔들어 방어막을 또 찢었다.

중군지휘관이 연달아 명을 하달했다.

[중첩 방어.]

처척. 처처척.

4열, 5열, 6열, 급기야 10열의 천족들이 동시에 본 쉴드를 형성하여 디포에우스를 막았다. 전부 합쳐서 열 겹의 방어막이 더해지자 디포에우스의 행동이 느려졌다. 마물과의 결합도 살짝 흔들렸다.

[꾸어어엉.]

디포에우스가 거세게 몸을 뒤틀었다.

그사이 본 쉴드가 15겹으로 늘었다.

[이놈들, 여기도 있다.]

겹겹이 중첩된 본 쉴드 위에 바루니우스가 뛰어들었다. 양팔을 활짝 벌려 날아든 바루니우스는 천족의 본 쉴드 바로 앞에서 대형 방패를 강하게 충돌시켰다.

고막을 찢어 버리는 강한 충격파가 사방을 휩쓸었다. 반투명한 방어막이 짓눌린 젤리처럼 움푹 꺼졌다가 다시 팅겨 나오며 크게 출렁거렸다.

바루니우스는 출렁거리는 방어막에 올라타 2개의 방패를 번쩍 들었다.

쿠와아앙—

두 번째 충격파가 중첩된 본 쉴드 표면을 강타했다.

15겹의 방어막이 한꺼번에 터져 나갔다. 방어막 표면을 사납게 할퀴던 바람의 칼날이 뚫린 구멍으로 파고들어 천족 전사들을 난도질했다.

천족 전사들은 뼈의 방패 뒤에 몸을 숨겼다. 방패 표면에서 그가가각! 뼈 긁는 소리가 울렸다. 후욱, 숨을 들이쉰 디포에우스가 좁은 구멍으로 발톱을 밀어 넣어 마구 휘저었다. 삭풍의 기운을 담은 웬투스 키르샤의 발톱이 천족 전사들의 방패를 찢고 뼈를 으스러뜨렸다.

천족 지휘관이 분홍빛 혀를 놀렸다.

[후퇴.]

짧고 간결한 명령에 천족들이 반응했다. 질서 정연하게 뒤로 후퇴하면서 천족 전사들은 찢어진 방어막을 다시 일으켜 세웠다.

바루니우스가 거듭 달려들어 충격파를 터뜨렸다.

젤리처럼 생긴 천족의 방어막이 꿀렁꿀렁 흔들렸다. 디

포에우스가 적의 방어막에 온몸을 부딪쳤다. 꿀렁거리던 방어막에 결국 또 구멍이 뚫렸다.

이번엔 바루니우스가 그 구멍을 공략했다. 바루니우스의 등 뒤에서 쏘아진 여섯 가닥의 촉수가 찢어진 틈새로 파고들어 천족 전사 6명의 두개골을 뚫어 버렸다.

[후퇴.]

천족 지휘관이 한 번 더 물러났다.

디포에우스과 바루니우스는 손발이 척척 맞았다. 두 키르샤가 번갈아 가며 공격하자 천족 중앙 본진은 계속 후퇴할 수밖에 없었다.

한편 천족 진영 왼쪽 날개에서도 전투가 치열했다.

파츠츠츠츠!

토레의 마물 레오덴스가 천족이 만들어 낸 본 쉴드를 뿔로 들이받았다. 본 쉴드 표면에서 스파크가 튀었다.

이어서 토레의 양어깨에서 붉은 구멍이 뻐끔 열렸다. 50개나 되는 붉은 구멍은 위이이잉 소리를 토해 놓았다. 토레는 꾹꾹 눌러 쌓은 에너지를 한꺼번에 방출했다.

투확! 투확! 투확!

사방으로 방출된 붉은 광선이 천족의 본 쉴드를 찢었다. 천족 전사 몇 명도 그 와중에 날아갔다. 토레의 광선에 닿은 물체는 모두 사라졌다. 천족의 단단한 뼈도, 예리한 날개 깃털도, 뼈로 만든 무기도, 모두 삭제되었다.

천족의 좌군지휘관은 전략적 후퇴를 할 수밖에 없었다.

[후퇴.]

천족들이 뒤로 물러섰다.

토레가 바짝 쫓아왔다.

파츠츠츠!

천족의 방어막과 부딪치면서 토레의 몸에 강한 전류가 흘렀다. 토레는 고통을 꾹 참고 파고들어 붉은 광선 50다발을 또 쏘았다.

투확! 투확! 투화—악!

천족 전사 일부가 또 산화했다.

[후퇴, 후퇴.]

좌군지휘관은 결국 상당히 뒤까지 부하들을 물렸다.

그느라 본 쉴드가 해체되었다. 멘카우레와 호텝이 이끄는 수인족 솔샤르들이 그 틈을 파고들어 공격을 퍼부었다.

[부숴라. 저 뼈다귀 놈들을 박살 내라.]

암사자 호텝이 표독하게 소리쳤다.

[우와아아아—]

수인족들이 천족들을 향해 돌진했다.

거인족들도 경쟁적으로 전쟁터에 뛰어들었다.

[돌격하라. 돌격하라.]

류리크가 지휘봉을 마구 휘둘렀다. 거인족 솔샤르들은 어부가 그물을 던지는 것처럼 진영을 최대한 넓게 펼치며 천족들에게 달려들었다.

Chapter 4

거인족 투석 부대가 4개의 팔로 동료 솔샤르들을 던졌다. 스스로 돌이 되어 적진으로 날아간 거인족들은 본 쉴드 표면에 부딪치면서 강제로 결합이 해제되었다.

마물을 잃고 평범한 거인족이 되어 버린 솔샤르들이 천족의 머리 위로 뚝뚝 떨어졌다.

그때였다.

투화악!

붉고 강렬한 광선이 본 쉴드를 뚫었다. 토레가 퍼부은 공격이 천족들의 방어막을 찢어 준 것이다.

무방비 상태로 낙하하던 거인족들이 다시 마물과 결합했다. 녹색 솥단지처럼 변한 거인족들은 대평원 땅바닥에 후두둑 떨어져 잠시 침묵했다.

'뭐지?'

천족들이 어리둥절했다.

1, 2초간 침묵하던 솥단지형 마물들이 일제히 녹색의 불꽃들을 내뿜었다. 천족 진영 한복판에서 피어오른 녹색의 불꽃들은 살아 있는 반딧불처럼 떼를 지어 몰려다녔다.

[끄아아아―]

[안 돼.]

녹색 불꽃에 스친 물체는 모두 다 녹았다. 천족의 팔다리가 촛농처럼 녹았다. 뼈로 만든 방패가 녹았다. 뼈로 만든 검, 즉 골검도 녹았다. 천족의 갈비뼈와 두개골도 녹아 흘렀다.

솥단지처럼 생긴 이 마물의 정체는 루팟.

토레가 붉은 광선으로 본 쉴드를 뚫으면, 거인족 투석 부대가 루팟을 적진에 던져 천족들을 무너뜨렸다.

물론 그 와중에 루팟들도 목숨을 잃었다. 몸이 날랜 천족 전사들이 녹색의 불꽃을 피해 파고들더니, 땅바닥 위에 덩그러니 놓인 루팟들을 골검으로 쪼갰다.

루팟들은 공격력이 말도 못하게 강하지만 대신 행동이 느렸다. 적의 공격을 제대로 피하지도 못하고 그냥 죽어 갔다.

그럴 때마다 거인족 투석 부대가 새로운 루팟을 던져 천족들을 공격했다.

수인족들도 전력을 다했다.

[공격하라. 적들을 섬멸하라.]

멘카우레가 코뿔소 등에 올라탄 채 악을 썼다. 멘카우레는 부하들을 독려하는 한편, 12개의 팔에서 전하를 내뿜어 기다란 채찍처럼 휘둘렀다.

쩌저적—! 쩌저저적!

무려 100 미터 거리까지 늘어난 전기의 채찍이 천족 전사들 여러 명을 동시에 휘감아 지져 버렸다. 이것이 바로 멘카우레의 마물인 다즈케토의 능력이었다. 해구 2층 레벨의 다즈케토는 정말 상대하기 까다로운 마물이었다.

한편 몸 둘레에 위성처럼 방패를 두르고, 온몸에서 24개의 투창을 뽑아내어 적에게 투척하는 마물도 있었다. 해구 1층의 대표적인 마물 막레르였다.

천족 전사들이 뼈의 방패로 마물 투창을 막았다. 그러자 방패에 달라붙은 마물 투창이 아가리를 쩍 벌려 방패 표면을 갉아먹기 시작했다.

[이익. 이건 마치 투창이 아니라 이빨이 뾰족한 뱀장어 같구나.]

천족 전사들이 치를 떨었다. 그들은 골검으로 마물 투창을 하나하나 떼어 내어 죽여야 했다. 그때마다 막레르는 몸뚱어리에서 새로운 마물 투창을 뽑아내어 천족들에게 투척했다.

[이 지독한 마물 같으니.]

4계층의 천족 한 명이 날개를 활짝 펴고 저공비행하여 막레르를 급습했다.

슈왁— 쾅!

천족이 휘두른 골검이 막레르의 방패를 베었다. 허공에 둥실 떠 있던 막레르의 방패가 흔들렸다. 순간적으로 마물과의 결합이 해제되었다. 그 속에서 표범형 수인족의 모습이 드러났다.

[요놈, 걸렸구나.]

4계층의 천족은 골검을 아래서 위로 쳐올려 표범형 수인족의 턱을 잘랐다.

[크악.]

표범형 수인족이 뒤로 넘어갔다. 그의 턱뼈가 쪼개지면서 피가 분수처럼 솟구쳤다.

4계층의 천족이 골검을 빙글 돌려 거꾸로 쥐었다. 그다음 표범형 수인족의 몸에 올라타 골검을 내리꽂았다.

표범형 수인족이 두 눈을 질끈 감았다.

그때 호텝이 달려들었다.

호텝의 마물도 막레르.

대신 호텝은 일반 막레르보다 진화된 형태였다. 일반 막레르가 19개의 방패와 24개의 투창을 가진 것이 비해, 호텝은 32개의 방패와 36개의 투창을 지녔다.

거무튀튀한 방패 32개를 온몸에 두른 호텝이 4계층의 천족에게 육탄 돌격했다. 강한 충돌과 함께 4계층의 천족이 옆으로 나뒹굴었다.

호텝은 암사자처럼 재빠르게 천족에게 올라탔다. 호텝의 온몸에서 뽑아낸 투창 36개가 4계층 천족 코앞에서 쏘아졌다.

[끄아악.]

4계층의 천족이 비명을 질렀다. 그의 온몸엔 마물 투창 36개가 달라붙어 갈비뼈를 뜯어먹고, 두개골을 물어뜯고, 뾰족한 이빨로 골검을 갉아 댔다. 천족의 팔다리뼈에도 투창들이 빼곡하게 달라붙었다.

[왕비마마, 고맙습니다.]

목숨을 건진 표범형 수인족이 호텝에게 감사 인사를 올렸다.

호텝은 인사도 받지 않고 새로운 적을 찾아 몸을 날렸다. 겨우 한숨 돌린 표범형 수인족이 다시 막레르로 변신했다.

그러는 사이 멘카우레에게 위기가 닥쳤다. 레드군단장 멘카우레는 100미터 길이의 전기 채찍을 휘둘러 천족들을 공격하던 중이었다.

그런 멘카우레의 머리 위로 3계층의 천족이 몰래 접근했다.

이 천족은 활이 특기였다. 뼈로 만든 화살촉을 멘카우레에게 겨눈 3계층의 천족은 어느 순간 팽팽하게 당겼던 활시위를 놓았다.

퓨퓨퓻!

3발의 화살이 바람을 가르며 날아가 멘카우레에게 꽂혔다.

[크악.]

멘카우레의 어깨에 꽂힌 화살이 다즈케토와의 결합을 끊어 버렸다. 멘카우레의 팔뚝에 꽂힌 화살은 힘줄을 끊고 땅바닥까지 박혔다. 마지막 한 발은 멘카우레의 코뿔소를 관통했다.

놀란 코뿔소가 앞다리를 높이 들었다.

멘카우레가 코뿔소의 등에서 굴러떨어졌다.

그 틈을 놓칠 천족들이 아니었다. 반격의 기회를 엿보던 천족들이 즉각 멘카우레에게 달려들었다.

[어림없다.]

멘카우레가 벌떡 일어났다. 비록 마물과의 결합이 끊겼지만, 멘카우레는 그 자체만으로도 강한 무력을 뽐내는 수사자형 수인족이었다. 천족이 휘두른 골검을 등 뒤로 흘려 버린 멘카우레는 왼팔을 크게 휘둘러 천족의 턱을 날렸다.

두 번째 천족이 옆에서 파고들어 멘카우레의 허리를 끌

어안았다. 천족은 강한 괴력으로 멘카우레를 번쩍 들었다가 땅바닥에 메다꽂았다.

세 번째 천족이 멘카우레의 양쪽 발목을 붙잡았다.

처음 턱을 얻어맞았던 천족이 부르르 두개골을 흔들더니, 다시 달라붙어 멘카우레의 갈기를 덥석 잡았다.

[크왓, 이거 놔라.]

멘카우레가 고함과 함께 버둥거렸다.

Chapter 5

천족 4명이 멘카우레를 꽉 잡고 땅바닥에 다시 쓰러뜨렸다. 그다음 뾰족한 골검으로 멘카우레의 몸뚱어리를 푹푹 쑤셨다.

[이 더러운 마물놈.]

[죽어랏. 죽엇.]

천족 전사들이 악을 썼다.

[크악, 칵.]

바닥에 깔린 멘카우레는 연신 비명을 질렀다. 어느새 멘카우레의 상체는 피투성이가 되었다.

그때였다. 폭우를 뚫고 토레의 꼬리가 날아왔다. 수십 미터 길이의 꼬리는 벼락이 치는 것처럼 지그재그로 움직이며 지상으로 파고들더니, 멘카우레의 몸 위에 올라탄 천족 4명을 그대로 쪼갰다. 세로로 몸이 잘린 천족들이 멘카우레의 몸에서 스르륵 미끄러져 내렸다.

[헉헉헉헉.]

멘카우레가 땅바닥에 드러누워 숨을 헐떡였다.

토레의 거대한 몸체가 그 위로 스쳐 지나갔다. 토레는 동생인 멘카우레를 돌보지 않았다. 대신 호텝이 달려와 멘카우레를 챙겼다.

[도련님, 정신 차리세요. 어서요.]

호텝이 멘카우레를 흔들어 깨웠다.

[왕비……마……마…….]

멘카우레는 가물거리는 눈을 뜨다 말고 그대로 기절했다.

한편 류리크의 상태도 말이 아니었다. 천족들은 멘카우레와 더불어 류리크도 집중 공략했다. 그 공세에 휘말려 류리크는 제대로 지휘를 하지 못했다. 눈앞에서 휙휙 날아오는 골검을 피하고, 적의 공격을 막아 내느라 혼이 쏙 빠질 지경이었다.

[헉, 헉헉. 젠장. 젠장.]

류리크가 뇌파로 욕설을 내뱉었다.

원래 류리크는 이렇게 온몸으로 부딪쳐 가면서 싸우는 타입이 아니었다. 그보다는 전쟁터 전체를 조율하며 거인족들을 지휘하는 역할이 류리크의 적성에 더 맞았다. 이러한 성향 때문에 류리크의 주변엔 늘 강력한 친위대가 배치되어 있었다.

한데 궁수형 천족이 류리크의 친위대를 허물어뜨렸다. 하늘 높은 곳에서 골궁을 쏘아 대는 3계층의 천족들은 정말이지 상대하기 까다로웠다. 기척도 없이 날아온 뼈의 화살이 친위대원들의 머리에 틀어박혔다. 그때마다 친위대원들은 마물과의 결합이 끊겨 평범한 거인으로 돌아갔다.

천족들은 그 기회를 놓치지 않았다. 마물의 힘을 잃은 류리크의 친위대원들은 별다른 저항도 해 보지 못하고 죽었다.

결국 친위대를 모두 잃은 류리크는 천족들과 직접 싸워야 했다.

물론 류리크는 강했다. 비록 류리크가 육탄전을 즐기는 편은 아니지만, 그 또한 포악하기로 유명한 거인족의 혈통이었다. 일단 피를 보자 류리크의 눈이 돌아갔다.

[덤벼. 다 덤비라고 이 뼈다귀 새끼들아.]

마물과 결합한 류리크의 눈알이 광기로 번들거렸다.

[오냐, 죽여 주마.]

[저놈이 적의 우두머리다. 놈부터 죽여.]

천족 전사들이 류리크에게 우르르 달려들었다.

류리크는 적들에게 둘러싸여 미친 듯이 싸우다가 결국 바닥에 넘어졌다. 천족들이 날개를 퍼덕이며 류리크를 덮쳤다.

[이런 썅!]

류리크가 몸을 웅크렸다.

그때 토레가 도왔다. 허공을 가르며 날아온 토레의 꼬리가 류리크에게 달려들던 천족들을 그대로 작살냈다.

[헉헉, 헉. 고맙습니다.]

류리크가 자신도 모르게 토레에게 감사를 표했다.

이건 정말 드문 일이었다. 거인족과 수인족은 앙숙 중의 앙숙이라, 서로에게 감사 인사를 하는 법이 없었다.

[뭐라고?]

토레가 의외라는 눈빛으로 류리크를 돌아보았다.

류리크가 고개를 획 돌렸다. 그러곤 민망함에 딴청을 피웠다.

'쳇. 내가 왜 고맙다고 했지?'

토레는 그런 류리크를 힐끗 보고는 다시 전장에 뛰어들었다.

류리크도 벌떡 일어나 주변의 천족들을 공격했다.

오른쪽 진영, 천족 열세.

중앙 진영, 천족 열세.

왼쪽 진영마저도 천족 열세.

결국 천계 여왕 마리앙이 새로운 명을 내렸다.

"안 되겠군요. 신장들이 출격하세요."

그 말을 기다렸다는 듯이 신장들이 나섰다. 가장 먼저 전투에 뛰어든 것은 동신장 브렌누스였다. 쿵쿵 소리를 내며 파오거 대평원을 내달린 브렌누스가 어느 순간 싹 사라졌다. 갑자기 땅속으로 파고들어 이동하는 것이야말로 브렌누스의 주특기였다.

흙과 동화된 브렌누스는 전장의 한복판, 토레의 코앞에서 다시 나타났다.

꽈악!

온몸이 황동으로 이루어진 브렌누스가 땅속에서 불쑥 튀어나와 토레의 허리를 끌어안았다.

우둑 소리와 함께 토레의 마물 레오덴스의 허리가 꺾였다.

[크왁.]

토레는 반사적으로 세 가닥의 꼬리를 휘둘러 적의 팔을 난도질했다.

한데 브렌누스는 꿈쩍도 안 했다. 단단한 철벽도 거침없이 썰어 버리는 것이 토레의 꼬리였다. 하지만 브렌누스의 몸에 부딪친 토레의 꼬리는 강렬한 금속음과 함께 튕겨 나갔다.

토레가 즉각 공격 방식을 바꿨다. 토레의 어깨 부위에서 위이이잉 소리가 울렸다. 이윽고 방출된 붉은 광선 다발이 브렌누스를 직격했다.

그 전에 브렌누스가 토레를 번쩍 치켜들었다.

브렌누스는 무지막지한 완력으로 토레를 들고는, 그대로 바닥에 내리찍었다. 토레의 마물 레오덴스는 어깨 높이만 수십 미터에 달하는 거대종이었다. 그런 키르샤가 허공에 번쩍 들렸다가 머리부터 거꾸로 처박히는 모습이 참으로 비현실적이었다. 파오거 대평원이 이 충격을 견디지 못하고 쿠르르 흔들렸다.

충격을 받은 토레가 머리를 부르르 흔드는 동안, 브렌누스가 땅속에서 천천히 빠져나왔다. 황동거인 브렌누스는 무려 300 미터나 되는 거구를 일으키더니, 토레의 갈기를 한 손으로 붙잡아 옆으로 휙 집어 던졌다.

토레의 육중한 몸이 허공에서 한 바퀴를 돌아 땅바닥에 처박혔다.

쿵쿵 다가간 브렌누스가 토레의 뱃가죽을 발로 걷어찼다.

[끄왁.]

토레가 입에서 피를 토했다.

Chapter 6

황동거인 브렌누스는 토레의 갈기를 다시 붙잡아 옆으로 던졌다. 토레가 쓰러지듯 땅바닥에 패대기쳐졌다.

[크허어어엉!]

분노한 토레가 붉은 광선을 사방으로 난사했다.

투확! 투확! 투확!

그중 몇 발의 광선이 브렌누스의 몸에 구멍을 뚫었다. 하지만 제대로 된 타격을 입히지는 못했다. 고에너지 광선에 의해 뻥 뚫렸던 구멍이 다시 스르륵 메워진 것이다.

[이럴 수가.]

토레가 입을 쩍 벌렸다.

어느새 가까이 다가온 브렌누스의 손이 토레의 뿔을 붙잡았다.

[크윽.]

토레가 거칠게 머리를 흔들었다.

하지만 동신장 브렌누스의 괴력은 토레의 저항을 무의미

하게 만들었다. 어마어마한 힘으로 토레를 잡아끈 브렌누스는 황동 주먹을 번쩍 들어 내리쳤다.

둔탁한 소리와 함께 토레의 두개골이 크게 흔들렸다. 한 대 얻어맞은 충격이 어찌나 컸던지 토레의 눈에는 파오거 대평원의 지평선이 여러 겹으로 흔들려 보였다. 토레가 몸을 제대로 가누지 못하고 휘청거렸다.

브렌누스가 토레의 뿔을 다시 잡아끌었다.

토레의 몸이 주르륵 딸려 왔다. 토레가 발버둥 쳤지만 소용없었다. 토레의 발밑에 깊은 고랑이 팼다. 토레의 이마에도 고랑보다 더 깊은 주름이 잡혔다.

콰앙!

다시 한 번 두개골을 얻어맞은 토레가 물웅덩이에 안면을 처박았다. 브렌누스가 토레의 허리를 뒤에서 끌어안아 번쩍 들었다.

브렌누스의 키가 300 미터.

그 까마득한 높이까지 부웅 치솟았던 토레가 무시무시한 속도로 다시 내리꽂혀 땅속에 처박혔다. 목뼈가 꺾인 토레가 잇새로 신음을 토했다.

바닥에 꽂히는 와중에 토레는 세 가닥의 꼬리를 휘둘러 반격을 꾀했다.

까가강!

금속음이 울렸다. 브렌누스의 단단한 몸체가 토레의 공격을 다 튕겨 내었다. 브렌누스가 가소롭다는 듯이 입을 비틀었다.

[크우욱.]

피투성이가 된 토레가 풀쩍 뛰어 물러섰다.

브렌누스가 쿵쿵 다가섰다.

브렌누스는 느리게 움직이는 것 같았지만, 체격이 워낙 커서 그런지 생각보다 빨리 다가오는 느낌이었다. 위압감을 느낀 토레가 좀 더 멀리 후퇴했다.

군주가 열세를 보이자 수인족들도 기가 꺾였다. 브렌누스는 거대한 팔을 휘둘러 도망치는 수인족들을 휩쓸었다. 150미터가 넘는 황동 팔이 쓸고 지나간 자리엔 피떡이 된 마물들의 시체가 즐비했다.

[크웃, 빌어먹을.]

부하들이 떼죽음을 당하는 모습을 보면서도 토레는 브렌누스에게 함부로 덤벼들지 못했다.

[역시 신장님이시다.]

[겁먹은 마물들 꼴 좀 보라지.]

신바람이 난 천족 전사들이 날개를 활짝 펴고 전열을 다시 정비했다. 마물들에게 일방적으로 밀리던 천족 좌군이 이제 기세를 되찾았다.

천족 우군도 변화의 바람을 맞았다.

키 160 센티미터에 불과한 금발 머리 소년이 그 변화의 중심이었다. 무려 여섯 쌍의 날개를 펄럭이면서 전장에 뛰어든 소년은 파도처럼 밀려드는 철기사단을 향해 손을 수평으로 쓸었다.

번쩍!

소년의 손끝에서 터져 나온 휘황찬란한 빛이 파도를 잠재웠다. 시노브가 이끄는 철기사단 4분의 1이 빛에 노출되자마자 녹아 버렸다.

"뭐, 뭐야?"

시노브가 깜짝 놀랐다.

천족들을 향해 무섭게 달려나가던 철기사단 전체가 우뚝 멈췄다.

[훗. 무서운 건 아나 보지?]

소년이 피식 웃었다. 그러곤 오른손 검지와 중지를 모아 시노브에게 겨눴다.

순간적으로 시노브의 머리가 쭈뼛 섰다. 본능적으로 위기를 느낀 시노브가 말에서 뛰어내려 옆으로 굴렀다.

직후, 소년의 손가락 끝에서 방출된 빛이 시노브가 있던 자리를 훑고 지나갔다.

그 빛에 스친 모든 사물이 분해되었다. 시노브가 타고 있던 말의 머리와 목 부위가 파스스 흩어졌다. 시노브의 뒤에서 말을 달리던 철기사단 일부가 분자 단위로 분해되어 형체를 잃었다.

얼핏 보기에 이 빛의 효과는 레이나가 뿜어내는 디설루션(Dissolution : 해체) 권능과 비슷해 보였다. 빛에 노출되자마자 사물이 분해된다는 점만 보면 거의 비슷한 권능 같았다.

하지만 실제로는 소년의 빛과 디설루션은 차이가 났다. 사물을 해체하는 위력은 디설루션이 훨씬 더 강한 반면, 범위와 영역은 소년의 권능이 한 수 위였다. 소년의 빛은 사방팔방으로 퍼지면서 그 빛이 닿은 모든 영역의 사물을 녹여 버렸다.

소년이 한 번 더 손을 수평으로 쓸었다.

[더러운 마물 놈들. 천신께서 강림하실 이 세상에 네놈들이 서 있을 땅은 없다. 모조리 지워 주마.]

소년의 손끝에서 빛이 번쩍 터졌다.

번쩍! 스르륵―

철기사단 4분의 1이 또다시 사라졌다.

"으으으읏."

시노브가 공포에 질렸다. 그녀의 잇새에서 절로 신음 소리가 새어 나왔다.

"이게 뭐야?"

헤닝 왕국의 워메이지 군단을 이끌고 전장에 뛰어들었던 마리네 왕녀도 기겁을 하며 제자리에 멈췄다.

소년의 눈길이 워메이지 군단을 향했다. 소년의 손가락이 마리네를 가리켰다.

"흡."

마리네는 꼼짝도 하지 못했다. 금발 머리 소년과 눈이 마주친 순간, 마리네의 혈관 속 피가 모두 얼어붙는 기분이었다.

소년의 손가락 끝에 빛 망울이 모여들었다.

아주 짧은 찰나의 순간, 마리네는 죽음을 직감했다. 저 빛이 쏘아지면 끝이라는 것을 알면서도 마리네는 피할 엄두도 내지 못했다.

그때였다.

[감힛!]

소년의 뇌에 천둥소리가 울렸다.

금발 머리 소년이 고개를 옆으로 살짝 돌렸다.

그곳에 불의 세상이 열렸다.

화르르르륵!

수평선 오른쪽 끝에서 시작해서 왼쪽 끝까지, 시야가 닿는 모든 영역이 온통 불바다였다. 땅바닥부터 시작해서 구름 위까지, 눈으로 볼 수 있는 모든 세상이 전부 다 화염 천지였다. 이글거리는 열기가 폭우를 증발시켰다. 빗방울은 하늘에서 떨어지기 무섭게 수증기가 되었다. 구름이 열기를 견디지 못하고 흩어졌다.

그렇게 온 세상을 붉게 물들인 불의 벽이 금발 머리 소년을 향해 무너지듯이 쏟아져 내렸다.

콰르르르르!

소년은 감히 그 기세를 감당하지 못하는 것처럼 한 발자국도 움직이지 못했다.

아니었다. 착각이었다. 소년은 엄청난 화마에 기가 질려 발걸음을 떼지 못한 것이 아니었다. 그는 그저 도망칠 필요를 느끼지 못했을 뿐이다.

[나의 권능이 사물 분해인 줄 착각했나 보지? 그래서 사물이 아닌 불길이면 통할 줄 알았나 봐?]

나직한 뇌까림과 함께 소년이 손바닥을 내밀었다.

번쩍!

손바닥으로부터 빛이 터졌다.

그 빛이 열에너지를 소멸시켰다.

제3화
영멸의 법진이 발동하다

Chapter 1

레이나의 권능이 사물을 분자 단위, 혹은 원자 단위로 분해하는 것이라면, 소년의 권능은 에너지 소멸이었다. 소년이 뿜어낸 빛에 노출되면 모든 에너지는 소멸하게 마련. 분자와 분자를 연결하는 본딩력도 소멸된 에너지와 함께 사라진다.

이것이 바로 소년이 지닌 권능의 비밀이었다. 에너지를 소멸시켜서 사물을 분자 단위, 혹은 원자 단위로 끊어 버리는 것이 소년의 주특기였다. 겉으로 드러난 결과만 보면 레이나의 디설루션과 소년의 권능과 유사해 보이지만, 실상은 작동 원리 자체가 달랐다.

그 차이가 곧 증명되었다.

레이나의 디설루션은 사물만 분해할 뿐 불길이나 냉기를 잡을 수는 없었다.

소년의 빛은 달랐다. 찬란하게 뿜어지는 빛은 화마가 만들어 낸 가공할 열에너지 자체를 단숨에 소멸시켰다.

대평원을 뒤덮었던 엄청난 열기가 한순간에 싹 가셨다. 갑자기 사라진 불길 뒤에서 잉그리드가 두 눈을 동그랗게 떴다.

[엇? 대체 어떻게?]

[후훗. 덜 떨어진 막키르샤 따위가 우리 천계의 고차원적인 권능을 어찌 이해하겠는가.]

입꼬리를 비틀어 잉그리드를 비웃어 준 뒤, 소년은 열두 장의 날개를 활짝 펼쳤다. 허공으로 둥실 떠오른 금발 머리 소년이 손끝으로 잉그리드를 지목했다.

[이이익!]

잉그리드가 다시 한 번 화염을 일으켰다. 막키르샤 특유의 환경 치환 권능이 발휘되었다. 마해에서 가장 뜨거운 열천의 환경이 파오거 대평원으로 옮겨 왔다.

화르르르륵!

온 사방이 다시 불바다가 되었다. 땅거죽이 흐물흐물 녹아 벌건 용암이 되었다. 유황 연기가 매캐하게 피어올라 사방으로 퍼졌다. 쏟아 붓던 폭우가 수증기가 되어 증발했다.

소년이 검지와 중지를 모아 빛을 쏘았다.

쭈왕—

일직선으로 날아간 빛이 화염을 잡아먹었다. 맹독성의 유황 연기도 눈 깜짝할 사이에 사라졌다. 소년의 손끝에서 빛이 쏘아지기 전, 잉그리드는 맹렬한 위기감을 느꼈다.

'죽는다.'

무지막지한 공포가 잉그리드의 뒷골을 서늘하게 만들었다. 잉그리드는 반사적으로 몸을 뒤틀어 옆으로 드러누웠다. 3킬로미터가 넘는 잉그리드의 거대한 동체가 추라라라락 소리를 내면서 모로 쓰러졌다.

직후에 빛이 지나갔다.

조금 전까지 잉그리드가 위치하고 있던 공간이 빛에 물들었다. 그 즉시 화염이 사라지고 열 폭풍이 삭제되었다. 잉그리드의 비늘 일부도 빛에 노출되어 푸스스 흩어졌다.

소년의 공격은 거기서 끝나지 않았다. 손끝으로 빛을 쏘아 잉그리드를 기겁하게 만들더니, 이어서 손가락을 위아래로 까딱였다. 일직선으로 뻗어 나간 광선이 위에서 아래로 뚝 떨어지며 공간을 수직으로 잘랐다.

[꺄악!]

잉그리드의 동체 일부가 그 빛에 썰려 나갔다. 잉그리드는 거대한 몸체를 꿈틀거리며 고통스러워했다.

소년이 손가락을 다시 수평으로 까딱였다. 소년의 손끝에서 쏘아진 광선이 수평으로 휘둘러지며 잉그리드의 목으로 파고들었다.

이 광선이 훑고 지나가면 끝.

잉그리드는 저항 한 번 제대로 해 보지 못하고 목이 잘려 나갈 것이다.

[아아악!]

혼비백산한 잉그리드가 두 눈을 질끈 감았다.

목이 뚝 떨어져 나갈 위기의 순간, 민치 하나가 허공으로 휙 뛰어올랐다. 눈 깜짝할 사이에 수백 미터 높이까지 도약한 민치는 두 팔을 활짝 벌려 잉그리드의 앞을 가로막았다.

소년이 휘두른 광선이 민치의 몸을 가른 것과, 민치의 온몸에서 광채가 폭발한 것이 거의 동시였다.

"어우, 쌍!"

양팔을 X자로 교차하여 얼굴을 보호한 민치가 욕을 뱉었다.

아니, 욕을 한 것은 민치가 아니었다. 하라간에 의해 강제로 소환당한 레이나가 자신도 모르게 쌍욕을 날렸다.

레이나의 팔뚝엔 시커멓게 타들어 가는 듯한 상처가 생겼다. 마치 1 밀리미터 두께의 철사를 불에 달군 다음, 그 철사로 팔뚝을 지져 버린 것 같은 상처였다.

"크윽, 아프잖아."

레이나가 고통에 입술을 꽉 깨물었다.

[응?]

소년이 고개를 갸웃했다.

[왜 팔이 잘리지 않았지? 그리고 넌 또 누구냐?]

금발 머리 소년은 레이나에게 관심을 보였다.

레이나가 입술을 파르르 떨었다.

지금 레이나의 팔뚝 주변엔 눈에 보이지도 않는 미세한 크기의 고대 문자가 모여든 상태였다. 이 고대 문자들은 달무리처럼 빛을 발산하였으며, 동시에 뫼비우스의 띠처럼 ∞자를 그리며 순환 중이었다. 이 문자들이 방패 역할을 하여 소년의 공격을 막아 내었다. 덕분에 레이나의 팔은 소년의 무시무시한 공격을 정면에서 막고도 잘려 나가지 않았다. 그저 피부와 근육에 깊은 상처를 입었을 뿐이다.

레이나가 화가 난 얼굴로 하라간을 노려보았다.

하라간은 무심한 표정으로 허공에 뜬 레이나를 올려다보았다. 하라간의 눈빛은 차갑기 그지없었다.

'이크.'

움찔 놀란 레이나가 금발 머리 소년에게 시선을 돌렸다.

소년이 다시 물었다.

[넌 누구지?]

"흥. 그건 알아서 뭐하게?"

코웃음과 함께 레이나가 공격을 개시했다. 허공에서 슥 사라진 레이나는 어느새 소년의 등 뒤에 나타나 둥그런 원을 그렸다.

후오오오옹!

그 원으로부터 미세한 고대 문자들이 우르르 쏟아져 나와 금발 머리 소년을 에워쌌다.

소년이 열두 장의 날개를 펄럭여 몸을 180도 돌렸다. 동시에 소년의 손끝에서 강렬한 빛이 폭발했다.

번쩍!

에너지를 소멸시키는 소년의 권능과 레이나의 고대 마법이 정면으로 맞부딪쳤다.

어마어마한 빛의 폭풍이 사방을 휘몰아쳤다.

이번 접전에서는 레이나가 약간 밀렸다.

"크흡."

고대 문자가 모두 소멸되고, 적이 방출한 광선이 자신을 향해 밀려들어 오자 레이나는 결국 몸을 피했다. 허공에서 번쩍 사라진 레이나가 소년의 머리 위에 다시 나타났다.

[재미있는 수작이구나.]

소년은 그 즉시 반응하여 광선을 위로 쏘았다.

"쳇."

레이나는 한 번 더 공간을 점프하여 소년의 발밑으로 이동했다.

Chapter 2

[그럴 줄 알았다.]

소년이 손가락을 위에서 아래로 내리그었다. 하늘 꼭대기까지 솟구쳤던 광선이 세상을 세로로 쪼개며 떨어져 레이나를 휩쓸었다.

"치잇."

레이나가 어금니를 꽉 물었다. 레이나의 양팔이 허공에 두 개의 원을 그렸다. 그 원으로부터 튀어나온 고대 문자들이 겹겹이 쌓여 단단한 방어막을 형성했다.

소년의 광선과 레이나의 마법이 다시 한 번 충돌했다.

"끄윽."

레이나가 피를 토하며 뒤로 튕겨 나갔다.

반면 소년은 멀쩡했다.

허공에서 네다섯 번을 내리 회전하며 겨우 자세를 바로 잡은 레이나는 이빨을 뿌드득 갈았다.

[크워어어어어!]

결국 레이나가 본체를 불러왔다. 레이나의 목 부위에서 기포 같은 것이 부글부글 끓어오르며 12개의 머리로 변형하였다. 레이나의 온몸은 파오거 대평원을 가득 채우고도 넘칠 정도로 어마어마하게 부풀었다. 활짝 펼쳐진 레이나의 날개는 온 하늘을 뒤덮었다.

"안 돼. 그건 너무 커."

하라간이 손가락을 딱 튕겼다.

수십 킬로미터나 넘는 레이나의 본체가 20분의 1로 줄어들었다. 그렇게 축소가 되었음에도 레이나의 몸체는 잉그리드보다 더 컸다.

게다가 몸이 줄어도 레이나의 힘과 권능은 그대로였다.

레이나의 본체를 목격한 소년이 눈동자를 파르르 떨었다.

[엇? 다즈키르샤?]

적이 다즈키르샤라면, 결코 만만한 상대가 아니었다. 금발 머리 소년이 양손을 머리 위에서 X자로 교차했다가 주먹을 꽉 쥐고 아래로 뻗었다.

후웅! 후웅! 후웅!

그 즉시 소년의 온몸에서 보라색 빛이 세 번 연달아 터졌다. 세 가닥의 빛과 함께 소년의 머리에는 보라색 투구가 소환되었다. 몸통엔 보라색 갑옷이, 손에는 보라색 검이 각각 나타났다.

본격적인 전투 모드 돌입 완료.

금발 머리 소년의 정체는 다름 아닌 빛의 신장 플라비우스였다. 그리고 보라색 무구로 온몸을 휘감은 지금의 형태야말로 플라비우스의 무력을 최대한 끌어낼 수 있는 초극 전투 모드였다.

상대방의 힘이 증폭되었음을 느꼈기 때문일까? 다즈키르샤로 변신한 레이나가 12개의 머리로부터 무지막지한 포효를 터뜨렸다.

[크롸라라라라라라!]

[크롸라!]

[크우롸롸라!]

그 뇌파가 플라비우스에게 집중되었다.

플라비우스는 보라색 검을 몸 앞으로 끌어와 다지키르샤의 뇌파 공격을 무산시켰다.

날개를 활짝 펼친 다즈키르샤가 플라비우스에게 돌격했다.

[오너라, 이 마물아.]

플라비우스도 이빨을 꽉 물고 마주 쏘아져 나갔다. 플라비우스가 양손으로 휘두른 보라색 검이 다즈키르샤의 몸을 비스듬하게 갈랐다. 검에서 터진 보라색 광선이 무려 5킬로미터 길이로 증폭되어 허공을 베었다.

다즈키르샤가 공간을 일그러뜨렸다.

플라비우스의 광선이 일그러진 공간 속에서 굴곡되어 엉뚱한 방향으로 날아갔다. 그사이 다즈키르샤의 꼬리가 플라비우스의 조그만 몸통을 휩쓸었다.

꼬리의 굵기만 해도 지름 700 미터가 넘었다. 길이는 1.2 킬로미터나 되었다. 그 거대한 꼬리가 날아오는 모습은 마치 산맥이 통째로 휘둘러지는 것 같았다.

[큭.]

플라비우스가 인상을 팍 썼다.

그 즉시 보라색 갑옷이 반투명한 방어막을 허공에 전사했다. 보랏빛으로 번들거리는 이 방어막이 다즈키르샤의 꼬리와 맞부딪쳤다.

둔탁한 소리와 함께 방어막이 깨졌다.

대신 다즈키르샤의 꼬리 비늘이 와스스 부서지면서 피범벅이 되었다. 보라색 방어막이 부서질 때 충격의 150 퍼센트를 반사한 덕분이었다.

데미지를 증폭하여 적에게 되돌려주는 것이야말로 플라비우스의 갑옷이 지닌 특수 기능 가운데 하나였다.

[크락?]

다즈키르샤, 즉 레이나가 비명을 질렀다.

플라비우스는 그 틈을 놓치지 않았다. 왼쪽 하단에서 오른쪽 상단까지, 비스듬하게 사선으로 치켜 올라온 플라비우스의 검이 다즈키르샤의 뿔 하나를 자르고 지나갔다.

[크우롸락?]

깜짝 놀란 다즈키르샤가 공간을 점프하여 1 킬로미터 후방으로 후퇴했다.

플라비우스는 바로 따라붙어 검을 십자로 그었다. 5 킬로미터가 넘는 길이의 보라색 광선이 허공을 가로세로로 난도질하며 다즈키르샤를 압박했다.

다즈키르샤가 공간을 일그러뜨려 플라비우스의 공격을 굴절시켰다. 그다음 열여섯 장의 날개를 세차게 휘저어 태풍을 불러왔다.

플라비우스도 마주 날개를 퍼덕여 태풍에 저항했다.

다즈키르샤가 바짝 다가와 발톱을 휘둘렀다. 수백 미터 반경이 눈 깜짝할 사이에 흉험한 발톱으로 가득 찼다.

플라비우스는 검을 안으로 회수했다가 빙글 돌려 다시 밖으로 뻗었다. 보랏빛 광선이 허공을 채색하며 날아가 상대의 발톱을 쳐 냈다. 다즈키르샤의 발톱 여러 개가 썽둥 잘렸다.

[옳거니.]

승기를 잡았다고 생각한 플라비우스는 머리 위에서 검을 한 번 더 빙글 돌려 다즈키르샤의 몸통을 쪼개려고 들었다.

그때 레이나의 반격이 시작되었다. 발톱을 내주고 적을 가까이 끌어들인 다즈키르샤 레이나는 입술을 동그랗게 모아 "홀딩(Holding: 속박)"이라고 속삭였다.

레이나가 재현해 낸 고대의 마법이 플라비우스의 몸을 순간적으로 속박했다.

[으흡?]

깜짝 놀란 플라비우스가 몸을 뒤로 빼려고 했다.

한데 신체가 말을 듣지 않았다. 날개도 움직이지 않았다. 본능적으로 위기감을 느낀 플라비우스는 갑옷의 힘을 빌려 한 번 더 방어막을 만들어 내었다. 그것만으로 부족하여 열두 장의 날개를 활짝 펼쳐 온몸을 보호했다.

후오옹!

플라비우스의 몸 주변에 보라색 방어막이 일어났다.

그런데 조금 전 플라비우스가 펼쳤던 방어막보다는 색도 연하고 두께도 얇았다.

플라비우스의 갑옷은 적의 공격을 반사하는 절대적인 방어력을 갖추었지만, 한 번 기능을 사용하고 나면 다시 에너지를 채우는 데 시간이 좀 걸렸다.

'젠장. 아직 방어막을 구축할 에너지가 다 차지 않았어.'

겹겹이 둘러진 새하얀 날개 속에서 플라비우스가 입술을 꽉 깨물었다.

콰직!

플라비우스의 머리 위에서 달걀 껍질 깨지는 소리가 들렸다. 다즈키르샤의 공격에 얻어맞아 보라색 방어막이 으깨지는 소리였다.

물론 일부 데미지가 다즈키르샤에게 반사되었다. 하지만 처음 만들었던 방어막에 비해 반사율이 높지 않았다.

[크욱.]

다즈키르샤 레이나는 보랏빛 방어막으로부터 반사된 충격을 온몸으로 견디면서 파고들어 한 번 더 적을 후려쳤다.

플라비우스의 날개가 우둑 꺾였다.

[끄악.]

플라비우스가 비명과 함께 지상으로 추락했다.

다즈키르샤가 허공에서 거대한 몸을 휙 틀어 플라비우스를 뒤쫓았다.

[크롸롸롸롸롸—]

12개의 아가리에서 뿜어지는 고대 문자들이 플라비우스의 온몸을 휘감았다.

그때 플라비우스의 투구가 기능을 발휘했다. 번쩍 토해진 빛과 함께 플라비우스의 몸이 수 킬로미터 왼쪽으로 공간 이동했다. 동시에 강렬한 빛이 쏘아져 다즈키르샤의 눈을 마비시켰다.

겨우 속박에서 풀려난 플라비우스가 검을 꽉 쥐고 다시 달려들었다.

Chapter 3

[뒈져라, 이 괴물아.]

쭈왕—

보라색 광선이 허공을 반으로 갈랐다.

다즈키르샤 레이나도 고대 문자들을 중첩해 플라비우스의 검을 막았다.

콰칭! 콰칭! 콰칭!

허공에서 연달아 폭음이 울렸다. 빛의 신장 플라비우스와 다즈키르샤 레이나의 전투는 숨 돌릴 틈 없이 계속되었다.

두 초월적 존재들의 혈투로 인해 주변 20킬로미터 영역이 폐허로 변했다. 전투에 휘말린 일부 마물들과 천족들은 그대로 가루가 되었다.

그 탓에 두 초월자들의 주변엔 아무도 얼씬거리지 않았다.

멀리서 플라비우스의 싸움을 지켜보던 천계 여왕이 좌원사를 돌아보았다.

"좌원사님."

검은 옷에 검은 수염을 휘날리는 좌원사가 여왕을 향해 고개를 푹 숙였다.

"말씀하소서."

"그대가 플라비우스 장군을 돕는 것이 좋겠어요. 저러다 플라비우스 장군이 다치면 안 되잖아요."

"명을 따르겠습니다."

절도 있게 고개를 숙인 좌원사는, 여섯 쌍, 즉 열두 장의 날개를 활짝 펴고 플라비우스를 향해 날아갔다.

좌원사.

우원사.

빛의 신장 플라비우스.

어둠 신장 막센.

이상 4명의 무력은 서로 엇비슷했다.

레이나도 플라비우스와 막상막하 수준이었다. 그런 레이나에게 플라비우스와 동급의 적이 한 명 더 가세한다면 결과는 불을 보듯 뻔했다.

[크룩. 젠장.]

좌원사의 존재를 감지한 다즈키르샤 레이나가 얼굴을 구겼다. 좌원사가 아직 전투에 끼어들지도 않았건만, 심리적 압박감 때문에 레이나의 손발이 어지러워졌다.

반면 플라비우스는 한층 더 자신감 있게 공격을 전개했
다.

허공 100미터 높이로 떠오른 좌원사가 다즈키르샤 레이
나를 향해 몸을 날렸다. 좌원사의 온몸에서 검은 구름이 뭉
클뭉클 일어나 주변으로 퍼져 나갔다.

[치이잇.]

다즈키르샤가 힐끗힐끗 좌원사를 돌아보았다.

그 바람에 플라비우스의 역동작을 놓쳤다. 왼쪽을 공격
하는 척하다가 갑자기 오른쪽으로 방향을 전환한 플라비우
스는 보라색 광선을 길게 뻗었다.

썽둥.

다즈키르샤의 날개 하나가 어이없이 잘려 나갔다.

[쿠롸?]

깜짝 놀란 다즈키르샤가 다시 정신을 차렸을 때, 플라비
우스는 이미 연속 공격에 들어간 상태였다.

'이러다 죽겠구나. 우선 전력을 다해 이놈부터 잡아야
해.'

다즈키르샤 레이나는 좌원사에 대한 견제를 잠시 머릿속
에서 지웠다. 그러곤 온 힘을 다해 플라비우스와 맞부딪쳤다.

때마침 도움의 손길도 도착했다.

[네 상대는 나다.]

잠시 전장에서 이탈했던 잉그리드가 다시 돌아왔다. 시뻘건 용암을 온몸에 소용돌이처럼 두르며 나타난 잉그리드는 좌원사의 앞을 가로막았다.

좌원사가 뱀처럼 냉혹한 눈으로 잉그리드를 노려보았다.

[아직 여물지도 않은 막키르샤 따위가 감히 누구의 앞을 막는 게냐?]

[쿠워워어어ㅡ]

분노한 잉그리드가 온몸으로 좌원사를 들이받았다.

그보다 한발 앞서 좌원사의 권능이 발휘되었다. 시커멓게 주변을 잠식한 구름이 새까만 벼락 몇 줄기를 토해 놓았다.

쩌적! 쩌적! 쩍!

인간계에서는 찾아볼 수 없는 검은 번개가 잉그리드의 몸을 강타했다. 그 즉시 잉그리드의 몸이 오염되기 시작했다.

츠츠츠츠츠ㅡ

벼락을 맞은 부위를 중심으로 잉그리드의 비늘이 검게 죽더니, 그 영역이 독버섯처럼 빠르게 퍼져 나가며 잉그리드의 기운을 빼앗았다.

이렇게 사라진 잉그리드의 생체 에너지가 좌원사의 몸으로 흘러들어 갔다.

검은 번개로 적을 오염시켜 생체 에너지를 빼앗아 오는 기술이야말로 좌원사의 권능 중 하나.

[크윽.]

잉그리드는 제대로 공격을 해 보지도 못하고 비틀거렸다.

시커먼 구름 속에 숨은 좌원사 또다시 검은 번개를 날렸다. 빛의 속도로 날아온 번개가 잉그리드를 때렸다.

[큭, 크윽.]

잉그리드는 몇 군데 더 벼락에 얻어맞았다. 신체가 오염되는 속도가 한층 빨라졌다. 빨갛고 아름답던 비늘이 검게 물들어 말라비틀어지는 모습이 참으로 괴기스러웠다.

[킬킬킬킬. 이제야 네 한계를 느끼겠느냐?]

검은 구름 속에서 좌원사가 잉그리드를 비웃었다.

하라간이 그 모습을 보았다.

냉정하게도 하라간은 잉그리드를 돕지 않았다. 그저 먼 하늘을 힐끗거리며 대적자의 움직임을 감지하는 데 집중했다.

조금씩, 아주 조심스럽게 접근하던 대적자가 드디어 이 세계에 살짝 접촉했다.

'왔구나!'

갑자기 하라간이 활짝 웃었다.

드디어 대적자가 나타났다. 아직 확실하게 미끼를 문 것은 아니지만, 이 세계에 접촉했다는 것 자체가 고무적인 일이었다.

'이제 곧 인간계로 진입할 테지? 어서 오너라. 어서 와.'

하라간은 온 마음으로 대적자를 환영했다.

그에 호응이라도 하듯, 대적자의 신체 일부가 이 세계로 들어오기 시작했다. 수백 광년 저편, 까마득히 먼 거리에서 벌어진 일이었지만, 하라간은 생생하게 그 모습을 느꼈다.

'옳거니. 일이 여기까지 진행되었으니 되었다. 이제 마지막으로 큼지막한 미끼를 한 마리 투척할 차례야.'

하라간이 손가락을 까딱였다.

민치 둘이 후다닥 달려왔다. 그중 하나는 하라간 옆에 얌전히 섰다. 다른 하나는 하라간의 손에 자신의 머리를 가져다 대었다.

하라간이 민치의 머리를 붙잡아 허공에 휙 던졌다.

빙글빙글 회전하면서 날아간 민치가 눈 깜짝할 사이에 수 킬로미터 저편, 그러니까 좌원사 근처까지 도달했다.

기다렸다는 듯이 하라간이 권능을 발휘했다.

쭈욱―

하라간이 빈 허공으로부터 무언가를 잡아당기는 시늉을 했다.

잔뜩 상처를 입고 오염이 된 잉그리드가 갑자기 그 자리에서 사라지더니, 하라간의 옆에 서 있던 민치의 몸으로 옮겨 왔다.

물론 마물과의 결합은 풀린 상태였다.

"으헉, 헉헉헉."

잉그리드가 크게 휘청거렸다.

"괜찮소?"

하라간이 잉그리드를 부축했다.

하라간의 서늘한 손길이 닿는 즉시 좌원사의 권능이 차단되었다. 잉그리드의 몸에서 암세포처럼 퍼져 가던 검은 기운이 그대로 멈췄다.

아니다. 단지 멈추기만 한 것이 아니었다. 하라간의 손이 닿기 무섭게 오염되었던 세포가 되살아났다. 잉그리드는 좌원사에게 빼앗겼던 생기를 절반 이상 되찾았다.

"헉헉헉. 죄송해요. 제가 능력이 부족해서 임무를 완수하지 못했어요."

하라간의 팔에 매달려 잉그리드가 사과부터 했다.

하라간이 잉그리드의 머리카락을 쓰다듬었다.

"아니오. 당신은 충분히 역할을 했소."

Chapter 4

"흑흑. 죄송해요. 흐윽."

잉그리드가 서럽게 울먹였다.

하라간은 그런 잉그리드를 토닥토닥 달랜 다음, 저 멀리 훨훨 날아가는 민치를 올려다보았다.

딱!

하라간이 손가락을 튕겼다.

그 신호에 맞춰 마해 깊숙한 곳의 거대한 존재가 민치의 몸뚱어리 속으로 소환되었다. 이 거대한 존재는 레이나 수준의 애송이 다즈키르샤가 아니었다. 심해저 3층에서도 가장 밑바닥, 그 가장 어둡고, 가장 밀도가 높으며, 가장 끔찍한 세상을 활보하는 초거대 마물 중의 마물이었다.

젤케토.

희고 반투명한 구체의 몸에, 전기뱀장어를 닮은 촉수 8,000개를 매단 이 심해저 3층의 마물은 본래 인간 세상에 등장하는 것 자체가 불가능한 존재였다. 젤케토의 볼륨은 대륙 전체를 합친 것보다 더 컸다. 만약 누군가가 인간 세상에 젤케토를 강제로 소환한다면, 그 존재의 무게만으로도 대륙이 짓눌려 바다로 침수할 법했다. 아마도 그런 일이 벌어진다면 온 인간 세상이 물속에 잠겨 멸망할 상황이었다.

그런데 하라간은 그런 초거대 마물을 인간 세상에 불러 들였다.

'오래전, 거미줄을 붙여 두기 잘했어. 출출할 때 도시락처럼 불러와서 잡아먹으려고 붙여 놓은 거였는데, 이렇게 써먹으니 잘되었지 뭐야.'

하라간이 젤케토를 올려다보며 히죽 웃었다.

그 와중에 젤케토의 몸체는 점점 더 많은 부위가 인간 세상으로 넘어오고 있었다. 뿌옇고 반투명한 젤케토의 몸통이 온 하늘을 뒤덮었다. 그 모습이 마치 하늘에 뿌연 구름이 한 겹 끼는 것처럼 보였다. 젤케토의 촉수도 몇 가닥 인간 세상으로 넘어왔다. 전기뱀장어를 수억 배, 수십억 배 크기로 뻥튀기해 놓은 것 같은 젤케토의 촉수는 강렬한 전기를 빠직빠직 토해 놓았다.

[으아아, 저게 뭐야?]

[대체 저건 어떤 종류의 마물이지?]

하라간 주변의 솔샤르들이 이렇게 중얼거렸다. 솔샤르들의 눈에는 젤케토의 촉수 한 가닥 한 가닥이 다즈키르샤급의 마물들로 보였다. 그런 촉수 8,000 가닥이 모여서 젤케토 하나를 구성한다고는 상상도 하지 못했다.

젤케토의 몸이 점점 더 인간 세상으로 넘어올수록, 질량이 점점 가중되었다. 이러다 젤케토의 본체 전부가 소환되어 그 무게로 대륙을 짓누른다면, 그 즉시 대륙 붕괴의 참사가 찾아올 상황이었다.

하라간은 그것을 원치 않았다.

딱!

하라간이 손가락을 튕겼다.

젤케토의 몸이 수만 분의 1로 줄어들었다. 덩달아 무게도 감소되었다.

그렇게 엄청나게 몸이 축소되었건만, 젤케토는 여전히 거대했다. 젤케토의 둥그런 몸체는 지름이 15 킬로미터에 육박했다. 몸체 아래쪽에서 흐느적거리는 8,000개의 촉수는 그 하나하나의 굵기가 300 미터가 넘었다.

물론 젤케토의 크기와 무게만 줄었을 뿐, 무력이나 권능은 그대로였다.

[스왁— 스왁—?]

심해저 밑바닥에서 여유롭게 헤엄을 치다가 갑자기 엉뚱한 세계로 끌려온 젤케토는 그 당혹스러움을 분노로 전환했다.

[스스와왁!]

젤케토의 코앞에 있던 검은 구름, 즉 좌원사가 직격탄으로 그 분노를 맞닥뜨렸다. 젤케토의 촉수에서 쏟아지는 벼락의 다발이 좌원사를 그대로 쓸어버렸다.

빠지지지직! 빠카카카캉! 빠카캉!

검은 구름이 갈가리 찢어지듯 날아갔다. 좌완사의 몸 주변에서 시퍼런 불똥이 마구 튀었다.

"으왁!"

좌원사는 정말이지 자지러지게 놀랐다. 좌원사의 머리에 돋아난 검은 투구가 기능을 발휘하지 않았다면, 그리고 그 특수 기능에 의해 좌원사가 다시 천계 여왕의 곁으로 공간 이동하지 않았다면, 좌원사는 그대로 통구이가 되어 죽었을 뻔했다.

젤케토의 벼락은 그만큼 무지막지했다.

[스왁— 스왁, 스왁, 스왁.]

젤케토가 꿈틀 몸을 움직였다. 무려 10 킬로미터나 되는 촉수들이 우르르 몰려와 좌원사를 겨냥했다.

빠카카카캉!

촉수의 아가리에서 방출된 벼락이 좌원사 주변을 쑥대밭으로 만들었다.

그 전에 대원사가 나섰다.

대원사의 권능은 물질 창조.

대원사는 오른손에 고무 조각을 움켜쥐고 왼 손바닥을 앞으로 뻗었다.

그러자 놀라운 일이 벌어졌다. 대원사와 천계 여왕, 그리고 천계 고위급들의 코앞에 지름 수백 미터 크기의 고무 방패가 창조되었다.

젤케토가 쏟아 낸 수천 가닥의 벼락이 고무 방패 표면을 후려쳤다.

고무는 전기가 통하지 않는 절연 재질이다. 젤케토의 벼락이 아무리 강렬하다고 하더라도 지름 수백 미터에 두께가 수십 미터나 되는 고무 방패를 뚫고 피해를 입힐 수는 없었다. 이것이 물리적인 상식이었다.

한데 그 상식이 깨졌다.

수천 줄기의 천둥소리와 함께 대원사의 고무 방패가 그대로 찢겼다.

이것은 젤케토의 벼락이 단순한 전격계 공격이 아니라는 반증이었다. 일반적으로 벼락은 전기 에너지가 매질을 건너뛰어 반대쪽 극으로 진입하면서 발생하는 현상인데 반해, 젤케토의 벼락은 이것과는 발생 원리가 달랐다.

젤케토의 벼락은 적의 머무는 공간 자체를 지그재그로 찢어발기면서 그 충격에 의해 전하가 발생하는 것이 원리였다. 따라서 전기 자체가 공격력을 갖기보다는, 공간을 찢는 파괴력에 방점이 찍혀 있었다.

조금 전 대원사가 고무 방패를 창조하여 아군을 보호하려고 들었을 때, 젤케토의 공격력 가운데 전기 에너지는 고무 재질에 의해서 대부분 차단되었다. 하지만 고무 방패가 위치한 공간 자체가 수천 가닥으로 찢어발겨지는 충격까지는 막지 못했다.

강한 타격이 천계 고위층들에게 직접적으로 작렬했다.

"크우욱, 이럴 수가."

대원사가 비틀거리며 물러섰다. 대원사의 옷소매는 어느새 너덜너덜하게 헤졌다. 팔뚝은 온통 피투성이였다. 입에서도 선명한 핏물이 흘러내려 대원사의 수염을 적셨다.

꿈틀~

젤케토가 거대한 몸을 움직였다. 직경 15 킬로미터나 되는 이 거대 마물은 온 하늘을 뒤덮으며 천계의 본진 상공으로 날아오더니, 별안간 쇼크 웨이브(Shock Wave: 충격파)를 터뜨렸다.

파창!

"크왁."

온몸으로 여왕을 보호하던 우원사가 가을 낙엽처럼 날아갔다.

"으허헉."

대원사도 거듭 피를 토하며 주르륵 밀려났다.

Chapter 5

지금까지 느긋하게 앉아서 전투를 지켜보던 천계 여왕도 더는 여유를 부리지 못했다. 여왕은 황급히 몸을 날려 쇼크 웨이브의 범위를 피하려 들었다.

뜻대로 되지 않았다. 여왕의 머리카락이 충격파에 휘말려 한 움큼 뜯겨 나갔다. 몸 곳곳이 망치에 두드려 맞은 듯 욱신거렸다.

그나마 우원사와 어둠 신장 막센이 보호한 덕분에 여왕의 피해가 이 정도로 그쳤을 뿐, 젤케토의 공격에 직접 노출되었다면 내장이 뒤집힐 뻔했다. 심해저 3층 가장 밑바닥의 초거대 마물은 그만큼 무시무시했다.

"끄으응."

멀리 휘말려 날아갔던 우원사가 힘겹게 몸을 일으켰다. 그의 날개 열두 장 가운데 절반 이상이 부러진 상태였다. 날개 깃털도 듬성듬성 빠져 흉한 몰골이 되었다.

"크우욱, 정말 무지막지하군."

온몸이 흑인처럼 시커멓고, 이빨과 날개만 새하얀 어둠 신장 막센도 피를 철철 흘렸다.

그런 천계 수뇌부를 향해 젤케토가 촉수를 움츠렸다가 쭉 뻗었다. 8,000개나 되는 촉수로부터 8,000 가닥의 벼락이 몰아쳤다.

쩌저적, 빠카카카캉!

귀청을 찢는 벽력성과 함께 젤케토의 공격이 천계 수뇌부를 직격했다.

"피햇!"

대원사가 악을 썼다.

천계 여왕이 공간을 뛰어넘어 1.5킬로미터 밖으로 도망쳤다.

"여왕님을 보필해라."

우원사와 어둠 신장이 여왕을 보필하듯 따라붙었다.

대원사는 여왕이 도망칠 시간을 벌기 위해 오른손에 쇠붙이를 움켜쥐었다. 그러곤 하늘을 향해 왼손을 내밀었다.

대원사의 머리 위 50미터 상공에 다리가 3개 달린 커다란 솥단지가 창조되었다.

쩌저적!

지름이 무려 100미터나 되는 거대한 솥단지 안으로 수백 가닥의 벼락이 떨어져 내렸다.

만약 젤케토의 벼락이 진짜 벼락이었다면 8,000가닥의 벼락 전체가 솥단지에만 집중되었을 것이다. 전기는 금속에 끌리기 마련이니까.

하지만 젤케토의 벼락은 겉보기로만 전기의 다발처럼 보

일 뿐, 실제로는 공간을 찢는 공격이었다. 수백 가닥의 벼락이 솥단지 안을 때려서 푸른 불똥을 만들었다. 나머지 벼락들은 대원사가 만들어 낸 무쇠솥에 이끌리지 않고 원래 목표 지점을 향해 날아갔다. 마치 추적 기능이라도 달린 것처럼 천계 여왕을 쫓아간 벼락들이 가공할 공격을 퍼부었다.

"여왕님, 피하십시오."

우원사가 여왕의 앞을 가로막았다. 그러면서 양손을 가슴께에 모아 방어 마법을 구현했다.

이윽고 우원사의 손바닥 사이에 새하얀 구슬이 형성되었다. 지름 20센티미터 크기의 백색 구슬은 슈르르릉 소리를 내면서 자전하기 시작했다.

만일의 사태를 대비하여 어둠 신장도 우원사의 뒤를 받쳤다. 어둠 신장은 한 손으로 하늘을 가리키고, 다른 손으로 땅을 가리킨 다음 커다란 원을 그렸다.

원의 중심부에 시커먼 공간이 열렸다. 이것은 중력을 수천 배로 증폭시킨 유사 블랙홀(Quasi—Black Hole)이었다.

슈와악—

주변의 사물들이 유사 블랙홀 안으로 빨려 들어가기 시작했다. 부서진 나뭇가지와 돌멩이들이 먼저 유사 블랙홀로 딸려 갔다. 이어서 나무가 뚝 부러져 흡수되었다. 바위도 유사 블랙홀로 들어갔다. 급기야는 바람과 빛마저 흡수되었다. 어둠 신장 막센이 만들어 낸 유사 블랙홀은 빛까지 잡아먹으면서 점점 더 어둠의 영역을 넓혀 갔다.

우원사의 백색 구슬에 이어서 어둠 신장의 유사 블랙홀까지.

이중 방어 라인이 구축되었다.

그 위로 젤케토의 벼락이 해일처럼 들이닥쳤다.

"이야아압—"

기다렸다는 듯이 우원사가 나섰다. 우원사가 만들어 낸 백색 구슬이 젤케토의 벼락과 정면으로 맞부딪쳤다.

적의 공격 에너지를 흡수하여 소멸시키는 것이 백색 구슬의 특징. 그런데 젤케토의 공격력은 백색 구슬이 감당할 수 있는 에너지 범위를 넘어섰다.

콰지직!

차고도 넘치는 젤케토의 파괴 에너지가 백색 구슬을 박살 내고 천계 여왕을 향해 밀려들었다.

이번에는 어둠 신장이 나섰다.

"여기도 있다."

유사 블랙홀이 시커먼 아가리를 쩍 벌려서 젤케토의 공격을 틀어막았다. 껍질이 부스러지는 듯한 소음과 함께 젤케토의 권능과 어둠 신장의 권능이 정면으로 맞부딪쳤다.

한쪽은 공간을 갈가리 찢어 버리는 파괴적인 권능이었고, 다른 한쪽은 그 파괴적인 힘을 중력으로 짓눌러서 흡수하는 권능이었다.

처음엔 유사 블랙홀이 젤케토의 벼락을 거뜬히 막아 내는 것처럼 보였다.

하지만 한 차례 내리꽂힌 8,000 가닥의 벼락 위로 또 다른 8,000 가닥의 벼락들이 밀려들었다. 젤케토의 벼락은 끝도 없이 날아와서 유사 블랙홀을 때리고 또 때렸다.

결국 유사 블랙홀도 한계에 도달했다. 어둠 신장이 만들어 낸 시커먼 원형 공간이 소멸되었다.

"크윽."

결국 어둠 신장이 창백한 모습으로 주저앉았다.

이제 천계 여왕이 나설 차례였다.

"저리 비켜요."

어둠 신장 막센의 어깨를 밀치고 등장한 여왕은 밀려드는 벼락을 향해 양손을 천천히 내밀었다.

슈라라랑!

여왕의 미끈한 손 주변으로 봄 햇살 같은 기운이 몰려들었다. 그 부드러운 기운이 수천 다발의 벼락 사이로 파고들었다. 따뜻한 햇살이 얼음 벼락을 녹이는 것처럼, 젤케토의 벼락은 여왕의 만들어 낸 부드러운 힘을 이기지 못했다.

대신 여왕도 타격을 받았다. 젤케토의 공격력 대부분은 삼 단계의 방어를 거치면서 거의 다 녹아 없어졌지만, 일부 파괴적인 기운이 남아서 여왕의 새하얀 팔뚝을 할퀴었다. 여왕의 팔뚝이 눈 깜짝할 사이에 벌겋게 부었다. 핏물이 얼비쳤다.

파창!

젤케토가 한 번 더 쇼크 웨이브를 터뜨렸다.

"크왁, 빌어먹을."

우원사가 데굴데굴 굴러 저 멀리 처박혔다.

"어이쿠."

어둠 신장 막센도 허공으로 부웅 떠올랐다가 땅바닥에 거칠게 처박혔다. 우원사와 어둠 신장 모두 날개가 부러지고 몰골이 말이 아니었다.

그나마 천계 여왕만 멀쩡했다.

여왕이 무사한 것은 그녀가 착용한 삼신기 덕분이었다.

힘을 상징하는 은빛 창.

용기를 상징하는 금빛 방패.

지혜를 의미하는 붉은 왕관.

천계 여왕은 천계의 왕족들에게 대대로 전해 내려오는 삼신기를 쓰다듬으며 무서운 눈으로 젤케토를 노려보았다.

"으드득. 마해의 마물이여, 결국 나로 하여금 삼신기까지 동원하게 만드는구나."

여왕은 뿌드득 이빨을 갈았다.

Chapter 6

까마득한 옛날, 천신은 천족들에게 세 가지 특수한 금속을 내려 주었다. 각각 은색, 금색, 적색으로 빛나는 세 종류의 금속은 천족 장인들의 손에 의해 세 가지 아주 강력한 무기로 탈바꿈되었다.

"오너라, 마물아."

천계 여왕이 은빛 창을 쭉 뻗으며 날아올랐다. 여왕의 등 뒤에서 아홉 쌍, 즉 열여덟 장의 새하얀 날개가 퍼덕거렸다.

빠카카카캉!

젤케토가 대놓고 벼락을 때렸다.

"흥!"

천계 여왕이 금빛 방패를 수평으로 휘둘렀다.

순간적으로 여왕의 전면 공간이 금빛 물감으로 물든 것처럼 환하게 빛났다. 그러곤 금빛 냇물이 흐르듯이 수평으로 퍼져 나갔다.

젤케토의 벼락이 그 금빛 장막에 막혔다. 유사 블랙홀까지 파괴해 버렸던 가공할 벼락들이 여왕의 금빛 장막에 의해 힘도 쓰지 못하고 사라진 것이다.

[스와왁? 스왁, 스왁.]

당황한 젤케토가 허공에서 좌로 반 바퀴, 우로 반 바퀴 몸을 회전했다. 그러느라 여왕이 휙 사라지는 모습을 보지 못했다.

공간 이동이라도 하듯이 갑자기 사라진 여왕이 젤케토와 근접한 위치에서 번쩍 나타났다.

[스스왁?]

화들짝 놀란 젤케토가 반투명한 촉수를 뻗었다. 그와 동시에 쇼크 웨이브도 터뜨렸다.

여왕이 반사적으로 방패를 휘둘렀다. 허공에 금빛 물감이 퍼져 나가는 것처럼, 금색 장막이 오로라처럼 펼쳐졌다.

빠카카캉!

퓨쉭, 퓨쉭, 퓨쉬쉭—

젤케토가 쏘아 낸 수천, 수만 가닥의 벼락들은 얇은 장막 하나를 뚫지 못하고 차례로 소멸되었다. 우원사를 가랑잎처럼 날려 버렸던 쇼크 웨이브도 금빛 방패 앞에선 통하지 않았다.

[스스스왁?]

젤케토가 진짜로 당황했다.

천계 여왕은 그 짧은 틈을 놓치지 않았다. 섬전처럼 뻗은 은빛 창이 밤하늘의 밀키웨이(Milky Way: 은하수)처럼 장엄하게 펼쳐져 젤케토를 강타했다.

[꾸웨에에엑!]

기분 나쁘게 스왁거리기만 하던 젤케토가 처음으로 돼지 멱따는 뇌파를 내뱉었다. 그도 그럴 것이, 여왕의 공격 한 방에 젤케토의 촉수 수백 가닥이 활활 타서 없어졌다.

젤케토는 반투명한 몸을 잔뜩 수축했다가 확 부풀렸다.

지금까지 터져 나왔던 쇼크 웨이브보다 10배는 더 강력한 쇼크가 온 세상을 뒤흔들었다.

천계 여왕이 금빛 방패를 휘둘러 충격파를 막았다. 그다음 은빛 창을 한 번 더 곧게 뻗었다. 대평원 상공에 밀키웨이가 한 번 더 형성되었다.

젤케토는 몸을 빙글 돌려 촉수를 숨기고 둥그런 몸체로 여왕의 공격을 받았다.

투왕!

지름 15 킬로미터나 되는 젤케토가 구름 위로 튕겨져 올라갔다.

"흥. 어딜 도망치려고?"

여왕이 열여덟 장의 날개를 접고 빠르게 추격했다.

구름 위로 물러섰던 젤케토가 무서운 속도로 다시 하강했다.

"오냐. 어디 부딪쳐 보자."

천계 여왕이 어금니를 질끈 물었다.

여왕의 몸 앞에서 금빛 방패가 영롱한 빛을 토했다. 여왕의 손에 들린 은빛 창은 살아 있는 생명체처럼 힘차게 펄떡거렸다.

여왕이 가속에 가속을 더해 하늘로 쏘아져 올라가는 모습은, 마치 불꽃놀이용 폭죽이 솟구치는 것 같았다. 여왕의 몸 주변이 마찰열에 의해 발갛게 달아올랐다. 여왕이 솟구쳐 올라간 자리에 붉은 불꽃이 꼬리처럼 매달렸다.

구름 위에서 뚝 떨어지는 젤케토도 마찬가지였다. 흡사 거대한 소행성이 대륙에 낙하하는 것처럼, 젤케토는 시뻘건 화염을 온몸에 두른 채 무지막지한 속도로 적에게 달려들었다.

"이이야아압!"

여왕이 괴성을 질렀다.

[스스스와아아악!]

젤케토도 전력을 다했다.

빛이 번쩍 터졌다. 소리는 들리지 않았다. 순간적으로 주변 공기가 후왁 부풀었다가 그대로 터져 버렸다.

충돌의 여파가 파오거 대평원 전체를 뒤흔들었다.

[크와악.]

북부의 마물들이 충돌의 여파를 견디지 못하고 우르르 나동그라졌다. 하늘을 비행하던 천족들이 뱅글뱅글 돌다가 땅에 고꾸라졌다. 일부는 나무와 부딪쳤다.

천계 여왕과 젤케토의 충돌은 그만큼 강렬했다. 충돌 한 방에 모든 전투가 뚝 멈췄다.

잠시 침묵이 흘렀다.

흙먼지 속에서 겨우 몸을 일으킨 마물들이 푸르르 머리를 흔들었다. 비틀비틀 일어선 천족들이 손으로 이마를 짚었다.

[으아아아, 저것?]

마물들이 입을 쩍 벌렸다.

[피햇! 모두 피하라고.]

천족들이 기겁했다.

두 종족의 눈에 들어온 것은, 마치 시간을 몇 초 전으로 되돌린 듯한 광경이었다.

일 차 충돌에 의해 땅속 수백 미터 깊이까지 푹 박혔던 천계 여왕이 어금니 꽉 물고 다시 불꽃이 되어 하늘로 쏘아져 올라갔다.

젤케토도 마찬가지였다. 조금 전 일 차 충돌에 의해 구름

위 저 멀리까지 날아갔던 젤케토는 온 힘을 쥐어짜서 다시 지상으로 낙하 중이었다.

그 둘이 다시 허공에서 맞부딪쳤다.

[으아아아악.]

기겁을 한 마물들이 땅을 벅벅 긁어 그 속으로 피하려고 들었다.

[이런 미친!]

뼈다귀만 남은 천족들은 날개를 바짝 접고 최대한 둥그렇게 몸을 웅크려 피해를 최소화하려고 애썼다.

번쩍!

빛이 터졌다.

소리는 들리지 않았다. 그저 대지가 출렁 흔들렸을 뿐이다.

파촹!

이어서 어마어마한 충격파가 온 사방을 휩쓸었다.

연해 레벨의 마물들은 그 충격에 노출된 것만으로도 배가 터져 버렸다. 품계가 낮은 천족들도 온몸의 뼈가 으스러져 주저앉았다.

해구 레벨의 마물들도 겨우 버티기만 했을 뿐, 하늘이 빙글빙글 돌았다. 품계가 제법 높은 계층의 천족들도 출렁거리는 땅바닥 위에서 엉금엉금 기었다. 감히 날개를 펴거나 하늘로 날아오르는 천족은 없었다.

두 번의 정면 충돌 결과, 양측의 무력은 엇비슷하다는 결론이 나왔다. 천계 여왕이 붉은 입술을 꽉 깨물었다.

'이럴 수가! 천신께서 하사하신 삼신기를 사용하고도 마물을 이기지 못하다니. 어떻게 이럴 수가 있지?'

천계 여왕은 나름 큰 충격을 받았다.

한편 젤케토도 당황한 눈치였다.

[스와악?]

솔직히 젤케토는 지금 이 상황이 무척 낯설었다. 원래 젤케토는 심해저 밑바닥에서 여유롭게 헤엄을 치던 중이었다. 요새 심해저 밑바닥에서 마신이 통 보이지 않아 젤케토는 기분이 무척 좋았다. 그런데 알 수 없는 힘에 의해 갑자기 엉뚱한 세상에 끌려오게 되었다. 젤케토 입장에서는 무척이나 당혹스러운 일이었다. 또한 자신의 거대한 몸체가 벼룩의 코딱지 크기로 —젤케토 입장에서는— 축소된 것도 무척 억울했다. 그런 와중에 벌레만도 못한 천족 따위와 두 번이나 전력으로 맞부딪치고도 이기지 못했다. 젤케토는 자신이 왜 저런 미천한 천족 따위를 단숨에 짓뭉개 버리지 못하는지 도통 이해가 되지 않았다.

Chapter 7

결국 젤케토가 승부수를 걸었다.

스스스스스―

해파리를 닮은 젤케토의 몸체가 점점 더 **빵빵**하게 부풀었다. 지름 15 킬로미터 안팎이었던 젤케토가 어느새 세 배 가까이 늘어나 파오거 대평원 상공의 4분의 1을 뒤덮었다.

지금 이 평원에 진입한 북부의 전력 전체, 그리고 천족 진영 전체를 다 합친 것보다 더 넓은 공간을 젤케토가 차지했다.

[으으으.]

마물들이 불안한 눈빛으로 하늘을 올려다보았다.

천족들도 겁에 질려 젤케토만 주시했다.

그 불안한 예측이 맞았다. 이대로 풍선처럼 몸뚱어리를 부풀려 폭사하겠다는 것이 젤케토의 의도였다.

젤케토의 특성은 공간의 지배자.

게다가 젤케토는 하라간에 의해 몸은 축소되었지만, 힘과 에너지는 고스란히 보유하고 있었다. 이런 상황에서 젤케토가 모든 신체 에너지를 쏟아 부어 몸을 터뜨린다면, 아마도 인간들의 세상 전 공간이 갈기갈기 찢겨 나갈 것이다.

그렇게 장렬하게 폭사한 다음, 찢어진 신체를 누덕누덕

이어 붙여 재생하겠다는 것이 젤케토의 계획이었다.

천계의 천족들은 젤케토의 계획을 알지 못했다. 북부의 솔샤르들도 젤케토의 구상을 파악할 수는 없었다.

하지만 그들은 느꼈다.

지금 이 순간에도 무섭게 부풀고 있는 저 초자연적인 마물이 무언가 어마어마한 일을 저지를 것이라는 점을 다들 느끼고 있었다.

[젠장. 막아야 하는 거 아닙니까?]

스벤센 왕국의 지휘관이 류리크에게 물었다.

류리크가 짜증을 냈다.

[어떻게? 무슨 수로 막을 건데?]

천족 진영에서도 비슷한 의견이 오갔다.

우원사가 절뚝거리며 걸어와 대원사의 옷깃을 붙잡았다.

"대원사님, 아무래도 심상치 않습니다. 좀 막아 보십시오."

"내가? 내가 무슨 재주로 저걸 막아?"

대원사가 어이없다는 표정으로 되받아쳤다.

우원사는 막무가내였다.

"그래도 대원사님이시지 않습니까? 무슨 수를 내보셔야 지요."

"자네는 내가 만능인 줄 아나? 저 거대한 마물이 하는 짓을 나더러 어떻게 막으라고."

대원사와 우원사가 이렇게 툭탁거렸다.

그 대화를 들은 주변의 천족들이 더욱 불안해했다.

그러는 와중에도 젤케토는 점점 더 크게 부풀었다. 하얀색이던 젤케토의 몸체가 이제는 거의 투명하게 변했다. 아예 내장이 비쳐질 정도였다.

결국 천계 여왕이 최후의 수단을 꺼내 들었다.

"안 되겠어요. 영멸의 법진을 준비하세요."

"벌써 말입니까?"

대원사가 화들짝 놀랐다.

영멸의 법진은 결코 쉽게 사용할 수 있는 수단이 아니었다. 일단 한 번 법진이 발동하면 그 위력이 가공할 정도지만, 한 번 사용한 뒤 재사용하기까지 걸리는 시간이 너무 길었다.

'만약 영멸의 법진으로 저 해파리형 마물을 없애 버린다고 치자. 딱 그 타이밍에 또 다른 강력한 마물이 등장한다면? 그땐 속절없이 무너질 수밖에 없는데.'

대원사가 불안하게 눈알을 굴렸다.

천계 여왕이 언성을 높였다.

"어서 서둘러요. 저러다 저 마물이 뭔가 큰일을 저지르겠어요."

"아, 알겠습니다."

대원사가 서둘러 신호를 보냈다.

피투성이가 된 좌원사가 대원사의 곁으로 날아왔다. 우원사가 적당한 위치에 자리를 잡았다. 키르샤와 접전을 벌이던 신장들도 대원사의 부름에 응했다. 플라비우스가 공간을 뛰어넘어 대원사 옆에 섰다. 어둠 신장 막센이 플라비우스의 맞은편에 섰다. 동신장 브렌누스도 쿵쿵 달려와 법진의 한 축을 담당했다.

대원사, 좌원사, 우원사, 빛의 신장 플라비우스, 어둠 신장 막센, 동신장 브렌누스.

이상 6명이 한자리에 모였다. 각각 육각형의 꼭짓점 위치에 자리를 잡은 여섯 천족들은 양발을 어깨 넓이로 벌리고 두 손을 가슴께에 모았다.

후오옹! 후옹! 후옹! 후옹! 후옹! 후옹!

여섯 천족의 손바닥 사이에서 여섯 색깔의 빛 망울이 형성되었다.

플라비우스는 흰색, 막센은 검은색, 브렌누스는 노란색, 대원사는 하늘색, 좌원사는 남청색, 우원사는 주황색.

이 여섯 색깔의 빛이 각각 다섯 방향으로 뻗어 나가 서로서로 연결을 했다. 육각형의 여섯 꼭짓점이 모두 연결되자 총 15개의 직선이 만들어졌다.

콰르르르르—

육각형의 법진을 중심으로 세상이 허물어졌다. 신장급의 여섯 천족이 법진 속에 자신의 모든 에너지를 쏟아부었다.

"이이익."

플라비우스가 이빨을 꽉 물었다.

"크읍."

막센이 숨을 억지로 참았다.

"으으으읔."

브렌누스의 거대한 몸이 찌그러드는 듯한 느낌이 들었다.

좌원사와 우원사는 신음도 제대로 뱉지 못하고 두 눈에 핏발을 잔뜩 세웠다.

대원사가 오만상을 썼다.

그렇게 여섯 천족들이 전심전력으로 모은 에너지가 영멸의 법진을 활성화시켰다. 여섯 천족의 영혼을 하나로 연결한 법진이 여섯 종류의 에너지를 강하게 증폭시켰다.

6배, 36배, 216배, 1,296배, 7,776배, 46,656배⋯⋯.

에너지는 6의 배수로 증폭되며 그 힘을 무지막지하게 늘려 갔다.

279,939배, 1,679,616배⋯⋯.

증폭된 에너지가 급기야 백만 배를 넘어섰다.

거기서 한 번 더!

10,077,696배.

신장급의 천족 6명이 하나로 모은 에너지.

그 에너지의 천만 배.

이 정도로 무지막지하게 증폭된 에너지라면 인간계는 물론이고 천계나 마해라도 거뜬히 날려 버릴 수준이었다.

천계의 여왕이 "마해의 마물들을 모두 해치우고 마신의 심장에 칼을 꽂겠노라. 그리하여 천신의 은혜를 다시 받을 수 있도록 만들겠노라."고 장담했던 자신감의 근원이 바로 여기에 있었다. 상상을 초월하는 이 무지막지한 영멸의 법진이 바로 여왕이 믿는 최후의 수단이었다.

"크흐으읍!"

대원사의 코에서 코피가 뿜어졌다.

뿌드드득 소리를 내던 플라비우스의 이빨이 마침내 붕괴하기 시작했다.

"어서, 크흑. 어서."

막센이 두 눈을 질끈 감았다.

브렌누스는 아예 입도 벙긋하지 못했다.

마침내 영멸의 법진 충전 완료!

천계 여왕이 기다렸다는 듯이 법진의 상공 1미터 높이로 뛰어들었다. 강렬하게 증폭된 에너지 속으로 들어간다는 것은, 자살하는 것이나 마찬가지였지만 여왕은 망설이지 않았다.

삼신기를 믿기 때문이었다.

Chapter 8

은빛 창.

금빛 방패.

붉은 왕관.

오래전 천신으로부터 하사받은 이래, 천계의 선대 왕들이 목숨보다 더 소중하게 지켜 왔던 삼신기가 영멸의 법진 상공에서 찬란하게 빛났다.

신장급의 천족 6명이 에너지를 모으고, 영멸의 법진을 통해 천만 배나 그 힘을 증폭시킨 가공할 역도가 삼신기 속으로 휘몰아쳐 들어왔다.

"끄윽."

여왕이 신음을 토했다.

여왕의 손이 벌벌벌 떨렸다. 여왕의 온몸이 부서질 듯 흔들렸다. 여왕의 이마에서 구슬땀이 우수수 떨어졌다. 여왕의 피부에 지렁이처럼 굵은 핏줄이 마구 돋아났다.

그런 여왕을 향해 어마어마한 양의 에너지가 밀려들었다.

제아무리 천계의 여왕이라고 할지라도 이 정도의 역도를

받아 낼 수는 없었다. 당장에라도 여왕의 몸이 터져야 정상이었다.

한데 여왕의 몸은 터지지 않았다. 삼신기가 증폭된 에너지를 받아 준 덕분이었다.

이윽고 놀라운 일이 벌어졌다.

츠츠츠츠츠—

은빛 창이 법진으로부터 에너지를 넘겨받아 형체 변형을 시작했다. 창의 형태에서 방패의 모습처럼 평평하게 펴지더니, 금빛 방패와 하나로 겹쳐졌다. 그렇게 은빛 창과 금빛 방패가 일체를 이루었다.

츠츠츠츠츠—

법진으로부터 에너지가 계속 공급되었다.

이미 하나가 된 창과 방패가 또 한 번 형태 변형을 시작했다. 방패의 중앙이 푹 꺼지면서 둥근 띠처럼 변하더니, 위로 올라가 붉은 왕관과 하나가 되었다.

마침내 삼신기 합체!

붉고, 노랗고, 흰빛이 하나가 되어 요사하리만큼 붉은빛을 뿌렸다. 이 붉은빛은 처음 왕관의 붉은색과는 확연히 달랐다. 근원적으로 좀 더 붉고, 밝았다.

일체를 이룬 붉은 왕관이 여왕의 머리에서 벗어나 하늘로 둥실 떠올랐다. 빙글빙글 회전하면서 허공으로 떠오른 붉은 왕관은 온 하늘을 태워 버릴 것처럼 강렬한 광채를 뿌렸다. 그러면서 왕관 자체가 점점 더 커졌다.

츠츠츠츠츠츠츠츠츠—

영멸의 법진을 통해 증폭된 모든 에너지가 왕관 속으로 빨려 들어갔다. 그 모습이 마치, 세상을 지우개로 싹 지우고, 붉은 왕관 하나만 하늘에 덩그러니 남은 것 같았다.

무언가 불길함을 느꼈는지 젤케토가 더 빠르게 몸을 부풀렸다.

왕관도 점점 더 빠르게 회전했다.

"아아아."

삼신기를 잃은 여왕이 짧은 신음과 함께 지상으로 떨어졌다.

대원사를 비롯한 천족들은 여왕을 부축할 수 없었다. 그들 모두 눈을 까뒤집고 모든 에너지를 영멸의 법진에 밀어 넣는 중이었다.

대신 세상에 새로운 여왕이 등장했다.

이 여왕은 실체를 가진 여왕이 아니었다. 영멸의 법진을 통해 임시적으로만 등장할 수 있는 여왕. 붉은 왕관이 강제로 만들어 낸 여왕. 법진이 유지되는 동안에만 존재할 수 있으되, 그 존재하는 동안 차원 하나를 통째로 으깨 버릴 수 있는 공포의 여왕.

파오거 대평원 상공 수 킬로미터 높이에 둥실 떠 있는 붉은 왕관이 그 공포의 여왕을 불러일으켰다.

스스스스슷.

수 킬로미터 높이까지 환상처럼 일어난 여왕이 붉은 왕관을 머리에 썼다.

여왕의 형체는 제대로 눈에 잡히지 않았다. 붉은 왕관이 만들어 낸 가상의 여왕은 마치 수증기가 모인 것처럼 꾸물꾸물 뭉쳐서 단숨에 수 킬로미터 크기로 자라나더니, 왕관을 머리에 쓴 채 지상을 굽어보았다. 이건 마치 환각 계통의 마법 가운데 하나인 홀로그램(Hologram)을 대규모로 펼친 듯한 현상이었다.

물론 홀로그램 마법 따위와 영멸의 법진을 비교할 수는 없었다.

홀로그램은 환각에 지나지 않지만, 영멸의 법진이 만들어 낸 공포의 여왕은 실체였다. 어마어마한 양의 에너지가 집합된 실체.

슈욱—

공포의 여왕이 손을 뻗었다.

젤케토가 더 빠르게 몸을 부풀렸다.

여왕의 손이 30 킬로미터보다 더 크게 늘어나 빵빵해진 젤케토를 붙잡았다.

젤케토가 온몸을 폭사시켰다.

심해저 3층 가장 밑바닥에 서식하는 젤케토였다. 본래 크기대로 소환되었다면 그 무게만으로도 대륙을 침몰시킬 수 있는 존재가 바로 이 젤케토였다. 그런 젤케토가 모든 신체 에너지를 모아서 몸을 폭사시킨 것이다.

당연히 인간계 멸망.

대륙 전체 초토화.

인간족 전멸.

대해 증발.

이런 정도의 대재앙이 뒤따라야 마땅했다.

한데 상황은 그렇게 흘러가지 않았다.

피시식—

아르네 왕국의 토가 사이로 방귀가 새는 듯한 소리와 함께 젤케토의 폭사가 마무리되었다. 젤케토가 온몸을 내던져 만들어 낸 최후의 공격이 공포의 여왕 손아귀 안에서 어이없이 끝나 버렸다.

갈가리 찢겨진 젤케토의 파편은 지상으로 날아오지도 못했다. 그저 여왕의 거대한 손바닥 안에 머물렀을 뿐이다.

[스와와—]

자폭 공격을 감행했던 젤케토가 끈질긴 재생력으로 되살아났다. 갈가리 찢겨졌던 파편 일부가 다시 달라붙어 다시 젤케토가 되었다.

물론 그렇게 합쳐진 파편보다 손실된 파편이 훨씬 더 많았다. 심해저 3층 가장 밑바닥에서 서식하던 젤케토가 이제는 심해저 3층은커녕 2층의 막키르샤보다도 더 약해졌다. 수십만 년 동안 몸집을 키워 온 공이 한순간에 허물어진 셈이었다.

그런데 지금 젤케토에게는 몸이 작아지고 약해진 것이 문제가 아니었다.

공포의 여왕이 손을 꾸욱 움켜쥐었다.

신장급의 여섯 천족. 그 천족들의 에너지를 천만 배로 뻥 튀기시킨 거대한 역도가 재생한 젤케토를 우그러뜨렸다.

[스와악? 스스? 스스슷? 스와아악! 쏵!]

젤케토가 기겁했다. 여왕의 손바닥 안에서 젤케토가 미친 듯이 몸부림쳤다.

'이대로 죽을 수는 없다. 내가 심해저 밑바닥에 내려올 때까지 얼마나 고생을 했는데. 그리고 그 밑바닥에서 마신에게 잡아먹히지 않기 위해 얼마나 눈치를 보았는데. 이렇게 죽을 수는 없어.'

젤케토는 죽기 살기로 발악했다.

Chapter 9

그런다고 봐줄 공포의 여왕이 아니었다.

콰득!

젤케토의 파편 뭉치가 여왕의 손아귀 안에서 그대로 으스러졌다.

[스왁! 스왁! 스왁!]

잘게 부서진 젤케토가 파편 몇 개를 모아서 가까스로 재생했다. 한때 잘나갔던 젤케토는 이제 막키르샤 수준이 아니라 키르샤급으로 강등되었다.

'그래도 살아 있는 것이 어디인가.'

젤커토는 제발 목숨만 부지하기를 빌었다. 최악의 경우에 연해 1층 레벨로 하향되는 한이 있더라도, 죽는 것보다는 나았다.

콰득!

공포의 여왕이 다시 한 번 손에 힘을 주었다.

그나마 부스러기처럼 남았던 젤케토의 파편들이 더 작게 으스러졌다. 젤케토는 키르샤보다 더 아래 단계로 하향되어 겨우 숨만 할딱거렸다.

[제발, 제발.]

젤케토가 애걸했다.

공포의 여왕이 꽉 움켜쥔 주먹에 에너지를 불어 넣었다.

화륵!

강하게 집중된 에너지가 주변 공기를 발화시켰다. 순간적으로 여왕의 손아귀 속 온도가 태양보다 더 뜨겁게 올라갔다.

불쌍한 젤케토.

마지막까지 발악하던 것도 소용없었다. 심해저 밑바닥에서 군림하던 초거대 마물이 결국 한 줌의 재로 돌아갔다.

공포의 여왕이 손을 폈다.

푸스스스.

새카맣게 타 버린 잿가루가 여왕의 손바닥으로부터 우수수 떨어졌다.

심해저 3층 가장 밑바닥의 초거대 마물을 단숨에 분쇄해 버린 뒤, 공포의 여왕이 시선을 아래로 돌렸다.

까마득한 저 아래, 지저분하게 꾸물거리는 마물들이 여왕의 눈에 들어왔다. 공포의 여왕이 좌에서 우로 손을 쓸었다.

휘익—

홀로그램 마법으로 만들어진 듯한 여왕의 손이 지상을 쓸고 지나갔다. 그 한 방에 평원이 계곡이 되었다.

공포의 여왕은 가공할 에너지의 집결체. 파오거 대평원은 그 어마어마한 에너지를 견디지 못하고 지축째 뒤틀렸다.

여왕이 발을 들었다.

그 발이 룬드 왕국의 철기사단을 겨냥했다.

"흐읍! 끅. 끅."

시노브가 딸꾹질을 했다.

감히 피할 엄두는 내지 못했다. 환각처럼 느껴지는 여왕의 발바닥은 너무나 거대하여 차마 도망칠 곳이 없었다. 시노브는 그저 멍한 눈으로 여왕을 올려다보았다.

반투명한 여왕의 발을 관통하여, 저 멀리 하늘 꼭대기에서 붉게 타오르는 왕관이 보였다. 시노브는 회색빛으로 물든 눈으로 그 왕관을 응시했다.

망연자실한 것은 시노브만이 아니었다. 아이다도 머리가 멍했다. 철기사단 전체가 질식할 것 같은 공포에 중독되어 꼼짝하지 못했다.

먼발치에서 그 모습을 목격한 잉그리드도 어떻게 손을 쓸 방도가 없었다.

"아아아, 아아."

잉그리드는 무작정 하라간의 어깨를 더듬었다.

시노브와 아이다를 살려 달라는 뜻이었다.

마침내 하라간이 움직였다.

공포의 여왕이 발을 내리찍는 것과, 하라간이 촉수 하나를 움직인 것은 거의 동시였다.

콰직!

시노브의 머리 위 10 미터 지점에서 무언가 으깨지는 소리가 울렸다.

시노브가 질끈 감았던 눈을 조심스레 떴다.

여왕의 발이 허공 10 미터 위에 우뚝 멈춰진 모습이 보였다.

공포의 여왕이 신경질적으로 인상을 구겼다. 그렇게 애를 쓰는데도 여왕의 발은 남은 10 미터를 마저 내리찍지 못했다. 마치 투명하고 얇은 막에 발이 가로막힌 듯한 모습이었다.

'뭐지?'

시노브가 눈을 끔벅거렸다.

공포의 여왕이 발을 들었다가 다시 한 번 대지를 내리찍었다. 영멸의 법진이 천만 배로 증폭시킨 에너지가 그 발길질에 집중되었다.

콰직!

무언가가 으깨지는 소리가 들렸다.

시노브는 투명한 보호막이 으깨진다고 생각했다. 그래서 다시 눈을 질끈 감았다. 한데 아무리 기다려도 몸이 으스러지지 않았다.

'뭐야? 내가 왜 멀쩡한데?'

시노브가 눈을 살짝 떴다.

아이다도 실눈을 뜨고 위를 올려다보았다.

공포의 여왕은 여전히 낑낑대면서 발을 내리찍는 중이었다. 그런데 지상에서 10미터 높이까지만 발이 접근할 수 있을 뿐, 그 이하로는 내려가지 않았다. 아무리 에너지를 집중해도 투명한 막에 꽉 막혔다. 화가 난 여왕이 손을 휘둘렀다.

파오거 대평원을 골짜기로 바꿔 놓을 정도로 강력한 한 방이었다.

콰직!

그 한 방이 또 막혔다. 여왕의 주먹이 기괴하게 꺾이는 모습이 시노브 자매의 눈에 들어왔다.

고오오오옹!

공포의 여왕이 모든 에너지를 쥐어짰다. 여왕의 두 주먹이 푸르스름한 불길에 휩싸였다. 에너지 밀도가 급격히 높아지면서 주먹 주변에 플라즈마가 절로 형성되었다. 공포의 여왕은 시노브를 향해 두 주먹을 내리찍었다.

"으아아."

시노브는 아예 엉덩방아를 찧었다.

아이다도 기겁을 하여 엎드렸다.

"그만하지. 그냥 맞아 주고 있으니까 우습게 보이나?"

하라간이 이마를 찌푸렸다.

하라간의 본체가 지닌 수억 개의 발 가운데 하나, 그 발에 달린 수십만, 수백만 개의 발가락 가운데 하나, 그 발가락의 표피에 돋아난 미세하고도 투명한 촉수 한 가닥이 스스륵 형태를 바꾸었다. 조금 전까지는 얇고 평평한 평면 형태로 상대의 공격을 막아 주고만 있었다면, 지금은 새싹처럼 봉긋하게 돋아나면서 공포의 여왕을 휘감았다.

여왕의 키는 수 킬로미터가 훌쩍 넘었다. 형체가 뚜렷하지는 않지만, 수 킬로미터 상공에 둥실 떠 있는 붉은 왕관에 머리를 끼우고 있는 것은 확실하니까, 대략적으로 그 정도 크기였다.

지상 10미터 높이에 얇게 펼쳐져 있던 투명한 촉수가 눈 깜짝할 사이에 여왕과 동등한 크기로 솟구쳤다.

아니, 그 수준을 넘었다. 하라간의 투명한 촉수는 밧줄로 포박을 하듯이 여왕을 칭칭 휘감으면서 나선으로 타고 올라가더니 여왕의 얼굴까지 콱 틀어쥐었다.

공포의 여왕이 에너지를 폭발시켰다.

젤케토를 단숨에 터뜨려 버렸던 그 무지막지한 에너지가 사방으로 새어 나왔다.

투명한 촉수는 마치 보쌈을 싸듯이 새어 나오는 에너지를 틀어막았다. 그러곤 공포의 여왕이 뿜어내는 에너지를 흡수해 버릴 것처럼 혓바닥을 날름거렸다.

공포의 여왕은 에너지의 집결체일 뿐, 살아 있는 생명체는 아니었다. 따라서 무서움을 느끼거나 위협에 반응하지 못했다.

대신 붉은 왕관이 공포를 느꼈다. 공기도 희박한 까마득한 상공. 그 높은 곳에 둥실 떠 있던 붉은 왕관이 부르르 떨더니 펑! 분리되었다. 태양처럼 붉게 타오르던 왕관이 분해되어 다시 삼신기의 형태로 돌아와 버렸다.

붉은 왕관이 분해되자 공포의 여왕도 신비롭게 흩어졌다. 공포의 여왕에게 에너지를 공급하던 영멸의 법진도 와장창 깨져 버렸다.

Chapter 10

영멸의 법진이 강제로 깨진 영향은 생각보다 더 치명적이었다.

"커헉!"

대원사가 눈을 까뒤집고 뒤로 넘어갔다.

"끄으윽."

좌원사가 피를 토하며 주저앉았다.

우원사는 아예 인사불성이 되었다. 빛의 신장 플라비우스도 얼굴이 시커멓게 죽은 채 엉덩방아를 찧었다. 어둠 신장 막센은 땅바닥에 코를 처박고 기절했다. 천계의 여왕은 바닥에 축 늘어져 사경을 헤맸다.

그나마 이들 6명은 목숨이라도 건졌지, 동신장 브렌누스는 영멸의 법진이 깨질 때 함께 온몸이 터져 버렸다.

뻐엉!

브렌누스의 몸체를 구성하던 구리 파편이 사방으로 튀었다. 그 폭발의 여파가 천족들을 휩쓸었다. 천족 전사들은 영멸의 법진을 보호하기 위해 주변에 밀집되어 있던 참이었다. 그런데 갑자기 법진이 터지고 브렌누스의 몸이 폭발하자 직접적으로 타격을 입을 수밖에 없었다.

[크아악.]

[안 돼.]

구리의 파편에 이어서 에너지의 파편도 쓰나미처럼 밀려와 천족들을 휩쓸었다. 뼈가 으스러진 천족들이 먼지로 변해 푸스스 흩어졌다.

영멸의 법진으로부터 멀리 떨어져 있던 천족들만이 겨우 목숨을 건졌다. 홀리랜드의 클로테스 성녀나 무크 대주교는 운이 좋은 편에 속했다. 바야크 왕국의 국왕인 루본 바야크와 기사단장 프라이머도 겨우겨우 목숨을 건졌다.

가까스로 살아남은 천족들이 깨진 법진을 향해 바람처럼 날아왔다. 그들은 천계 여왕과 대원사, 좌원사, 우원사들을 부축하여 풀쩍 물러섰다.

"앗! 저놈들이 도망치려 해요."

잉그리드가 적들을 추적하려고 했다. 잉그리드의 허리 아래쪽에서 붉은 비늘이 후두둑 돋아났다. 붉고 큰 동체가 스스슥 모습을 드러내었다.

하라간이 잉그리드의 손목을 붙잡았다.

"잠깐."

"왜요?"

잉그리드가 하라간을 돌아보았다.

하라간이 검지를 좌우로 까딱거렸다.

"그렇게 서두를 필요 없소. 어차피 우리의 승리요."

"아!"

잉그리드가 주변을 둘러보았다.

물론 북부의 병력들도 제법 큰 피해를 입었다. 특히 플라비우스와 공포의 여왕에게 입은 출혈이 상당했다.

하지만 천족들의 피해에 비하면 이건 아무것도 아니었다. 양측이 정면으로 충돌할 당시부터 손해를 보기 시작한 천족 진영은, 젤케토의 광역 공격에 휘말려 그 수가 급감했고, 급기야 영멸의 법진이 폭발하면서 궤멸적 타격을 입었다. 저 멀리 도망치는 천족의 수는 다 합쳐도 10,000명이 넘지 않았다.

하라간이 느긋하게 여유를 부렸다.

"저들이 도망칠 곳은 없소. 기껏해야 마고 왕국에 틀어박히겠지."

잉그리드가 그 말에 동의했다.

"그렇겠군요. 아군 병력을 몰아서 압박하면 적들의 마지막 숨통을 끊어 놓을 수 있겠어요."

"맞소. 맞아."

하라간이 칭찬이라도 하듯이 잉그리드의 어깨를 토닥거렸다.

하라간의 인정을 받은 것이 기분이 좋았는지, 잉그리드가 하라간의 품에 얼굴을 묻고 배시시 웃었다. 하라간은 그런 잉그리드에게 어깨를 내주어 기대게 하면서 눈으로는 남쪽 방향을 더듬었다.

천족의 잔당들은 어느새 그의 시야에서 사라지고 없었다.

'설마 멍청하게 마고 왕국으로 도망치지는 않겠지?'

하라간이 속으로 이렇게 중얼거렸다.

조금 전 하라간이 잉그리드에게 한 말은 거짓이었다. 하라간은 천족 잔당들이 마고 왕국으로 도망칠 것이라고 여기지 않았다. 하라간이 잉그리드의 추적을 만류한 것도 천족 잔당들을 그냥 놓아주기 위함이었다.

'그래야 끝까지 미끼로 써먹지.'

물론 하라간이 천족 잔당들을 그냥 놓아주는 이유는 이 것 말고도 또 있었다. 하라간은 천계의 천족들을 멸망시킬 마음은 없었다. 천족들은 그들 나름대로 이 세계의 구성에 필요하며, 하라간에게도 제법 도움이 되는 존재들이었다.

'어차피 천계 여왕을 비롯한 중요한 천족들에게는 투명 한 거미줄을 붙여 놓은 상태잖아? 내가 마음만 먹으면 언 제든지 코앞으로 데려올 수 있어. 그러니 가급적 멀리 도망 쳐라. 내가 곧 병력을 몰아 마고 왕국으로 쳐들어갈 것이 니, 그 전에 퇴로를 찾아야 할 거야.'

남쪽 하늘을 바라보면서 하라간은 속으로 이렇게 뇌까렸 다.

그러는 사이 북부군이 전열을 가다듬기 시작했다. 각 왕국 의 지휘관들은 당장에라도 추적대를 편성하여 천족 잔당들 을 뒤쫓을 기세였다. 승기를 잡은 북부군은 기세등등했다.

하라간이 그 기세를 살짝 누그러뜨렸다.

"잠깐."

"신인이시여, 말씀하소서."

각 군의 지휘관들이 일제히 무릎을 꿇었다.

하라간은 나른하게 입을 열었다.

"성전에 참여하여 열심히 싸우다가 전사한 이들은 마땅히 그에 걸맞은 대우를 받을 자격이 있다. 아무리 전쟁이 급하다고 하더라도 죽은 동료의 시체를 이대로 빗속에 방치할 수는 없을 터, 다들 추적을 멈추고 무덤을 만들 준비부터 하라."

"아!"

뜻밖의 명령에 병사들이 감격했다.

'역시 신인이시다. 우리를 자식처럼 여기시는 성심이 절로 느껴져.'

'그렇지. 아무리 전쟁이 중요하다고 하지만, 그보다는 사람이 우선이지. 신인께서는 죽은 자식들을 빗속에 그냥 방치하실 분이 아니셔.'

감동을 받은 것은 병사들만이 아니었다. 지휘관들도 고개를 주억거렸다.

"그 말씀이 옳사옵니다. 신인의 뜻을 따르겠나이다."

"저희들의 생각이 짧았습니다. 신인의 말씀처럼 아군 전사자들의 넋부터 위로하는 것이 옳을 듯하옵니다."

지휘관들은 앞다투어 무덤 조성에 동참했다. 땅을 파는 데 일가견이 있는 포르키스 등이 동원되어 죽은 동료들을 위해 커다란 구덩이를 팠다. 몸이 민첩한 솔샤르들이 시체를 하나로 모았다. 전사자가 워낙 많아서 공동 무덤의 크기는 어지간한 왕릉보다 수십 배는 더 커질 수밖에 없었다.

그렇게 솔샤르들이 무덤을 구축하는 동안, 일반 전투병들은 대평원의 돌과 나무를 수집하여 공동 무덤 앞에 위령탑을 세웠다.

무덤이 완성되자 지휘관들이 먼저 위령탑 앞에서 묵념했다. 이어서 일반 솔샤르들과 병사들이 죽은 동료들을 사후 세계로 떠나보내는 의식을 치렀다. 마지막으로 하라간이 나서서 망자의 영혼을 축복해 주었다.

그 모습을 본 북부군은 오히려 죽은 자를 부러워했다. 모든 북부인들이 가장 소망하는 바는 죽은 뒤에 영혼이 신인 곁에 남는 것이었다.

'신인께서 직접 영혼을 거두어 주시다니, 너희는 죽어서도 행복할 게다.'

'너희들은 영광스러운 신인의 군대였어. 그리고 죽어서도 신인의 군대로 남을 거야.'

다들 이런 마음으로 동료의 명복을 빌어 주었다.

제4화
영웅시대의 종말

Chapter 1

전사자들의 넋을 위로하는 위령제가 마무리되었다. 어느새 깜깜한 밤이었다.

쏴아아아—

어둠이 깔려도 빗줄기는 약해지지 않았다. 비에 흠뻑 젖은 병사들이 살짝 움츠러들었다.

하라간이 명을 내렸다.

"밤이 늦었으니 추격은 내일로 미룬다."

"넷."

지휘관들이 그 명을 받들었다. 북부군은 각 왕국별로 영역을 나누어 막사를 치고 야영에 들어갔다. 막사 지붕 위에는 기름을 잔뜩 먹인 천막을 둘러 쏟아지는 폭우를 막았다. 하라간과 잉그리드, 그리고 후궁들을 위한 황금 막사는 북부군 진영 중앙에 큼지막하게 세워졌다. 친위대원들이 황금 막사 근처에 자리를 잡았다.

비는 밤새도록 그치지 않았다.

깊은 밤.

자정이 넘은 시각이었다. 하라간이 슬쩍 몸을 일으켰다.

잉그리드와 후궁들은 침대 위에서 곤한 단잠에 빠진 상태였다. 하라간은 슬그머니 침대 밖으로 내려오더니 허깨비처럼 그 자리에서 사라졌다.

퓨웃!

하라간이 다시 모습을 드러낸 곳은, 북부군의 진영으로부터 서남쪽으로 30 킬로미터 이상 떨어진 장소였다. 키가 큰 떡갈나무 가지 위에서 모습을 드러낸 하라간이 하늘을 힐끗 올려다보았다.

세찬 비가 나뭇잎을 때렸다. 하지만 하라간의 몸에는 단 한 방울의 비도 떨어지지 않았다. 투명한 벽에 막히기라도 한 것처럼 밖으로 튀어 나갈 뿐이었다.

하라간이 주변을 쓰윽 둘러보았다.

'파오거 대평원 남쪽 끝자락쯤인가?'

저 멀리 마고 왕국의 도시가 보이는 듯했다. 하라간이

30 킬로미터 넘게 공간을 뛰어넘은 방법은 간단했다. 민치를 포탈처럼 이용하여 눈 깜짝할 사이에 낯선 장소로 이동한 것이다.

어제 오후, 천족과의 전투가 승리로 끝날 즈음 하라간은 민치들 가운데 일부를 풀어서 몇몇 적들에게 붙여 놓았다.

이를테면, 벨커스의 추종자들.

스스로를 '은둔 수호자' 라 일컫는 남부의 영웅들이 어제 천족의 편에 서서 북부군과 전투를 벌였다. 물론 은둔 수호자의 활약은 그리 크지 않았다. 전투가 벌어지자마자 키르샤급 군주인 토레가 나서서 전장을 휘저었고, 이어서 잉그리드와 레이나가 차례로 투입되었다. 그에 맞서서 천족 진영에서는 육대신장과 좌원사, 우원사가 출격하여 어마어마한 대접전을 벌였다.

급기야 하라간은 심해저 3층 가장 밑바닥에 서식하는 젤케토까지 전투에 끌어들였다. 천계에서는 영멸의 법진을 발동하여 공포의 여왕을 현실화시켰다.

이것은 말 그대로 신과 악마의 전투였다. 수십 킬로미터가 넘는 초거대 마물이 공간을 찢어발기고, 유사 블랙홀이 펼쳐졌으며, 천계의 삼신기가 하나로 합쳐진 그 아마겟돈의 전장에서 은둔 수호자들이 활약할 수 있는 여지는 없었다. 남부 연합의 수호자들은 천족과 마물 사이에 벌어진 접전에 기가 질려 제대로 용을 쓰지 못했다.

그러다 전투가 한순간에 종료되었다.

영멸의 법진이 폭발하면서 천족 진영이 궤멸되다시피 했다. 천족 잔당들은 여왕을 부축하여 황급히 도망쳤다.

은둔 수호자들도 어쩔 수 없이 전쟁터에서 이탈했다.

하라간이 도망치는 자들을 향해 눈짓을 보냈다.

명을 받은 민치 몇 개체가 은둔 수호자들에게 은밀하게 따라붙었다. 그리고 깊은 밤이 되었다. 하라간이 민치 가운데 하나를 포탈로 이용하며 먼 곳까지 공간을 이동했다.

"저긴가?"

떡갈나무 아래, 뻐끔 뚫린 동굴 입구를 바라보면서 하라간이 낮게 중얼거렸다.

동굴 안쪽에서는 희미한 불빛이 새어 나오는 중이었다. 동굴 입구가 환히 내려다보이는 위치 몇 군데에서 매복자들의 냄새가 풍겼다.

레드 베어가 육성한 레인저들이었다.

은둔 수호자 가운데 한 명인 레드 베어는 200명이 넘는 레인저들을 키워 내었는데, 최근 북부의 마물들이 밀고 내려오는 바람에 레인저 가운데 절반 이상이 사망했다. 그나마 남은 레인저들도 어제의 혈투 중에 죽거나 심각한 부상을 입어서 낙오되었다.

덕분에 지금 이 일대에 깔린 레인저들은 고작 30명 안팎이었다.

하라간이 감각을 펼쳤다.

"동굴 안에 25명. 밖에 10명."

적들의 규모는 초라했다.

하라간은 나직이 한숨을 쉬었다.

"휴우. 그래도 한때는 나도 남부 연합의 기사였는데, 저들이 마물들의 손에 뜯어 먹히도록 놔둘 수는 없지. 차라리 내 손으로 처리하는 것이 맞을 거야."

하라간이 나무에서 뛰어내렸다. 소리는 나지 않았다. 어느새 하라간의 손에 들린 검 한 자루가 빗속에서 서슬 퍼런 광채를 발산했다.

하라간은 마신의 권능을 자제하기로 마음먹었다. 그건 남부의 영웅들에 대한 예의가 아닌 것 같았다.

하라간이 검을 축 늘어뜨린 채 동굴로 다가서자 레인저들이 반응했다.

"웬 놈이낫?"

무장을 한 레인저들이 수풀 속에서 뛰쳐나와 하라간의 앞을 가로막았다.

하라간이 분홍빛 입술을 달싹였다.

"부디 그대들이 믿는 여신의 품으로 돌아가기를."

그 말이 끝나기도 전에 허공에 새하얀 무지개가 한 번 피어올랐다. 하라간의 주변을 포위하던 레인저 5명이 동시에 목이 떨어져 죽었다.

죽은 자들 가운데 일부는 하라간과 10 미터 거리까지 접근하던 중이었다. 또 일부는 하라간으로부터 50 미터 이상 떨어진 위치였다.

그런데 이들의 목이 떨어진 시간은 단 0.0001초도 차이 나지 않았다.

하라간이 동굴 입구에 발을 딛자 안에서 2명의 레인저가 뛰쳐나왔다.

"적이닷."

"적이 나타났다."

두 레인저는 고함으로 비상사태를 알렸다. 그러면서 기다란 창으로 하라간의 머리와 배를 동시에 노렸다.

하라간의 검이 또다시 무지개를 그렸다.

그 유려한 곡선 안에 걸린 모든 사물이 둘로 잘렸다. 날아오던 창 두 자루가 네 토막이 났다. 두 레인저의 머리가 몸통에서 분리되어 허공에 핑그르르 떠올랐다. 하라간은 분수처럼 뿜어지는 피를 통과해 동굴 안으로 발걸음을 옮겼다.

퓨퓨퓻!

이번엔 화살이 날아왔다.

하라간은 화살을 통과하듯이 지나가면서 검을 휘저었다.

"끅."

"케엑."

모퉁이에 숨어서 활을 쏘았던 레인저들이 목이 잘려 고꾸라졌다.

동굴은 그리 크지 않았다. 깊지도 않았다. 원래는 곰이나 늑대의 굴인 듯, 짐승의 누린내가 진동했다. 그 좁고 악취 나는 동굴 안쪽에서 몇몇 사람들이 더 튀어나왔다.

하라간이 검을 수평으로 휘둘렀다.

슈각—

가볍게 검을 뿌린 것 같았는데, 동굴 전체가 수평으로 양단되었다. 검과 창을 들고 달려들던 레인저들이 허리 부근에서 몸통이 둘로 나뉘었다. 하체는 절단과 동시에 제자리에 멈춰 섰고, 레인저들의 상체만 앞으로 쏠려 우당탕 고꾸라졌다.

푸확!

잘린 허리 부근에서 피 분수가 뿜어져 동굴 천장을 때렸다.

하라간이 몇 걸음 더 내디뎠다.

비처럼 쏟아지는 피가 유독 하라간에게만은 튀지 않았다.

츄라락 소리와 함께 앞에서 뾰족한 암기가 날아왔다. 가느다란 실에 매달린 다이아몬드 한 쌍이었다. 두 마리 독사가 서로 교차하며 S자를 그리는 것처럼, 위아래로 교차하며 날아든 다이아몬드 암기는 하라간이 서 있던 자리를 사사삭 훑고 지나갔다.

그 속도가 화살보다 수십 배는 더 빠르고, 궤적은 기괴했다.

Chapter 2

하라간이 눈을 반짝 빛냈다.

'람이구나.'

이렇게 암기를 던지는 것은 람의 수법이었다. 바야크 왕국의 림과 람 형제 가운데 동생인 람의 주특기가 바로 이거였다.

남부를 정벌하러 내려오면서 하라간은 바야크 대장벽에서 두 형제 중에 림을 납치하여 잘 모셔 두었다. 당시 동생인 람을 찾지 못해 내심 애를 태웠는데, 이곳에서 다시 만나니 반가웠다.

'람이 여기 있었구나. 그사이에 은둔 수호자가 되어 있었어. 하하하.'

하라간이 빙그레 웃었다.

람이 인상을 찌푸렸다.

"뭐야? 이년이 왜 웃고 지랄이야."

람은 하라간을 여자로 착각했다. 물론 적이 여자라고 해서 봐줄 생각은 없었다. 람은 하라간의 몸을 칭칭 휘감은 실을 팽팽하게 잡아당겼다.

다이아몬드 가루를 곱게 빻아서 만들어 낸 이 실은, 금속도 치즈처럼 잘라 낼 수 있는 흉악한 무기였다. 하지만 하라간의 몸은 꿈쩍도 안 했다.

하라간이 검 끝을 살짝 틀었다.

실 두 가닥이 투툭 끊겼다.

"엇?"

동굴 안쪽에서 람의 비명이 터졌다.

하라간의 검이 공간을 자르며 날아가 람을 쓰러뜨렸다. 물론 람은 상처 하나 입지 않았다. 그저 정신적 타격을 입고 기절만 했을 뿐이다.

람이 쓰러지는 동안 레인저들 몇 명이 더 뛰쳐나왔다.

하라간이 검을 비스듬히 휘둘러 적들의 몸통을 베었다. 동굴 벽에 핏물이 철퍼덕 튀었다.

쿵쿵, 바닥이 울리는 소리가 났다. 불곰처럼 커다란 덩치에, 수염이 가득한 사내가 부리부리한 눈으로 하라간을 노려보았다.

은둔 수호자 가운데 한 명인 레드 베어였다. 레드 베어는 레인저들의 비참한 죽음에 화가 잔뜩 난 상태였다.

레드 베어 옆에는 로브를 입은 수도승이 자리했다.

하라간은 한눈에 상대를 알아보았다.

'비딕 발루아 대공이구나.'

발루아 왕국의 최강자라 불리는 비딕은 마나의 벽 3단계를 돌파한 초인 중의 초인이었다. 루잉 백작이던 시절 하라간은 남부의 모든 영웅들 중에 비딕 대공을 가장 존경했다.

하라간이 검 끝을 살짝 아래로 내렸다.

"끄드득."

레드 베어가 시뻘겋게 핏발이 선 눈으로 하라간을 노려보았다.

그에 반해 비딕의 표정은 무덤덤했다.

"그대는 누구인가?"

비딕이 하라간에게 물었다.

하라간은 대답하지 않았다.

비딕이 한 번 더 질문했다.

"보아하니 겉모습은 인간 같은데, 혹시 그 껍데기 속에 흉포한 마물을 감추고 있나?"

하라간은 대답 대신 어깨만 으쓱했다.

비딕이 한숨을 쉬었다.

"후우, 대화를 원치 않나 보군. 그렇다면 피를 볼 수밖에. 나는 블랙 이글이라고 한다네."

발루아 왕국의 대공 비딕이 은둔 수호자 모임에 가입하면서 얻은 이름이 블랙 이글이었다.

"흥! 저 더러운 마물 놈에게 굳이 이름까지 알려 줄 필요가 있겠소? 카악, 퉤."

레드 베어는 바닥에 침을 한 번 크게 뱉더니, 벼락처럼 몸을 날렸다.

후왕─, 홍!

레드 베어의 두 주먹에 형성된 푸르스름한 기운이 하라간이 서 있던 자리를 후려치고 지나갔다. 포르키스의 단단한 껍질도 단숨에 부수는 것이 레드 베어의 완력이었다.

하나 하라간에게는 통하지 않았다. 검자루로 레드 베어의 주먹을 툭 쳐 낸 하라간은, 왼쪽에서부터 시작해서 오른쪽으로 검을 쭉 그었다.

스각!

세상이 수평으로 갈렸다.

하라간이 그린 검의 궤적을 중심으로, 그 위쪽 공간과 아래쪽 공간이 완벽하게 분리되었다.

동굴 전체가 위아래로 잘렸다. 바람도 둘로 나뉘었다. 공기도 2개의 층으로 나눠졌다. 레드 베어의 몸뚱어리도 뚝 끊겨야 정상이었다.

그 전에 비딕이 개입했다.

비딕은 검지와 중지를 붙여 허공에 문자를 그렸다. 고대의 문자가 신비로운 힘을 이끌어 내어 공간을 대체해 버렸다. 하라간의 검에 의해 잘린 공간이 대평원 저 멀리로 날아갔다. 대신 먼 곳의 공간이 이 장소에 대입되었다.

하라간이 싸우던 공간은 분명 동굴 안쪽이었는데, 동굴 전체가 사라지고 사방이 탁 트인 바위 군락 지대로 변했다.

하라간의 검에 허리가 끊겼던 레드 베어도 죽음 직전에서 되살아났다.

"커헉."

깜짝 놀란 레드 베어가 바위 위에 엎어져 허우적거렸다.

하라간이 빙그레 웃었다.

"공간을 대체하는 능력인가?"

두 초인이 깜짝 놀랐다.

"헛? 남부의 언어."

비딕에 자신도 모르게 반문했다.

"네년이 어떻게 남부어를 할 줄 알지?"

레드 베어도 두 눈을 동그랗게 떴다.

하라간은 대답 대신 오른쪽 끝까지 휘둘렀던 검을 다시 왼쪽으로 회수했다.

스가가각!

공간이 또다시 둘로 잘렸다.

이렇게 공간 자체를 잘라 버리면 물리적인 힘으로는 막을 수 없다. 결국 비딕은 다시 한 번 공간 대체를 시도했다.

하라간이 잘라 낸 공간을 저 멀리 가져다 버리고, 대신 다른 지역의 공간을 대체하여 이곳으로 가져왔다. 바위 군락지였던 주변 풍경이 어느새 숲으로 바뀌었다.

하라간이 좀 더 진하게 웃었다.

"후훗. 샤를르 대제보다 낫군. 한 수 위야."

"샤를르? 너는 대체 누군데 샤를르 대제를 입에 담느냐?"

비딕의 표정이 심각해졌다.

반면 레드 베어는 엉뚱한 소리를 했다.

"어럽쇼? 목소리가 여자가 아니잖아. 혹시 남자?"

Chapter 3

하라간은 레드 베어의 발언을 무시했다. 대신 비딕을 향해 한 번 더 검을 휘둘렀다.

조금 전 하라간이 펼쳤던 두 번의 칼질은 비딕의 수준을 파악하느라 가볍게 손을 나눠 본 것이지만, 이번 공격은 그보다 조금 더 힘을 실었다.

스걱—

비딕을 중심으로 공간이 위아래로 나뉘었다. 이번 하라 간의 공격은 조금 전보다 몇 배는 빨랐다. 비딕이 공간을 대체하고 싶어도 그럴 여유가 없었다.

"이익."

비딕이 황급히 철봉을 뽑아서 하라간의 공격을 막으려도 시도했다.

그때였다. 비딕의 동작이 우뚝 멈췄다. 급격하게 느려지 는 시간 속에서 비딕과 레드 베어가 머물고 있던 공간이 위 아래로 분리되었다.

"아!"

비딕의 동공이 더할 나위 없이 크게 확대되었다.

바로 그 순간 비딕의 시간이 완전히 정지했다. 확대된 동 공도 그 모습 그대로 멈춰 버렸다. 이건 마치 비딕을 박제 라도 해 놓은 듯한 광경이었다.

하라간의 검이 수평으로 파고들었다. 그 검날이 레드 베 어를 먼저 베었다.

썽둥.

세상 모든 레인저들의 아버지라 불리던 레드 베어가 그 대로 몸이 양단되었다. 이어서 공간이 점점 더 길게 찢어졌 다. 마침내 비딕이 머무는 공간까지 두 조각으로 갈렸다.

비딕의 왼팔이 먼저 팔뚝 부위에서 절단되었다.

하라간이 잠시 망설였다.

'이대로 죽이기엔 아까운 인물인데.'

비딕이 아깝다고 판단한 하라간은 검의 방향을 위로 틀었다. 상대가 머물던 공간을 온전히 보존한 채 나머지 공간만 분리한 것이다.

검이 끝까지 휘둘러진 직후, 멈춰졌던 시간이 다시 풀렸다.

"푸학."

비딕이 가슴속 깊숙한 곳의 공기를 내뱉었다. 이어서 자신의 잘린 왼팔을 붙잡으며 그 자리에 주저앉았다.

"으으읏."

하라간을 올려다보는 비딕의 눈이 공포로 물들었다. 시간이 멈추기 전 아주 짧은 찰나, 비딕은 하라간의 실체 일부를 살짝 엿보았다.

'나와는 비교도 할 수 없는 절대적인 존재다. 내가 감히 엄두도 내지 못한 경지까지 올라선 대초인이야. 으으으으으.'

비딕이 부르르 몸서리를 쳤다.

그 옆에서 레드 베어가 몸이 분리된 채 꼴깍 숨을 거두었다.

'세상에 이런 초강자가 왜 마물들의 편에 서서 우리 인

간들을 적대한단 말인가? 아아, 이제 우리 인간들은 끝이로구나.'

비딕도 아득한 절망감 속에서 혼절했다.

이제 남부 연합의 은둔 수호자 조직은 와해된 셈이나 마찬가지였다. 남부 연합의 은둔 수호자 가운데 골드 라이온과 레드 베어가 이미 사망했다. 그 전의 수호자였던 크레슨트와 화이트, 다크 블랙, 마운틴 고우트도 모두 하라간의 손에 의해 죽었다.

이제 남은 사람은 블랙 이글(비딕 대공), 위즈덤(샤를르 위그 대제), 레오파드(람), 그리고 데스 로즈뿐이었다.

한데 데스 로즈는 은둔 수호자들을 배신한 처지였다. 그녀는 지금 하라간의 명을 받아 카롤 왕국의 백성들을 신인의 신민들로 계도하는 중이었다. 나머지 세 사람, 즉 블랙이글과 위즈덤, 레오파드도 모두 하라간의 포로가 되었다.

"그렇다면 벨커스만 남았지?"

하라간이 벨커스를 입에 담았다.

놀랍게도 하라간은 800년 전의 벨커스가 아직까지 생존해 있다는 사실을 꿰뚫어 보고 있었다. 대륙의 중심부, 부쿤 대산맥이 위치한 방향으로 고개를 돌린 하라간이 눈을 번쩍 빛냈다.

퓨풋!

하라간이 한 번 더 공간을 점프했다. 또 다른 민치의 몸속으로 들어간 하라간은 바위 위에 우뚝 서서 주변을 둘러보았다.

"위치는 파오거 대평원 남쪽. 개천이 흐르는 지역인가?"

개천의 폭은 그리 넓지 않았다. 하지만 폭우로 인해 물살은 거셌다. 하라간은 개천 옆 언덕에 모인 일단의 기사들을 바라보았다.

기사들 대부분은 비에 젖어 지친 기색이었다. 부상이 심해 붕대를 칭칭 감은 기사들도 다수였다.

하라간이 고개를 주억거렸다.

"맥클라우드 왕국의 잔당들이군."

기사들의 머리 위에서 처량하게 펄럭이는 깃발은 분명 맥클라우드 왕국의 것이었다.

"맥클라우드 왕국이 멸망할 때 콘 맥클라우드 공작이 죽지 않고 탈출했다더니, 이곳에 웅크리고 있었구나. 천족들의 편에 서서 북부군과 맞서 싸우다가 패퇴하여 여기로 도망친 거야."

하라간의 판단은 정확했다. 패잔병들 사이로 콘 공작의 모습이 보였다. 비록 비에 젖은 생쥐 꼴이지만, 키가 190센티미터가 넘는 콘 공작의 풍채는 멀리서도 눈에 띄었다.

게다가 콘 공작은 마나의 벽 1단계를 돌파한 초인으로, 맥클라우드 왕국 최강의 검수이기도 했다. 오래전 하라간은 콘 공작과 검을 맞대어 본 적이 있었다.

"루잉이 기억하는 콘 공작은 무척이나 걸걸하고 호탕한 성격이었지."

하라간이 잠시 과거를 반추했다. 그다음 검을 축 늘어뜨리고 콘 공작 일행에게 다가섰다.

콘의 부하들은 하라간이 가까이 접근할 때까지 눈치채지 못했다.

거칠게 쏟아지는 폭우 때문이 아니었다. 하라간의 움직임 자체가 워낙 유령처럼 고요했기 때문이었다.

하라간이 거의 5미터 앞까지 다가오자 그제야 콘 공작이 반응을 보였다.

"엇?"

콘을 모시는 기사들도 화들짝 놀랐다.

"누구냣?"

기사들이 검을 뽑아 하라간에게 겨눴다. 비에 흠뻑 젖은 기사들의 눈이 불안하게 흔들렸다.

하라간이 점점 더 가까이 다가섰다. 비로소 하라간의 얼굴을 파악한 기사단장이 고개를 갸웃했다.

"여자?"

기사단장의 말이 떨어지기 무섭게 하라간의 검이 움직였다.

번쩍!

빗속에서 하얀 무지개가 피어올랐다.

콘의 부하들 열댓 명의 목이 단숨에 날아갔다.

"우왁."

급조한 천막 속에서 쪼그려 비를 피하던 기사들이 일제히 일어났다.

"뭐, 뭐야."

콘의 기사들은 황급히 방패를 챙겨 들었다. 하지만 좁은 천막에서 동시에 여러 명이 뛰쳐나오다 보니 천막이 찢어지고 기사들의 동작이 굼떠졌다.

하라간의 검이 한 번 더 공간을 갈랐다.

군더더기라고는 일체 찾아볼 수 없는 깔끔한 궤적. 그 궤적 안에 들어온 모든 방패와 갑옷, 심지어 사람의 몸뚱어리까지도 무사하지 못했다.

Chapter 4

단 두 차례 검을 휘둘러 맥클라우드 왕국 정예 기사들을 쓰러뜨린 하라간이 콘 공작에게 다가섰다.

콘이 입술을 굳게 다물었다.

"드디어 내가 죽을 곳을 찾았구나."

콘 공작은 본인이 패할 것을 예감했다.

그래도 적에게 그냥 목을 내줄 수는 없는 일. 검집을 땅바닥에 버린 콘 공작이 커다란 대검을 양손으로 꽉 움켜쥐었다.

"공작 전하, 제가 끝까지 모시겠습니다."

기사단장이 콘과 함께 죽을 각오를 다졌다.

"이야아압."

콘이 고함 소리와 함께 대지를 박찼다.

빙글빙글 회전하면서 날아든 콘의 검신으로부터 푸르스름한 빛이 새어 나왔다. 그 모습이 마치 푸른 회오리가 몰아치는 것 같았다. 어찌 보면 콘의 공격은 고요의 사원 원주의 공격과도 흡사했다.

기사단장이 보조하듯 몸을 날렸다. 무거운 갑옷을 걸친 채로 높이 점프한 기사단장은 하라간을 향해 뚝 떨어져 내렸다.

둘의 공격 조합이 정교하게 맞물렸다. 이들이 얼마나 함께 검을 맞대고 연습을 했을지 절로 짐작이 갔다.

"과연 남부의 영웅들이로구나."

하라간이 씁쓸한 미소를 머금었다. 비록 지금은 적이 되어 서로에게 검을 겨누는 처지지만, 하라간은 콘 공작을 높이 평가했다.

그런 상대에게 모욕을 줄 수는 없는 법. 하라간이 진지하게 검을 받았다.

시간이 우뚝 멈췄다.

공간이 뚝 잘려 나갔다.

푸른 회오리가 반으로 잘렸다. 질풍처럼 하라간을 몰아치던 콘 공작도 그대로 세로로 쪼개졌다.

기사단장도 예외가 아니었다. 하늘에서 뚝 떨어지며 하라간의 시선을 빼앗은 기사단장은 몸이 좌우로 갈렸다.

추왁! 촤악!

두 줄기 핏물이 지상에서 허공으로 솟구쳤다.

이어서 네 조각으로 나뉜 살덩어리가 빗속에 나뒹굴었다.

하라간이 등을 휙 돌렸다. 빗발은 더욱 거세게 몰아쳤다. 언덕 위에서 흐른 피가 빗물을 타고 개천으로 흘러들어 갔다.

이제 북부의 마물들과 맞서 싸우며 남부 연합을 지켜 왔던 영웅들의 시대가 저물었다. 누구보다도 열정적으로 남부 연합을 수호했던 루잉, 아니 하라간의 손에 의해 그 시대의 막이 내렸다는 사실이 참으로 묘했다.

이튿날 아침.

밤새 쏟아지던 폭우가 거짓말처럼 그쳤다. 물방울을 흠뻑 머금은 풀잎들이 아침 햇살을 받아 잎사귀를 살짝 치켜들었다. 주변 나뭇가지에서 포로롱, 포로롱 새 지저귀는 소리가 들렸다.

하라간이 막사 문을 젖히고 밖으로 나왔다.

"신인을 뵙사옵니다."

"저희가 신인을 뵙사옵니다."

기다렸다는 듯이 친위대원들이 무릎을 꿇었다. 황금 막사 주변의 모든 솔샤르들이 하라간을 향해 머리를 조아렸다.

"음."

하라간은 뒷짐을 지고 그 인사를 받았다.

"이제 슬슬 추격을 재개해야겠지?"

하라간이 남쪽 방향을 응시하며 추격을 입에 담았다.

사실 각 왕국의 지휘관들은 이미 출전 준비를 끝마친 상태였다. 북부의 전투병들은 새벽이 오기 무섭게 막사를 철거하고 군장을 꾸려 등에 짊어졌다. 말에게 먹이도 충분히 주었다. 비에 젖은 무기도 깨끗하게 손질했다. 북부군은 그렇게 진격할 준비를 진즉에 끝내놓았지만, 감히 신인의 단잠을 방해할 수 없어 기다렸을 뿐이다.

하라간도 이런 사실을 잘 알았다.

하라간은 늦잠을 잔 것이 아니었다. 어젯밤 하라간은 몰래 진영을 떠나 은둔 수호자들을 정리했다. 맥클라우드 왕국의 잔당들도 모두 처리했다. 그러고도 시간이 남아 새벽 3시부터는 막사 안에서 검술을 가다듬었다.

그러니 하라간이 마음만 먹었으면 더 일찍 출발해도 되었을 것이다. 하지만 하라간은 일부러 늑장을 부렸다.

'이 정도로 시간을 벌어 주었으면 되었겠지. 천족 잔당들은 이미 다 도망쳤을 거야.'

시간을 셈한 하라간이 비로소 진군 명령을 내렸다.

각 왕국의 지휘관들이 하라간의 명을 복창하여 전달했다.

"신인의 명이시다."

"전구우―운, 출격하라."

뿌우우우―

고동이 길게 울렸다.

둥둥둥둥!

우렁찬 북소리가 그 뒤를 따랐다.

척척척척 박자를 맞추어 울리는 북부군의 군홧발 소리가 파오거 대평원을 진동했다. 꼬리에 꼬리를 물고 길게 진격하는 북부군의 등 뒤에서 위령탑이 우뚝 자리했다. 아침 햇살을 받은 위령탑의 그림자는 마치 동료들을 배웅이라도 하듯이 좌우로 흔들렸다.

천족들이 사라진 마고 왕국은 빈 껍데기나 마찬가지였다.

하라간이 이끄는 북부군은 마고 왕국의 각 성을 손쉽게 점령했다. 성을 지켜야 할 마법사들은 이미 천계 여왕의 명령에 따라 천족으로 변한 상태였다. 그리고 그 천족들은 파오거 대평원 전투에 투입되어 대부분 전사했다.

그러니 성을 지킬 사람이 없었다. 지금 마고 왕국의 각 성에 남은 자들은 천족이 되기에 부적합한 쭉정이들뿐이었다.

끝없이 밀려드는 북부의 마물 군단을 보면서 성의 수비병들은 항복을 선언했다. 북부군은 활짝 열린 성문으로 들어와 성탑에 하라간의 깃발을 꽂았다.

하라간은 공격을 서두르지 않았다. 하루에 두세 개씩의 성을 점령하며 천천히 남하했다.

대신 하라간은 포위망을 꼼꼼하게 쳐 놓았다. 북부군 대부대가 지역을 나누어 몇 겹으로 중복해서 훑었다. 그러면서 차근차근 전진해 나아갔다.

그렇게 촘촘하게 훑어도 걸리는 것은 없었다. 마고 왕국 그 어디에서도 날개 달린 스켈레톤의 모습은 보이지 않았다.

"이런. 설마 놈들이 바다로 도망친 겐가? 그 개뼈다귀 놈들을 하나도 잡지 못했으니 신인의 얼굴을 어찌 뵌단 말이야."

디포에우스가 분한 듯 발을 굴렀다.

반면 바루니우스는 침착했다.

"집정관님, 그렇게 안달하실 것 없습니다."

"바루니우스 장군, 그게 무슨 소리요? 천족인지 뭔지 하는 그 뼈다귀들을 단 한 놈도 잡지 못했거늘, 장군은 뭐가 그리 여유로운 게요?"

"허허허. 여유를 부린 것이 어디 저입니까. 여유는 신인께서 부리셨지요."

"에엥?"

디포에우스가 고개를 갸웃했다. 그러다 뭔가를 깨달은 듯 무릎을 쳤다.

"옳거니. 신인께오서 요 근래 유난히 느긋하셨지. 아마도 그분께서 다른 계획이 있으신 모양이오?"

"아마도 그러실 겝니다. 그렇지 않고서는 병력을 이렇게 천천히 운용하실 리 없습니다."

"아하하하. 그럼 그 뼈다귀들을 붙잡지 못했다고 해서 신인께 죄를 짓는 것은 아니겠지요? 장군의 생각은 어떠시오?"

"집정관님의 생각대로일 겝니다. 우리는 그저 마고 왕국의 영지들만 착실하게 점령해 나가면 되겠습니다. 허허허."

바루니우스는 과연 전쟁터에서 잔뼈가 굵은 노장다웠다. 병력의 운용 속도만 보고도 하라간의 속뜻을 짐작해 내었다.

한시름 놓은 디포에우스는 한결 편하게 군대를 지휘했다.

북부군이 그렇게 느긋하게 움직이는데도 마고 왕국은 오래 버티지 못했다.

제5화
납치된 베레니케

Chapter 1

여름에 접어든 7월 1일.

마침내 마고 왕국이 역사의 문을 닫았다. 남부 연합 칠왕국이 전쟁 발발 50일 만에 모두 붕괴한 셈이었다.

800년 전, 신인은 단신으로 몸을 일으켜 북부를 하나로 만들었다.

지금 이 땅에 재림한 신인은 북부뿐 아니라 남부까지 통합해 버렸다. 이제 온 대륙이 신인의 깃발 아래 하나가 된 셈이었다.

"와아아아아아!"

"신인 만세."

"만세. 만만세."

모든 북부인들이 거리로 쏟아져 나와 신인을 찬양했다. 신앙심이 독실한 신인의 추종자들은 감격에 겨워 눈물을 펑펑 흘렸다.

그 즈음 북부의 아르네 식민지에서는 하라간을 위한 신전이 건축 중이었다. 아직 완성은 되지 않았고, 터 닦기만 막 끝낸 상태였지만 신전의 규모는 상상을 초월할 정도로 대단했다. 신전 주변부도 덩달아 개발 열풍에 휩싸였다. 이 일대에서 뚝딱뚝딱 망치질 소리가 그치지 않았다.

야트막한 언덕 위.

척척 올라가는 건물들을 바라보면서 홀리 생츄어리의 법주 한 명이 고개를 가로저었다.

"안 될 일이지. 북부인들의 피와 땀으로 세워지는 저 성스러운 신전이 신인이 아닌 엉뚱한 가짜에게 넘어가는 꼴은 볼 수가 없어."

"당연하지. 절대 그런 일이 벌어져선 안 되지."

옆에서 또 다른 법주가 말을 받았다.

홀리 생츄어리의 여덟 법주들은 모두 다 용모가 동일했다. 이 법주 또한 처음 말문을 연 법주와 판박이였다.

"그나저나 그분께서 언제 또 계시를 주신다고 하셨나?"

"오늘 밤이라네."

처음 말문을 연 법주가 동료에게 대답했다.

"오늘 밤이라고? 설마 먼저처럼 우리 2명에게만 계시가 내려오는 것은 아니겠지? 그럼 설득력이 약해져."

"이번엔 신인께서 우리 법주들 8명의 꿈에 동시에 나타나실 게야. 어디 그뿐이겠는가. 어쩌면 32명의 재판관과 800명의 집행자 전원에게 계시를 내려 주실 수도 있음이야. 케헤헴."

"홀리 생츄어리의 구성원 전원에게 나타나신단 말인가?"

지금까지 이런 이적이 일어난 적은 없었다. 만약 진짜 신인께서 법주들뿐 아니라 재판관과 집행자의 꿈에 동시에 나타나 가짜 신인에 대하여 경고한다면, 사람들의 마음이 크게 흔들릴 수밖에 없었다.

"그렇다면 오늘 밤 일찍 잠자리에 들어야겠구먼. 영광스럽게도 진짜 신인을 알현하게 될 터이니 잠을 서둘러야겠어. 헐헐헐."

"그래. 자네도 일찍 잠자리에 들게. 나도 오늘은 일찍 침대에 누울 생각이라네. 그리하여 진짜 신인의 영광된 모습을 알현해야지. 그러곤 저 가증스러운 가짜의 정체를 밝혀낼 방도를 강구해야지. 암, 반드시 밝혀내야 하고말고."

법주의 두 눈이 강한 신념으로 물들었다.

그날 밤.

법주들의 꿈에 황금빛 다즈키르샤가 찾아왔다. 12개의 황금빛 머리로 사람들을 굽어보는 메탈룸 다즈키르샤의 눈빛은 어딘지 모르게 서글퍼 보였다.

"신인이시여."

여덟 법주들이 다즈키르샤를 올려다보았다.

여기까지는 전에 꾸었던 예지몽과 비슷했다. 그런데 이후부터 차이가 발생했다.

법주들의 뒤에서 32명의 재판관들이 등장한 것이다. 머리에 검은 모자를 쓰고 검은 재판복을 입은 재판관들은 어리둥절한 눈빛으로 다즈키르샤를 더듬다가 화들짝 놀라 그 자리에 엎드렸다.

"오오오, 신인이시여."

황금빛 다즈키르샤를 보는 것만으로도 재판관들의 가슴이 벅차올랐다. 재판관들은 굳이 다즈키르샤의 뇌파를 전해 듣지 않아도 느낌이 왔다.

'신인이시구나.'

'신인께서 내 꿈에 나타나셨어. 복되고, 또 복되도다.'

'그런데 뭔가 이상하구나. 전에 아르네 왕궁에서 뵈었던 신인의 모습과 많이 다른데? 그때는 머리가 2개셨는데, 지금은 12개야.'

재판관들이 메탈룸 다즈키르샤를 찬찬히 뜯어보았다.

그때였다. 재판관들의 등 뒤에서 사람들이 우르르 몰려들었다. 모두 똑같은 복장에, 이마에 눈 문신을 새겨 넣은 사람들이었다.

'엉? 집행자들까지 이 꿈에 초대되었어?'

'신인께오서 홀리 생츄어리 전원의 꿈에 동시에 나타나신 걸까?'

사람들이 영문을 몰라 눈만 껌뻑거렸다.

어쨌거나 새로 등장한 800명의 집행자들도 재판관들과 마찬가지로 무릎을 꿇고 황금빛 다즈키르샤를 우러러보았다.

까마득한 높이에서 사람들을 굽어보던 다즈키르샤가 스스스슥 몸을 축소했다. 열여덟 장의 황금빛 날개가 사라졌다. 고귀함이 저절로 느껴지는 황금빛 비늘들이 물거품처럼 자취를 감추었다. 12개의 머리가 하나씩 없어져 오직 하나만 남았다.

그 상태에서 황금빛 다즈키르샤가 인간 크기로 줄어들었다.

단지 크기만 줄어든 것이 아니었다. 다즈키르샤는 모습도 인간처럼 변했다.

"오오오."

"아아, 이분의 모습은!"

법주들이 눈물을 흘렸다.

32명의 재판관들이 눈가를 파르르 떨었다.

800명의 집행자들이 손으로 입을 틀어막고 오열했다.

그들 눈앞에 서 있는 인간의 외모가 너무나 충격적이기 때문이다. 교리서에서 반복하여 읽었던 모습 그대로, 800년 전 기록에 남아 있는 외모 그대로, 성화에 묘사된 얼굴 그대로, 진짜 신인이 드디어 본모습을 드러내었다.

"오오오오, 신인이시여. 흐흐흐흐흑."

법주 한 명이 엉금엉금 기어가 신인의 발을 붙잡았다. 그러곤 하염없이 눈물을 흘렸다.

나머지 7명의 법주들도 바닥을 기어 신인의 발등에 입을 맞추었다. 다들 눈에서 뜨거운 눈물을 쏟아 내었다.

진짜 신인, 욘 아르네 솔샤르가 손을 뻗었다. 그 손이 법주들의 머리를 한 번씩 쓰다듬었다.

"우흐흑. 흐흑."

신인의 손길을 느낄 때마다 법주들은 환희에 젖었다.

신인이 법주들을 떠나 재판관들 사이로 걸어 들어왔다.

재판관들이 바닥에 엎드려 간절하게 손을 뻗었다. 신인은 그 손을 외면하지 않고 하나씩 붙잡았다.

신인이 다시 발걸음을 옮겼다.

이번엔 집행자들의 차례였다. 800명의 집행자들 사이로

들어온 신인은 한 명 한 명 어깨를 두드려 주었다.

"크흑."

집행자들이 손으로 입을 틀어막고 울었다.

법주부터 시작하여 집행자에 이르기까지, 840명의 뇌에 신인의 음성이 들렸다.

[나의 자식들아.]

"오오. 신인이시여. 나의 신인이시여. 크흐흑."

법주들이 울먹거렸다.

[사랑하는 나의 자식들아.]

"아아아. 신인이시여."

재판관들과 집행자들이 손으로 자신의 가슴을 쥐어뜯었다.

욘 아르네 솔샤르가 서글픈 눈으로 사제들, 즉 법주와 재판관, 집행자들을 둘러보았다.

그 눈빛을 접한 법주들이 더욱 큰 목소리로 울었다. 재판관과 집행자들도 가슴이 먹먹하여 쉼 없이 눈물을 흘렸다.

이제 다들 느꼈다.

'이분께서 진짜 신인이시다.'

'그렇다면 지금 신인으로 알려진 분은 누구시지?'

'뭐가 어찌 돌아가는 게야?'

'뭐가 뭔지는 모르겠지만 한 가지는 확실해. 이분께서 진짜 신인이셔. 무조건 이분께서 진짜야.'

사제들은 이런 마음으로 욘 아르네 솔샤르의 얼굴만 쳐다보았다.

Chapter 2

욘 아르네 솔샤르가 한탄했다.

[너희가 눈이 멀어 나를 알아보지 못하니, 이제 내가 떠나야겠구나.]

홀리 생츄어리의 모든 사람들이 울음으로 사죄했다.

"으허헉, 안 됩니다. 신인이시여, 저희의 어버이시여, 제발 저희를 버리지 마소서."

"저희가 잘못했사옵니다. 저희가 거짓된 자의 술수에 눈이 멀어 진짜 신인을 알아보지 못했사옵니다. 부디 저희를 벌하시되, 저희 곁을 떠나지는 마소서. 크흐흑."

"제발 부탁드리옵니다."

욘 아르네 솔샤르가 한층 더 서글픈 눈빛으로 사람들을 둘러보았다.

[안타깝게도 이 땅엔 내가 머물 자리가 없다. 북부의 어리석은 백성들이 가짜를 진짜로 믿고 거짓된 자에게 신전을 지어 바치고 있으니, 내가 어찌 이 타락한 땅에 머물겠느냐?]

"신인이시여, 제발 저희를 버리지 마소서."

"저희가 목숨을 바쳐 타락한 백성들과 오염된 땅을 정화시키겠나이다."

"그러니 이 오욕을 조금만 견뎌 주소서. 저희가 어떻게든 가짜를 쫓아내고 참된 신인의 신전을 짓겠나이다."

"부디 신인께오선 저희의 눈을 똑바로 뜨게 하옵시고, 정신을 맑게 만드시어, 저희가 그 올곧은 눈과 맑은 정신으로 진짜와 가짜를 구별해 내게 하소서."

"저희에게 지혜와 용기를 주시옵소서."

홀리 생츄어리 사제들의 잇단 간청에 욘 아르네 솔샤르가 화답했다.

[너희의 정성이 나의 마음을 움직이는구나. 알겠도다. 하면 내가 너희에게 갈 것이다.]

"오오오! 신인께서 직접 이 땅에 오신다는 말씀이시옵니까?"

"신인께서 현신하시는 순간, 마치 태양 앞에서 달빛이 사그라지듯이 가짜는 빛을 잃고 신인만 홀로 오롯하실 것이옵니다."

"저희가 그 축복된 날을 대비하겠나이다."

사제들이 펄쩍 뛰며 기뻐했다.

욘 아르네 솔샤르가 말을 보탰다.

[내가 너희에게 갈 것이니 너희는 나를 맞을 준비를 하여라.]

"저희가 무엇을 준비하면 되오리까?"

"한 말씀만 하소서."

사제들이 신인의 말에 귀를 기울였다.

욘 아르네 솔샤르가 자신의 계획을 설명했다.

[너희가 거짓 신을 위해 짓는 신전을, 나는 되찾고자 한다. 거짓 신이 빼앗아 간 나의 불쌍한 백성들을 되찾아 구원하고자 한다. 신전이 완성되는 날, 내가 너희에게 갈 것이니 너희는 나를 위하여 진짜와 가짜를 판별할 심판대를 만들라. 나 스스로 그 심판대에 올라 참과 거짓을 밝혀낼 것이니라.]

"아아아, 저희가 만든 심판대에 신인께서 손수 오르신단 말씀이시옵니까?"

법주들이 황공하여 어쩔 줄 모르겠다는 표정으로 머리를 조아렸다.

욘 아르네 솔샤르의 의지는 확고해 보였다. 법주들이 그 뜻을 따르기로 마음먹었다.

"하오시면 저희가 신인의 뜻을 따르겠나이다."

"저희 여덟 법주들과 32명의 재판관들이 힘과 지혜를 모아 진짜 신인과 가짜 신인을 구별할 무대를 마련하겠나이다."

"부디 신인께오선 저희에게 지혜를 내려 주시옵소서. 그리하여 진짜와 가짜를 판별할 증거를 확보할 수 있도록 이끌어 주소서."

마지막 말에 욘 아르네 솔샤르가 눈을 찌푸렸다.

[어허! 나 자신이 곧 증명이로다. 나 스스로 심판대에 오르는 것만으로도 진실과 거짓이 밝혀질 일이로다. 그런데 너희는 나에게 무엇을 더 증명하라고 요구하느냐?]

감히 신인의 기휘를 범한 법주가 주먹으로 자신의 입을 후려쳤다.

"요 입! 요 망측한 입! 신인이시여, 제가 감히 말로써 죄를 지었나이다. 신인께서 본래 모습을 보이시는 순간, 그것이 곧 증명이 될 것이옵니다. 신인께서 황금빛 찬란한 12개의 머리를 선보이시는 순간, 북부의 모든 백성들이 신인을 알아보고 무릎을 꿇을 것이옵니다."

"그렇사옵니다. 고작 2개의 머리를 지닌 가짜 신인은 곧바로 정체가 탄로 나 지옥의 불구덩이에 내던져질 것이옵니다."

"어디 그뿐이겠사옵니까? 신인께서 인간의 모습을 보여 주시는 것도 한 방법이옵니다. 800년 전 기록에 남아 있는 그 모습 그대로, 신인께서 이 땅에 다시 와 주시는 것만으로도 진짜와 가짜가 확연하게 구별될 것이옵니다."

"백성들도 눈이 있고, 귀가 있고, 머리가 있사옵니다. 그들이 눈으로 신인을 알현하옵고, 귀로 신인의 음성을 경청하옵고, 머리로 판별을 한다면, 마땅히 누가 신인이고 누가 가짜인지 판별할 것이옵니다."

"신인께오서는 신전이 완성되는 순간, 이 땅에 내려오시기만 하시옵소서. 나머지는 저희 홀리 생츄어리에서 처리하겠나이다."

법주들이 앞다투어 고했다.

욘 아르네 솔샤르가 고개를 가로저었다.

[아니다. 생각해 보니 너희들의 말에도 일리가 있도다. 어리석은 백성들을 깨우쳐 주기 위해서는 확고한 증명이 필요할 터. 그날 나는 너희를 위하여 한 가지 이적을 보여 주겠노라.]

법주들이 고개를 갸웃거렸다.

"이적 말씀이옵니까?"

"저희가 어리석어 어떤 이적을 말씀하시는지 모르겠나이다."

욘 아르네 솔샤르가 손가락으로 하늘을 가리켰다.

[교리서에 수록되어 있을 것이다. 800년 전 내가 북부를 하나로 묶을 때 나의 존재를 부정하던 자들이 있었도다. 그때 내가 그들의 주요 성채 3개를 불과 한나절 만에 무너뜨렸느니라.]

법주들이 무릎을 쳤다.

"아! 카르발 전투."

"신인의 위대함을 증명한 그 전투 말씀이시옵니까?"

법주들을 포함한 모든 이들이 욘 아르네 솔샤르의 말뜻을 알아들었다.

800년 전, 북부 통일 전쟁 당시, 욘 아르네 솔샤르는 반대 세력의 철옹성 3개를 불과 12시간 만에 붕괴시켰다. 이것이 그 유명한 카르발 전투였다. 북부인이라면 모두 그 구절을 외우고 있고, 언제든지 암송할 수 있는 가장 유명한 전투였다. 오페라나 연극 무대에도 가장 많이 올려지는 것이 바로 이 카르발 전투의 내용이었다.

800년 전 욘 아르네 솔샤르는 무수히 많은 마해의 마물들을 이 땅에 소환하여 적들의 첫 번째 철옹성을 날려 버렸다.

당시 욘 아르네 솔샤르는 키르샤의 본체로 현신하여 적들의 두 번째 철옹성을 짓뭉개 버렸다.

당시 욘 아르네 솔샤르는 궁극의 마법, 역사상 그 누구도 재현하지 못했던 꿈의 마법, 소설 속에서나 나올 법한 최후 최강의 마법 메테오(Meteo: 유성)를 이 땅에 소환하여 적들의 세 번째 성을 불살라 버렸다.

800년 전의 그 유명한 사건이 욘 아르네의 입에서 언급되었다.

[심판대에 올라서는 날, 나는 과거에 행했던 이적을 재현할 것이니라. 내가 소환한 메테오가 온 하늘을 불태우며 날아와 대지에 작열할 것이니, 그걸 목격한 어리석은 백성들이 비로소 눈을 똑바로 뜨고 진짜와 가짜를 구별해 낼 것이 아니겠느냐?]

이것이 욘 아르네 솔샤르의 생각이었다.

Chapter 3

법주들이 입에서 침을 튀며 동의했다.

"과연 그러하옵니다."

"신인께서 교리서에 나와 있는 이적을 그대로 재현하신다면, 그 어떤 백성이 신인을 몰라보겠나이까."

그러다 법주 한 명이 묘안을 내놓았다.

"아! 제게 좋은 꾀가 하나 떠올랐사옵니다."

[어떤 꾀인가?]

욘 아르네가 물었다.

"심판의 날에 저희 법주들이 가짜에게도 똑같은 이적을 보여 줄 것을 요구하겠나이다. 물론 가짜는 그런 능력이 있을 리 없겠지요."

"오오! 그거 묘안이옵니다. 그런 요구를 받으면 가짜가 무척 당황할 것이옵니다."

"오랜 옛날 신인께서는 세상에서 가장 뛰어난 마법사의 모습으로 이 땅에 오셨나이다. 그러나 지금 신인을 사칭하는 가짜는 한 번도 마법을 선보인 적이 없사옵니다. 대신 검만 휘두른다 하옵니다. 그런데 저희가 눈이 멀고 우둔하여 그동안 이 차이점을 눈치채지 못하였나이다."

"이제라도 저희가 사실을 깨달았으니 되었습니다. 신인께서는 심판의 날만 기다려 주소서. 저희가 반드시 이 점을 추궁하여 가짜의 정체를 온 세상에 까발리겠나이다."

법주들이 신이 났다.

메테오 소환이라니!

법주들은 이 어마어마한 이적을 목격하게 된다는 사실에 흥분하여 얼굴이 벌겋게 달아올랐다. 더불어서 자신들의 힘으로 가짜의 정체를 낱낱이 까발릴 생각에 가슴이 두근두근 뛰었다.

재판관과 집행자들도 법주들과 다를 바 없었다. 다들 심판의 날을 학수고대하는 눈치였다.

그 모습을 보면서 욘 아르네 솔샤르가 꿈에서 떠났다.

"으허헉."

예지몽에서 깨어난 홀리 생츄어리의 사제들이 흥분에 겨

워 숨을 몰아쉬었다. 다들 잠옷이 땀으로 흠뻑 젖었다.

　남부 연합 정벌을 마친지 한 달이 지났다.

　하라간은 고국을 먼저 방문하여 남부 정벌의 자세한 상황을 군나르에게 전해 주었다. 군나르는 이야기를 듣는 중간중간 박수를 치고 너털웃음을 흘리며 하라간의 말을 경청했다.

　보름 넘게 군나르의 곁에 머문 뒤, 하라간은 아르네 수도에 설치된 임시 신전으로 돌아왔다. 이제 하라간이 당면한 일은 세 가지였다. 집정관 디포에우스가 그 세 가지 항목을 양피지 두루마리에 적어 하라간에게 올렸다.

　　첫째, 마리네 왕녀 및 여섯 후궁들과의 혼인식.

　　둘째, 신전 건물의 완공식.

　　셋째, 동해 바다 건너 에룬 왕국 정벌.

　하라간이 두루마리에 적힌 항목들을 읽다가 디포에우스에게 고개를 돌렸다.

　"그래서, 신전이 완공되는 날이 언제라고?"

　"9월 29일경에 마무리가 된다고 하옵니다. 저희들이 매일 같이 공사 현장에 나가 인부들을 다그치고 있으니 곧 좋은 소식이 들릴 것이옵니다."

디포에우스가 공손히 아뢰었다.

하라간은 달력을 넘겨보다가 날짜를 낙점했다.

"그럼 10월 1일에 신전 완공식을 치르도록 하지."

"말씀대로 따르겠나이다."

디포에우스가 하라간이 지정한 날짜를 받아 적었다.

하라간이 말을 덧붙였다.

"아. 이왕이면 혼례식도 그때로 맞추는 것이 좋겠어. 할아버님께는 내가 말씀드릴 것이니, 백성들에게는 그대가 공표하도록 해."

"오오. 그런 영광스러운 임무를 제게 맡기시다니, 참으로 큰 은혜이옵니다."

디포에우스가 과장된 몸짓으로 울먹거렸다.

그 꼴이 보기 민망했는지, 하라간은 그만 나가보라는 손짓을 했다.

"하오시면, 저는 이만 물러나겠나이다."

눈치가 빠른 디포에우스가 뒷걸음질로 임시 신전에서 물러 나왔다.

신전에 홀로 남은 하라간이 두루마리를 다시 읽었다.

"후훗. 하루빨리 신전이 완공되었으면 좋겠군. 그다음 혼인식을 치르자마자 에룬 왕국으로 가 봐야겠어."

하라간은 에룬 왕국을 정복하는 것이 목적이 아니었다. 하라간이 목이 빠지게 기다리던 대적자가 드디어 이 세계에 들어왔는데, 그 대적자를 맞이할 장소로 에룬 왕국이 최적지였다.

"어서 오너라. 어서 와."

하라간은 확장된 감각으로 대적자의 존재를 더듬어 보았다.

그러자 갑자기 배에서 꼬르륵 소리가 났다. 하라간은 입 안에 고인 침을 꿀꺽 삼키며 신전 천장을 올려다보았다.

"기다림이 참 길었어. 하지만 이제 그 결실을 맺을 때가 되었지."

하라간이 신좌에서 일어나 손바닥으로 배를 슥슥 문질렀다.

밤이 깊었건만 주변은 대낮처럼 환했다. 사람들은 저마다 짐을 지고 바쁘게 오갔다. 말과 소가 끄는 마차에는 커다란 돌덩이들이 실려 있었다. 그런 마차 수백 대가 대로를 횡단했다. 사방에서 뚝딱뚝딱 망치질 소리가 들렸다.

하라간을 위한 신전은 서서히 그 웅대한 모습을 드러내고 있었다. 신전 주변부에는 숙박업소와 레스토랑을 포함한 각종 시설들이 자리를 잡는 중이었다.

알짜배기 토지를 선점한 베레니케가 눈에 불을 켜고 건물을 올렸다. 베레니케는 밤에도 잠을 자지 않고 건설 현장을 감독했다.

원래 건축 일이라는 것이, 감독관이 제대로 없으면 엉성하게 돌아가게 마련이었다. 베레니케는 그 사실을 누구보다 잘 알았다.

"이런 미친! 이게 어디로 봐서 스벤센산 대리석이야? 어디서 이런 푸석푸석한 가짜 대리석을 들여와서 나를 속이려고 들어? 쌍!"

가짜 대리석을 발견한 베레니케가 대리석 조각을 들더니 그 모서리로 납품 업자의 이마를 그대로 찍어버렸다.

"어이쿠."

건장한 체격의 납품 업자가 머리에서 피를 뿜으며 주저앉았다.

납품 업자와 함께 베레니케를 만나러 왔던 건축업자들이 움찔했다.

덩치 큰 건축업자들에게 둘러싸이고도 베레니케는 눈 하나 깜짝 안 했다. 오히려 허리춤에서 단검을 뽑아 납품 업자의 눈알에 푹 쑤셔 박았다.

"끄악."

졸지에 외눈박이가 된 납품 업자가 괴성을 질렀다. 납품 업자는 베레니케에게 달려들어 목을 조르려고 들었다.

"흥. 같잖은 놈이 어딜 감힛."

그 전에 베레니케가 상대의 머리를 붙잡아 단검으로 멱을 따 버렸다. 그러고도 성이 풀리지 않았는지 베레니케는 납품 업자의 몸통에 단검을 마구 쑤셔 댔다.

"이 개새끼. 세상 사람을 다 속여도 나는 속이지 못한다. 어디서 가짜 대리석을 가져와서 지랄이야."

푹푹푹, 가슴을 저미는 칼 솜씨가 보통 능숙한 것이 아니었다. 피투성이가 된 납품 업자는 이미 숨이 끊겨 버린 지 오래였다. 베레니케는 온몸에 피 칠갑을 한 모습으로 시체의 가슴팍에 칼질을 하고 또 했다. 그 섬뜩한 모습에 건축 업자들이 몸서리를 쳤다.

"누구야?"

베레니케가 갑자기 고개를 들었다.

"예?"

"그게 무슨 말씀이십니까?"

건축업자들이 되물었다.

베레니케가 단검으로 시체의 눈알 하나를 마저 도려내면서 상대를 다그쳤다.

"이 개자식을 누가 데려왔어? 이자에게 대리석 납품을 맡긴 놈이 누구야?"

"그건!"

건축업자들이 찔끔 놀란 표정을 지었다.

Chapter 4

베레니케는 시체 위에 올라앉은 채로 단검을 빙글빙글 돌렸다.

"어서 말 안 해?"

결국 건축업자 대표가 답을 했다.

"딱히 누가 데려오진 않았습니다. 그저 저자가 저희에게 질 좋은 대리석을 싸게 공급하고 싶다고 접근했을 뿐입니다."

빠악!

"끄악."

말을 마친 대표가 얼굴을 붙잡고 주저앉았다. 대리석 조각으로 대표의 얼굴을 찍어 버린 뒤, 베레니케가 으르렁거렸다.

"이게 질 좋은 대리석이야? 이렇게 푸석거리는 게 질 좋은 대리석이냐고? 네놈들 멱도 전부 따 줄까? 아니면, 내가 사람을 풀어서 네놈들 가족까지 모조리 썰어 버려야 일을 똑바로 하겠어?"

"으으윽. 잘못했습니다."

"저희가 잘못했습니다. 용서해 주십시오."

건축업자들이 무릎을 꿇었다.

베레니케는 아버지뻘 되는 건축업자들의 뺨을 손바닥으로 툭툭 건드렸다.

"똑바로 해. 내일 아침에 밥그릇 속에서 네놈들 자식새끼들의 잘린 손가락을 발견하고 싶지 않거든 똑바로 하자고."

"예예."

"명심하겠습니다."

건축업자들은 황급히 고개를 끄덕였다.

건축업자들이 도망치듯 자리를 뜬 뒤, 베레니케는 피에 젖은 머리카락을 뒤로 모아 질끈 묶었다.

"호호, 간만에 피를 보니까 기분이 또 좋네."

검날에 묻은 핏물을 혀로 싹 핥은 뒤, 베레니케는 단검을 허리에 꽂고 등을 돌렸다. 숙소로 돌아가는 베레니케의 발걸음이 가벼웠다.

하지만 베레니케의 상쾌한 기분은 그리 오래가지 못했다.

스콱!

어둠 속에서 날아온 쇠사슬이 베레니케의 몸을 칭칭 휘감아 버린 탓이었다.

아니, 엄밀하게 말해서 쇠사슬은 어둠 속에서 날아온 것이 아니었다. 베레니케의 주변 공기가 갑자기 쇠사슬로 변해 베레니케의 몸을 꽉 포박했다.

"뭐얏?"

깜짝 놀란 베레니케가 몸을 뒤틀었다.

그보다 한발 앞서 쇠사슬이 베레니케의 팔과 허리를 구속했다. 베레니케의 발목에도 쇠사슬이 돋아나 꽉 조여 버렸다. 덕분에 베레니케는 거칠게 땅에 쓰러져야 했다.

"웬 놈들이냣? 나는 디포에우스 집정관님의 명을 받아 일을 하는 사람이다. 크게 혼이 나고 싶지 않으면 어서 이걸 풀어라."

베레니케가 침착하게 적을 꾸짖었다. 그러면서 베레니케는 빠르게 눈알을 굴렸다.

'누구지? 혹시 군나르 왕국의 환관 놈들인가?'

만약 상대가 게브의 환관들이라면 상황은 절망적이었다. 베레니케는 입술을 꽉 깨물었다. 그러곤 연해 3층의 마물인 일리아를 은밀하게 불러내었다.

푹!

허공에서 돋아난 뾰족한 꼬챙이가 베레니케의 손바닥을 관통했다.

[끼야악.]

베레니케의 손바닥 정중앙에서 눈을 번쩍 뜬 마물 일리아가 괴성과 함께 소환이 취소되었다.

'내 마물을 정확하게 알고 있구나.'

베레니케는 겁이 덜컥 났다.

그때 어둠 속에서 노인이 모습을 드러내었다.

수염을 풍성하게 기르고, 등에 열여섯 장의 날개를 펄럭이는 노인.

바로 천계의 대원사였다. 파오거 대평원에서 큰 타격을 받고 도망쳤던 대원사가 아르네 수도에서 모습을 드러낸 것이다.

물질을 창조하는 것이 대원사의 주특기. 대원사는 쇠사슬을 만들어 베레니케를 포박하고, 쇠꼬챙이를 창조하여 베레니케의 마물을 쫓았다.

"넌 또 뭐냐?"

베레니케가 대원사를 향해 눈을 부라렸다.

대원사가 날개를 펄럭여 베레니케에게 다가왔다. 그러곤 손으로 베레니케의 얼굴을 덮었다.

번쩍!

빛이 터졌다.

"끄으응."

베레니케가 그대로 기절했다.

대원사는 축 늘어진 베레니케를 조심스레 안아 들더니, 혼잣말을 했다.

"이 아이라면 전전대 여왕님의 영혼을 받아드릴 그릇이 될 게다."

천계의 역대 왕과 여왕들은 마지막 순간이 찾아오면 하늘 높이 승천하여 천신의 품으로 돌아가는 것이 관례였다. 지금까지 모든 왕과 여왕이 천신의 품에 안겼다.

유일한 예외가 바로 전전대 여왕이었다. 현 여왕의 할머니뻘 되는 전전대 여왕은, 무슨 이유에서인지 천신의 품에 안기는 것을 거부하고 스스로 폭사해 버렸다. 당시 천계의 모든 신장과 원사들이 크게 당황했다. 그 와중에도 그들은 전전대 여왕의 영혼을 용기에 담아 잘 보관했다.

이유는 한 가지였다.

아무리 여왕이라고 하나, 천신을 거부하고 생의 마지막에 그릇된 선택을 한 것은 큰 잘못이다. 여왕의 영혼을 용기에 담아 영원히 가두는 것으로 천신께 지은 죄를 갚도록 선고한다.

당시의 대원사는 이런 선고문을 남겼다. 그 후 전전대 여왕의 영혼이 담긴 용기는 후대의 대원사들이 물려받으며 잘 보관을 해 왔다.

파오거 대평원에서 큰 피해를 입은 뒤, 대원사는 어떻게든 천계의 힘을 회복하고자 노력했다. 이때 가장 문제가 되는 점이 바로 영멸의 법진이었다.

영멸의 법진을 구성하려면 육대신장이나 삼원사 수준의 고위급 천족 6명이 필요했다. 여기에 더해서 삼신기를 다룰 줄 아는 왕족이 한 명 있어야 법진의 발동이 가능했다.

한데 안타깝게도 파오거 대평원 전투에서 동신장 브렌누스가 소멸을 당했다. 대원사가 아무리 천족 생존자들을 뒤져 봐도 브렌누스를 대체할 능력자는 나오지 않았다.

"어쩔 수 없지. 이건 우리 천족의 생사가 달린 일이야. 천신께 죄를 지은 전전대 여왕을 풀어 주는 한이 있더라도 영멸의 법진을 다시 구현해야 해. 그렇지 않으면 우리 천족들은 결국 이리저리 쫓겨 다니다가 마해 마물들의 먹이로 전락할 게야. 후우우우. 어쩌다 일이 이렇게까지 어려워졌단 말인가. 후우우우우."

대원사는 땅이 꺼져라 한숨을 쉬었다. 그러곤 축 늘어진 베레니케를 안고는 하늘로 훨훨 날아갔다.

멀리 떨어진 임시 신전 안.

"응?"

하라간이 잠에서 깨어 벌떡 일어났다. 베레니케에게 붙여 놓은 감각 한 가닥이 하라간의 단잠을 깨웠다.

하라간은 베레니케에게 벌어진 일을 환히 들여다보았다.

"천족? 천족이 베레니케를 납치해?"

몇 가지 가능성이 점쳐졌다. 하라간은 '투명한 거미줄을 잡아당겨 베레니케를 되찾아올까?'라고 잠시 고민하다가 고개를 가로저었다.

"베레니케를 어디에 사용할지 대충 짐작이 가는구나. 뭐, 나쁜 일은 아니지."

조그맣게 중얼거린 하라간이 다시 잠자리에 누웠다.

"우우웅."

잉그리드와 마리네가 잠결에 하라간의 품으로 파고들었다.

제6화
심판의 날

Chapter 1

무더운 여름이 빠르게 지나갔다.

공사 진척도가 높아질수록 하라간을 위한 신전은 점점 더 제 모습을 드러내었다. 디포에우스는 직접 공사를 챙기느라 바쁘게 돌아다녔다. 홀리 생츄어리에서도 신전 건축에 신경을 많이 썼다. 북부의 각 왕국들은 신전 건축에 필요한 내부 자재를 앞다투어 봉헌했다. 남부의 식민지에서도 귀한 자재들이 계속 올라왔다.

신전이 척척 지어지는 동안, 신전 주변의 공사는 살짝 차질을 빚었다. 공사를 주도하던 베레니케가 갑자기 실종된 탓이었다.

결국 베레니케의 후견인인 에이프러컷(Apricot: 매화, 살구)이 직접 나서서 상황을 정리해야만 했다. 에이프러컷은 그 점이 마땅치 않았다.

"도대체 이게 어찌 된 일이야? 그 아이가 왜 갑자기 사라져?"

사실 에이프러컷은 죽음의 사도 아라크를 섬기는 4명의 시녀 가운데 맏이였다. 하지만 이것은 꼭꼭 숨겨야 할 신분이고, 지금은 집정관 가문의 여식으로 포장되어 있었다. 에이프러컷, 줄여서 에이프는 바로 그 점 때문에 베레니케가 필요했다.

신전을 건축하는 총책임자가 집정관 디포에우스였다.

"그런데 신전 주변 토지 개발을 내가 나서서 해 봐. 얼마나 말들이 많겠어? 물론 이 일대 토지가 나와 관련되어 있다는 사실을 아는 사람도 있겠지. 하지만 그건 몇 사람 되지 않잖아? 반면 내가 공개적으로 나서게 되면 뒷말이 나올 수밖에 없다고."

"맞습니다."

뱀부(Bamboo: 대나무)가 그 말에 동의했다. 4명의 자매 가운데 막내인 뱀부는 인간 도살자처럼 보이는 섬뜩한 눈으로 맏언니를 바라보았다.

에이프가 콧잔등에 주름을 만들며 말했다.

"그래서 말인데, 우리 귀여운 막내가 이번 일 좀 맡아 줘."

"베레니케가 하던 일 말씀이십니까?"

"그래. 공사 현장을 감독하고 시가지를 구축하던 일 말이야. 막내가 그걸 좀 맡아 주면 좋겠어."

"……."

뱀부가 잠시 침묵했다.

뱀부의 주특기는 전투 및 추적, 암살, 파괴, 고문 등이었다. 공사 현장을 감독하고 건축 자재를 검수하는 일은 한 번도 해 본 적이 없었다.

그나마 건물 하나 올리는 일이라면 주먹구구식으로라도 땜빵을 할 텐데, 베레니케가 벌인 일은 거의 위성 도시 하나를 통째로 세우는 규모였다.

솔직히 뱀부는 자신이 없었다.

에이프가 반짝이는 눈으로 뱀부를 바라보았다.

"해."

이 짧은 한마디가 뱀부를 억눌렀다. 맏언니가 까라면 까야 했다.

"알겠습니다. 한번 해 보겠습니다."

뱀부가 짧게 고개를 끄덕였다.

"역시 우리 막내는 착해."

에이프가 배시시 웃었다.

그날 저녁 뱀부는 현장의 주요 건축업자들을 한 자리에 모았다.

건축업자들은 뱀부의 인간 도살자 같은 외모에 기가 질려 목부터 움츠렸다.

스르릉—

뱀부가 다짜고짜 칼을 뽑았다. 뱀부의 주무기는 소를 토막 칠 때 사용하는 대형 식칼이었다.

"으헉."

깜짝 놀란 건축업자들이 오줌을 지렸다.

터엉!

뱀부는 미리 준비해 놓은 송아지 한 마리를 한 손으로 잡아 올려 대형 도마 위에 턱 던져 놓더니, 그대로 식칼을 내리찍어 도축을 시작했다.

음메에에에.

처절한 울음소리와 함께 도마 주변으로 피가 철철 흘러넘쳤다.

"으으윽."

"갑자기 송아지는 왜 도축하십니까?"

건축업자들이 몸서리를 쳤다. 그들의 머릿속에는 얼마

전 베레니케에게 온몸이 난자당해서 죽은 납품 업자가 떠올랐다.

'이제 보니 우리가 암흑가의 오더를 받았구나. 으으으. 망했다.'

'이곳 시가지를 개발하는 건축주가 암흑가의 거물인가 봐.'

벌벌 떠는 건축업자들을 앞에서 송아지 한 마리를 잡은 뱀부가 짧게 한마디 던졌다.

"원래 이 바닥이 잘 속인다고 들었다. 특히 건축에 대해서 무지한 여자가 감독을 맡으면 아주 우습게 보고 자재를 빼돌릴 생각부터 한다지? 그러다 부실 공사도 생기는 것이고 말이야."

"그, 그렇지 않습니다. 절대 아닙니다."

건축업자 대표가 손사래를 쳤다.

뱀부는 대표의 말을 귓등으로도 듣지 않았다.

"나를 속이고 싶으면 얼마든지 속여라. 대신 끝까지 속일 수 있어야 할 거야. 만약 속인 것이 발각되면, 너희들은 이 송아지 꼴이 될 거다. 너희들뿐 아니라 너희의 부인과 첩, 노부모, 형제자매, 자식들도 모조리 잡아서 토막을 쳐 주지."

뱀부가 건축업자들 앞에 식칼을 들이밀었다. 인간 도살자처럼 생긴 뱀부가 협박을 하자 그 말이 현실처럼 느껴졌다.

"웃! 저희는 절대 속이지 않습니다."

"저희를 믿어 주십시오."

건축업자들이 일제히 도리질을 했다.

뱀부가 한마디를 덧붙였다.

"좋다. 그렇다면 이만 가 봐. 그리고 돌아가는 길에 곰곰이 생각해 봐라. 감독관이 왜 나로 바뀌었는지, 한번 그 이유를 잘 생각해 봐."

"헙!"

건축업자들이 손으로 입을 틀어막았다.

앙칼진 암표범 같던 베레니케가 최근 실종되었다. 그리고 현장의 총감독관이 베레니케에서 뱀부로 바뀌었다.

'설마 그 여자도 토막 살인을 당했나?'

'가짜 대리석 사건 때문에 암흑가 윗선에서 정리가 들어온 거 아냐?'

'맞아. 그래서 쥐도 새도 모르게 토막이 났나 봐.'

'그리고 그 여자를 토막 친 장본인이 우리의 새 감독관이 된 게지.'

건축업자들은 눈빛으로 이런 대화를 주고받았다. 어쩐지 등골이 서늘했다. 한낮의 후텁지근한 열기가 지금은 전혀 느껴지지 않았다.

Chapter 2

대륙이 하나가 된 뒤로 북부는 온통 축제 분위기였다. 사람들은 거리로 쏟아져 나와 하라간을 찬양하는 노래를 불렀다.

그러던 분위기도 8월이 지나 9월로 접어들면서 서서히 가라앉았다. 대신 웅장하게 올라가는 신전의 모습이 백성들 사이에서 새로운 화두로 떠올랐다. 신인의 혼인식에 대한 소문도 그 뒤를 따랐다. 북부 각지에서 모여든 순례자들이 아르네 수도를 꽉 채웠다. 덕분에 아르네 수도의 모든 여관들이 행복한 비명을 질러야 했다.

9월 말이 되자 각 왕국의 군주들이 아르네 수도로 모여들었다.

토레와 호텝 부부가 가장 먼저 수도를 방문했다. 스벤센 왕국의 류리크도 혼인식 공물을 10개의 수레에 나눠 담아 하라간에게 달려왔다. 헤닝 왕국에선 오르곤이 직접 올라왔다. 군나르도 하라간의 혼인식을 보기 위하여 어려운 걸음을 했다.

군주가 움직이자 그다음은 왕족과 귀족들의 차례였다. 각 왕국에서 힘깨나 쓴다는 자들은 모두 다 아르네 수도로 모여드는 것 같았다. 방문자들이 지참한 공물들만 모아서 쌓아도 수십 미터는 거뜬히 넘을 듯했다.

그렇게 모여드는 인파 사이로 은밀한 소문이 돌았다.

"자네, 그 말 들었어? 신전 완공식 날 뭔가 큰 사태가 벌어질 거라던데?"

"세상이 발칵 뒤집히고 교리서가 다시 쓰일 사건이라던데?"

이런 수준의 괴담이 백성들 사이에서 떠돌았다.

귀족들의 귀에는 그것보다 좀 더 구체적인 이야기들이 오갔다.

"교리서 4장 3절. 거기에 무슨 내용이 적혀 있었지?"

"4장은 800년 전 신인께서 이 땅에 처음 오셨을 때 신인의 행적을 기록한 거잖아. 그중 3절이 뭐였더라?"

교리서에서 4장 3절을 찾아본 귀족이 대꾸했다.

"여기 있네. 뭐, 별다른 내용은 없는데? 당시 신인께서 보여 주셨던 수많은 기적들과 권능들이 수록된 절이잖아."

"4장 3절이라고? 거기에는 신인의 뛰어나신 마법 능력이 묘사되어 있지. 또한 신인께서 마해를 발견하여 세상에 알리셨다는 문구도 있어."

"에이. 그거야 북부인들이라면 누구나 아는 내용이잖아?"

대부분의 귀족들은 대수롭지 않게 소문을 흘려버렸다.

반면 머리가 비상한 일부 귀족들이 입을 꾹 다물었다.

'800년 전, 신인께서는 대단한 수준의 마법을 선보이셨어.'

'그리고 그 가운데 하이라이트가 바로 카르발 전투야. 카르발 전투에서 신인께서는 무려 메테오를 소환하셔서 온 세상을 뒤흔드셨다고.'

'그런데 지금 재림하신 신인께서 마법을 보여 주신 적이 있던가?'

여기까지 떠올린 귀족들은 갑자기 꿀 먹은 벙어리가 되었다. 감히 입에 담을 수도 없는 엄청난 가설이 귀족들의 머릿속에 떠올랐기 때문이다.

"설마!"

"에이, 아니겠지."

귀족들은 머리를 좌우로 흔들어 황당한 가설을 뇌 속에서 털어 내었다.

왕족들은 귀족들보다 한 발 더 나갔다.

몇몇 왕족들이 예지몽을 꾼 것이 결정타였다.

12개의 머리로 지상을 굽어보는 다즈키르샤. 그리고 그 다즈키르샤의 입에서 나온 "거짓된 신".

이 충격적인 예지몽이 왕족들을 패닉 상태에 빠트렸다. 다즈키르샤의 꿈을 꾼 자들은 차마 어디 가서 꿈의 내용을 말하지도 못하고 속만 끙끙 앓았다.

"자칫하면 신인에 대한 불경죄에 몰릴 수도 있는 일이야."

"이건 함부로 입을 열 게 아니라고."

왕족들은 입에 자물쇠를 채웠다.

그래도 말이 새어 나갈 수밖에 없었다. 똑같은 예지몽을 꾼 왕족들이 하나둘 늘어나면서 아르네 수도의 분위기가 뒤숭숭해졌다.

그 혼란의 중심에 에이프가 있었다.

물론 이것은 에이프가 의도한 바는 아니었다. 에이프는 그저 최근에 손님을 한 명 받았을 뿐이었다. 에이프의 주인인 아라크가 보낸 손님이었다. 금발 머리에 체격이 건장하고 금빛 수염을 탐스럽게 기른 중년 사내가 아라크의 소개장을 들고 에이프를 찾아왔다.

에이프는 상대를 정중하게 맞았다.

"아라크 님의 손님이시라면 저희 자매들로부터 최상의 대접을 받으실 자격이 있으십니다. 이곳에 머무시는 동안 제집처럼 편안히 머무세요."

이런 인사말로 손님을 응대한 에이프는, 저녁 식사 자리에 금발 머리 중년 사내를 초대했다.

에이프가 깜짝 놀란 것은 식사를 하기 직전이었다. 아무 생각 없이 저택 만찬장으로 내려가던 에이프는 계단 옆에 걸린 성화를 보고는 눈이 휘둥그레졌다.

"허억."

에이프의 숨이 턱 막혔다. 에이프는 부들부들 떨리는 손길로 성화 표면을 더듬었다. 천문학적인 액수의 성화 속에는 그 유명한 카르발 전투가 묘사되어 있었다. 그림 속 하늘엔 불덩이처럼 이글거리는 메테오가 떨어져 내리는 중이었다. 그 아래엔 감히 신인을 부정하던 자들의 철옹성이 위태롭게 자리했다. 철옹성 밖에는 신인을 추종하던 신도들의 모습이 보였다.

그리고 그 중앙.

신도들의 앞에 서서 양팔을 들고 철옹성을 바라보는 신인의 풍모가 생생하게 그려져 있었다.

"똑같잖아."

에이프가 휘청거렸다.

성화 속 신인의 얼굴과, 오늘 에이프의 집을 방문한 손님의 얼굴이 완벽하게 일치했다. 이건 마치 천의 얼굴을 가진 광대가 성화 속 신인의 모습을 모방하여 분장한 것 같았다.

문제는 그 광대를 보낸 분이 아라크라는 점이었다.

"아라크 님께서 내게 광대를 보내실 리 없지. 지금 내 집을 방문한 손님은 광대 따위가 아니야. 절대 아니라고."

그렇다면 정답은?

답은 이미 정해져 있었다.

"그가 진짜 욘 아르네 솔샤르구나. 아라크 님께서 보내신 손님이 진짜 욘 아르네야. 모든 북부인들이 800년 동안 기다려 온 바로 그 존재."

충격에 휘청거리던 에이프가 손으로 계단 난간을 잡았다. 에이프의 머릿속이 복잡하게 돌아갔다.

"아라크 님께서 욘 아르네 솔샤르와 관계가 있다는 사실은 이미 알고 있었지. 하지만 이 타이밍에 욘 아르네를 이곳에 보내실 줄은 몰랐어. 그렇다면 하라간은 어떻게 되는 거지? 이제 그 가짜의 정체가 밝혀질 차례인가?"

아라크가 하라간을 어떻게 뒤처리할 것인지, 에이프는 알지 못했다. 굳이 주인의 계획을 알아야 할 이유도 없었다. 에이프는 그저 아라크의 명령대로 따를 생각이었다.

"어쨌거나 만찬장에 가면 알 수 있겠지. 아라크 님께서 내게 바라시는 일이 무엇인지, 욘 아르네 솔샤르가 알려 줄 게야."

이렇게 판단한 에이프는 신속하게 계단을 뛰어 내려갔다.

만찬장으로 들어선 에이프가 고개를 두리번거렸다. 욘 아르네의 모습은 아직 보이지 않았다.

"주인님, 오셨습니까?"

만찬 시중을 들 시녀들이 무릎을 굽혀 에이프에게 인사했다.

에이프는 시녀들의 인사를 받는 둥 마는 둥 하며 상석에 앉았다.

잠시 후, 금발 머리 중년 사내가 만찬장에 들어왔다.

"환영합니다."

에이프는 자리에서 일어나 손님을 직접 의자로 안내했다.

중년 사내가 묘한 눈길로 에이프를 관찰했다.

"보통 인물이 아니시네."

무덤덤하게 던진 사내의 말이 에이프의 가슴을 찔렀다.

'이자의 눈빛이 칼날처럼 날카롭구나. 마치 나의 폐부 속까지 낱낱이 꿰뚫어 보는 것 같아.'

에이프가 입술을 지그시 깨물었다. 400살도 넘은 에이프를 이렇게 위축시킬 수 있는 존재는 극히 드물었다.

'아라크 님 외에 이런 눈빛을 가진 자가 또 있었다니. 으으음. 역시 이 금발 사내가 욘 아르네 솔샤르가 맞았어.'

침을 한 번 꿀꺽 삼킨 에이프는, 욘 아르네 솔샤르가 이곳에 찾아온 이유를 머릿속으로 추측했다.

'지금은 온 대륙이 신인의 깃발 아래 하나로 통일되고, 으리으리한 신전이 완공되는 시점이다. 이때를 맞춰서 진짜 욘 아르네가 등장한 이유가 무엇일까? 아니, 그것보다는 아라크 님께서 그를 대륙에 보내신 목적이 무엇이지?'

에이프는 호기심 가득한 눈빛으로 욘을 훑어보았다.

욘의 표정은 여전히 무덤덤했다.

그날 에이프는 끝내 답을 듣지 못했다. 욘 아르네는 에이프에게 그 어떤 정보도 발설하지 않았다.

Chapter 3

혼인식 3일 전.

원로 몇 명이 디포에우스를 은밀하게 찾아왔다.

"어쩐 일들이시오?"

디포에우스가 활짝 웃는 얼굴로 원로들을 맞았다. 이 원로들은 디포에우스와 같은 파벌이라 접견하는 것이 부담스럽지 않았다.

반대로 원로들의 표정은 딱딱했다.

디포에우스는 눈치가 빠른 사람이었다.

"왜들 그러시오? 우선 안으로 듭시다. 조용한 곳에서 차나 한 잔 마시지."

"네, 집정관님."

원로들이 디포에우스의 안내를 받아 집정관실 가장 깊숙한 곳으로 들어왔다.

푹신한 의자에 털썩 앉은 디포에우스가 용건을 물었다.

"그래, 무슨 용무요?"

원로들은 서로의 얼굴만 바라보며 망설였다.

"무슨 용무냐니까?"

디포에우스가 다시 물었다.

방문자 대표가 겨우 말문을 떼었다.

"집정관님, 혹시 소문 들으셨습니까?"

"소문? 무슨 소문?"

"요새 고위층들 사이에서 은밀하게 도는 소문 말입니다. 혹시 누가 예지몽을 꾸었다더라, 하는 이야기를 들어 보셨습니까?"

디포에우스가 대뜸 눈을 찌푸렸다.

"거 쓸데없는 헛소리에 귀 좀 기울이지 마시오. 그따위 불온한 소문을 퍼뜨리는 자를 내가 붙잡으면 당장 홀리 생츄어리에 넘겨서 종교 재판에 회부해 버릴 것이오. 어허험."

꾸중을 듣고서도 원로들의 태도는 바뀌지 않았다.

"소문을 퍼뜨리는 자들은 설령 종교 재판에 넘겨진다 해도 눈 하나 깜짝 안 할 것입니다. 왜냐하면 그 소문의 진원지가 홀리 생츄어리이기 때문입니다."

"뭣이?"

디포에우스가 상체를 벌떡 일으켰다.

원로들이 심각하게 이야기했다.

"예지몽 이야기를 퍼뜨리는 자들의 중심에 홀리 생츄어리가 있다는 말씀입니다."

"저희가 직접 확인을 하고 집정관님을 찾아온 것입니다."

탕!

디포에우스가 손바닥으로 대리석 테이블을 내리쳤다.

찔끔 놀란 원로들이 디포에우스의 눈치를 살폈다.

디포에우스는 원로들에게 따끔하게 한마디 했다.

"그대들이 이 디포에우스를 믿고 따르니, 내 진심으로 충고를 하나 하리다."

"말씀하시지요."

"그런 말도 안 되는 소문에 마음이 흔들리지 마시오. 나는 신인을 직접 뵈시고 남부 연합의 정벌을 나갔었소. 그곳에서 날개 달린 뼈다귀들과 치열한 접전을 벌이며 신인을 위해 싸웠지."

"집정관님의 공로야 누가 모르겠습니까?"

원로들이 디포에우스를 치켜세웠다.

디포에우스는 고개를 좌우로 흔들었다.

"아니. 내 공이라고 할 만한 것도 없었소. 천족들의 전력은 정말로 무시무시했고, 우리 북부군은 저들의 상대가 되지 않았소. 그런 천족들을 일방적으로 허물어뜨리며 전쟁을 승리로 이끈 분이 누구신 줄 아시오? 바로 신인이시오."

"음."

"내가 신인을 곁에서 뫼시면서 똑똑히 보았소. 신인의 권능이 얼마나 엄청난 것인지, 신인께서 보여 주신 이적이 얼마나 대단한 것인지, 이 디포에우스의 두 눈으로 똑똑히 목격했단 말이오. 내가 본 그 역사의 현장은, 교리서에 묘사된 것보다 몇십 배, 몇백 배는 더 어마어마했소. 그런데 내가 모시는 신인께서 거짓이다? 어디서 그딴 헛소리를 지껄이는 게요? 엉?"

디포에우스는 진심으로 화를 내었다. 그러곤 주먹으로 가슴을 탕탕 두드렸다.

"이 디포에우스의 이름을 걸고 장담하건대, 지금 저잣거리에 떠도는 불온한 풍문들은 모두 거짓이오. 나와 함께 신인을 뫼시고 전쟁터를 누빈 사람들은 모두 나와 같은 생각일 게요. 그러니 그대들은 추호도 흔들리지 마쇼."

"음. 알았습니다."

"집정관님께서 그렇게 확신을 가지고 말씀해 주시니 저희도 마음이 한결 놓입니다."

"역시 소문은 믿을 것이 못 되는군요."

원로들이 고개를 주억거렸다.

한편 디포에우스는 속으로 눈을 찌푸렸다.

'저잣거리에 불온한 풍문이 떠도는 것은 알고 있었다. 그런데 그 중심에 홀리 생츄어리가 있다는 사실은 처음 듣는구나. 아무래도 이 일을 신인께 고해야겠어.'

마음이 급해진 디포에우스는 파벌의 원로들이 자리를 뜨자마자 하라간에게 쪼르르 달려갔다.

의외로 하라간의 반응은 시큰둥했다.

"그래서?"

"네에? 아니, 그런 게 아니옵고, 지금 수도 일대에 불온한 헛소문이 돌고 있다고 하옵니다. 그리고 그 중심에 놀랍게도 홀리 생츄어리가 있다는 첩보이옵니다."

"그게 뭐?"

"네에? 아니, 그런 게 아니옵고, 홀리 생츄어리는 신인을 섬기는 사제들 아니옵니까? 누구보다 신인을 열성적으로 섬겨야 할 자들이 이런 배덕한 짓을 저지르다니요. 소신은 망측하여 차마 드릴 말씀이 없사옵니다."

"하면, 그대가 주장하는 바가 뭔데? 홀리 생츄어리의 법주들을 붙잡아 교수형에 처하라는 뜻인가?"

하라간이 새끼손가락으로 귀를 파며 되물었다.

디포에우스가 손사래를 쳤다.

"아니옵니다. 그건 아니옵니다. 무턱대고 저들을 벌줄

것이 아니라, 일단 이 불온한 소문의 배후에 흘리 생츄어리가 도사리고 있는지 알아볼 필요가 있사옵니다. 그다음 이 망측한 소문을 잠재워야 할 것이옵니다."

디포에우스는 열성을 다해 하라간을 설득했다.

하라간이 쉽게 고개를 끄덕였다.

"그럼 그렇게 해."

"네에?"

"불온한 소문의 배후에 누가 도사리고 있는지 조사한다며? 일단 그걸 해 보라고."

"네네. 소신께 맡겨만 주십시오. 뼈가 으스러지도록 뛰어다녀서 반드시 소문의 배후를 밝혀내겠나이다."

하라간의 윤허를 얻어 낸 디포에우스는 후다닥 행동에 나섰다.

"저래 보여도 나름 충신이네? 하하하."

하라간이 디포에우스의 뒤통수를 바라보며 빙그레 웃었다.

Chapter 4

혼인식 2일 전.

디포에우스와 바루니우스의 명을 받은 아르네 정병들이 불온한 소문을 퍼뜨리는 자들을 수색했다. 황금빛 다즈키르샤가 등장하는 예지몽을 꾸었던 왕족들이 입을 꾹 다물었다. 일부 소문에 동조하는 귀족들도 몸을 사렸다.

소문의 배후를 찾으려던 디포에우스의 시도는 별 성과를 내지 못했다. 대신 불온한 소문 자체는 더 퍼지지 않고 잠잠해졌다.

이것만으로도 디포에우스는 제 역할을 해낸 셈이었다.

그러나 그날 밤, 무려 1,000명이 넘는 귀족들이 용 아르네 솔샤르의 꿈을 꾸었다. 아르네 수도를 방문한 북부의 왕족들 대부분도 동일한 예지몽을 꾸게 되었다.

잠시 억눌렸던 소문이 더 크게 번져 나갔다. 이제는 귀족들뿐 아니라 일반 백성들도 심심치 않게 그 소문을 입에 담았다.

"지금 신인께서 거짓 신이라는 말이 돌던데?"

"나도 들었어. 그런데 난 믿지 않아. 왜냐하면 내 눈으로 똑똑히 보았거든. 아르네 수도 성벽 앞에 우뚝 일어서신 그분의 본체를 보았는데, 개뼈다귀 같은 소문을 내가 왜 믿겠어?"

"하지만 꿈속에 등장한 신인이 더 그럴듯하다던데?"

"그럼 자네나 믿어. 꿈속의 신인을 믿으려면 자네나 혼자

믿으라고. 괜히 불경스러운 말을 내 앞에서 흘리지 말고."

"아니, 내가 뭐라고 했나? 왜 화를 내고 그래."

"당연히 화가 나지. 800년 만에 이 땅에 오신 신인을 거짓 신이라고 말하는데, 내가 화를 내는 게 당연한 것 아냐?"

아르네 백성들이 이렇게 편을 갈라 툭탁거렸다.

백성들 가운데 95 퍼센트는 하라간을 믿었다. 처음 아르네 왕국을 정벌할 당시 하라간이 보여 주었던 모습이 너무도 생생하여 백성들은 뜬소문에 흔들리지 않았다.

귀족들 가운데 77 퍼센트도 하라간이 진짜 신인이라고 확신했다. 특히 하라간과 함께 남부 정벌을 다녀온 귀족들은 소문에 콧방귀도 뀌지 않았다.

희한하게도 이렇게 신념이 확실한 귀족들의 꿈에는 욘 아르네가 등장하지 않았다.

왕족들의 비율은 또 달랐다.

왕족들 가운데 55 퍼센트가 하라간을 지지했다.

나머지 45 퍼센트 가운데 절반인 22 퍼센트는 하라간을 지지하면서도 마음속으로는 의심하는 상태였다.

그리고 23 퍼센트는 하라간보다 예지몽을 더 신뢰했다.

그 23 퍼센트도 대놓고 하라간을 가짜 신인이라고 주장하지는 못했다. 그들은 약간 애매모호한 태도를 견지했다.

"만약 하라간 님께서 떳떳하시다면 신인이심을 스스로 증명하시면 되는 것 아냐?"

"맞아. 이렇게 뒤숭숭한 분위기를 그분께서 바로잡아 주셔야지."

홀리 생츄어리에서는 이런 주장이 힘을 얻도록 솔솔 부채질했다.

디포에우스의 부하들이 그 현장을 붙잡았다. 집정관실 직속 감찰관들은 불온한 소문을 퍼뜨리는 홀리 생츄어리의 집행자 4명을 포박하여 하라간 앞으로 압송하려 들었다.

이마에 눈 문신을 새긴 집행자들이 우르르 달려 나와 감찰관들과 대치했다.

"지난 800년간 왕국의 감찰관들이 우리 홀리 생츄어리 사제들을 체포한 전례는 없었소, 우리 사제들이 죄를 지었다면 우리가 벌할 것이니 당장 풀어 주시오."

이것이 집행자들의 주장이었다.

감찰관들의 의견은 달랐다.

"우리는 홀리 생츄어리의 애매모호한 태도를 믿을 수 없소. 그리고 지난 800년간 왕국의 감찰관이 사제들을 건드리지 않은 것은, 정치와 종교를 분리해야 한다는 신념 때문이었소. 그런데 지금은 신인께서 이 땅에 재림하신 터, 마땅히 정치와 종교가 하나가 되어 그분의 뜻을 따라야 하는 것 아니오?"

"그건!"

말에서 밀린 집행자들이 막무가내로 체포를 막았다.

그렇게 툭탁거리다가 결국 디포에우스가 직접 현장에 도착했다.

홀리 생츄어리에서도 법주들이 나서서 디포에우스에게 항의했다.

명분은 디포에우스가 쥐고 있었다. 디포에우스는 법주들의 반대에도 무릅쓰고 불온한 소문을 퍼뜨린 집행자 4명을 체포하여 감옥에 처넣었다.

법주들이 디포에우스에게 악담을 퍼부었다.

"집정관, 그대가 감히 우리 홀리 생츄어리의 숭고한 사제들을 핍박하고도 무사할 것 같소?"

"장차 진짜 신인께서 신벌을 내리실 때 그대가 벌벌 떠는 모습을 내 눈으로 똑똑히 보아 주리다."

그 말을 들은 디포에우스가 버럭 화를 내었다.

"이자들이 정녕 미쳤구나. 이 땅에 재림하신 신인께서 임시 신전에 계시거늘, 신인의 종을 자청하는 너희들이 감히 그분을 폄하하고 또 다른 신인을 찾다니. 안 되겠다. 이자들까지 모두 체포하라."

마침내 디포에우스가 홀리 생츄어리와 전쟁을 선포했다.

홀리 생츄어리의 집행자들이 법주들을 에워싼 다음 성전 안으로 후퇴했다.

디포에우스도 말은 강하게 내뱉었지만 행동까지 과격하게 하지는 못했다. 홀리 생츄어리에 대한 백성들의 믿음이 아직 굳건하기 때문이었다.

'여기서 법주들까지 체포했다가는 여론이 나빠질 수 있어. 그건 악수야.'

정치적 셈이 밝은 디포에우스는 적당한 선에서 뒤로 빠졌다.

물론 디포에우스의 속은 부글부글 끓었다.

'저 법주들은 꼭 손을 봐 줘야겠어. 성전의 법주들이 감히 신인을 부정하다니. 어떻게 이럴 수가 있단 말인가.'

힘에서 밀려 한 발 뒤로 물러서는 법주들도 이빨을 으드득 갈았지만, 디포에우스의 마음속도 법주들에 대한 불신으로 가득 차올랐다.

혼인식 1일 전.

지난밤 욘 아르네 솔샤르가 한 번 더 예지몽에 등장하였다. 홀리 생츄어리의 사제들은 이제 하라간이 가짜라는 확고한 신념을 갖게 되었다.

신앙심으로 똘똘 뭉친 사제들이 신념을 갖자 그 결과가

곧바로 표출되었다. 자신들이 옳다고 확신한 집행자들은 대놓고 백성들을 선도했다.

"지금의 신인은 거짓이다. 진짜 신인께서 곧 우리 곁에 오실 것이다."

"진짜 신인께서 어젯밤에도 우리의 꿈에 나타나셨다."

"가짜에게 속은 자식들이 가여워서 그분께서 고통스러워하신다."

"신인의 자식들이여, 거짓에 속지 말고 진실을 보라."

"내일 거짓 신을 위한 신전에 진짜 신인께서 강림하실 것이니라."

"내일이 곧 심판의 날이로다."

집행자들은 10월 1일을 심판의 날로 명명했다. 심판의 날이 오면 진짜 신인께서 이 땅에 강림하시어 거짓 신의 가면을 벗겨 버릴 것이라고 그들은 주장했다.

대부분의 백성들은 집행자들의 주장을 믿지 않았다. 하지만 일부는 마음이 흔들렸다.

특히 귀족들과 왕족들 가운데 흔들리는 자들이 많았다. 대부분 꿈속에서 욘 아르네 솔샤르를 만난 자들이었다.

디포에우스가 그 꼴을 그냥 놓아둘 리 없었다. 바루니우스와 힘을 합친 디포에우스는 감찰관뿐 아니라 군 병력까지 동원하여 홀리 생츄어리의 집행자들을 체포했다.

시가지 곳곳에서 충돌 장면이 연출되었다. 800명의 집행자들은 끝까지 목청을 높여 "하라간 가짜설"을 주장했다. 그러다 결국 피를 철철 흘리며 군대에 체포되었다.

그 어느 때보다 성스러워야 할 혼인식이 온통 뒤숭숭해졌다.

이 소식에 가장 분노한 사람은 다름 아닌 군나르였다.

"이런 찢어 죽일 놈들 같으니. 내 당장 홀리 생츄어리로 달려가서 놈들을 짓뭉개 버릴 테다."

"할아버님, 참으세요."

하라간은 아무렇지도 않은 표정으로 차를 호로록 들이켰다.

군나르가 고개를 가로저었다.

"참긴 어떻게 참으란 말이더냐? 뭣도 모르는 놈팡이들이 너를 가짜라고 손가락질하는데 이 할아비가 어떻게 참아?"

"에이. 뭐 그런 일에 신경을 쓰고 그러세요. 저들의 주장에 따르면, 내일이 되면 다 밝혀진다면서요. 진짜 신인이 강림하여 제가 가짜라고 밝힌다면서요. 그러니 내일까지만 참으세요. 그럼 속 시원하게 풀릴 거예요."

하라간의 태도는 느긋했다.

버럭 화를 내었던 군나르도 하라간의 영향을 받아 맥이 풀렸다.

"쳇. 그렇게 속 편한 소리를 들으니 이 할아비도 기운이 빠지는구나. 에라, 모르겠다. 네 말대로 내일이면 결판이 나겠지."

다시 자리에 앉은 군나르가 뜨거운 찻물을 단숨에 들이켰다.

Chapter 5

하라간이 빙그레 웃다가 물었다.

"그나저나 할아버님."

"왜 그러느냐?"

"할아버님의 생각은 어떠세요? 제가 진짜 신인인 것 같으세요?"

하라간이 군나르를 빤히 바라보았다.

"엉? 그야 당연히……."

군나르는 당장 대답을 할 듯 말 듯하다가 입술을 다물었다.

솔직히 군나르는 하라간을 세상 그 무엇과도 바꿀 수 없는 보물이라고 여겼다. 만약 하라간을 위해서라면 자신의 목숨까지 내놓을 정도로 군나르는 하라간을 사랑했다.

하지만 하라간이 진짜 신인의 재림인지 확신할 수는 없었다. 군나르가 알고 있는 하라간은 교리서에 묘사된 신인과 다른 점들이 있었다.

"혹시 너……?"

군나르가 뭔가 머뭇거리는 눈빛으로 하라간을 더듬었다.

하라간이 군나르에게 핀잔을 주었다.

"에이. 할아버님도 참. 교리서 1장 1절에 적혀 있잖아요. 가장 앞 페이지에 큼지막하게 박힌 글씨도 모르세요?"

교리서 1장 1절.
신인은 홀로 오롯하시며, 마해의 으뜸이시므로,
그 어떤 마물도 신인보다 위에 존재할 수 없다.

군나르의 머릿속에 교리서의 맨 앞 페이지 첫 번째 문구가 그림처럼 떠올랐다.

하라간이 차를 홀짝이며 말했다.

"뒤쪽에 잡다한 것들은 다 필요 없는 이야기예요. 그건 신인을 추종하는 추종자들이 내키는 대로 적어 놓은 글귀에 불과하거든요. 교리서 안에서 신인의 정체성을 직접 정의하는 글귀는 바로 1장 1절 하나뿐이에요. 신인은 홀로 오롯하며, 마해의 으뜸이므로, 그 어떤 마물도 신인보다 위에 존재할 수 없다. 제가 내일 그 사실을 증명할 거예요."

하라간의 표정에는 단 한 점의 거리낌이나 망설임을 찾아볼 수 없었다. 군나르는 그제야 마음이 놓였다.

"허허허. 그렇지. 이 뒤숭숭한 분위기도 내일이면 바로 잡히겠구나. 허허허."

"헤헤헤."

군나르가 웃자 하라간도 따라 웃었다.

두 사람은 서로를 마주 보며 오후의 티타임을 즐겼다.

군나르에 못지않게, 어쩌면 군나르보다 더 분노한 사람도 있었다. 바로 잉그리드였다.

"이놈의 홀리 생츄어리. 싹 다 불태워 버릴까?"

잉그리드는 살짝 이런 마음을 품었다.

하지만 하라간의 허락도 받지 않고 그녀 마음대로 날뛸 수는 없었다.

"나중에 두고 보자. 으드득."

잉그리드는 결국 분노를 속으로 억눌렀다.

한편 레이나의 반응은 사뭇 달랐다. 레이나는 어슴푸레하게나마 하라간의 정체를 파악하고 있는 인물이었다.

"하아아, 어쩌면 홀리 생츄어리의 주장이 맞을지도 모르지. 진짜 신인께서 내일 이 땅에 강림하실지도 몰라. 만에 하나 그럴 수도 있다고 봐."

레이나는 하라간이 신인이 아닐 것이라고 생각하는 사람들 중 하나였다.

"하지만 그럼 뭐 하겠어? 상대는 마신이라고. 진짜 신인께서 강림하신다고 해도 마신의 상대는 될 수가 없잖아. 으으으. 어쩌면 내일은 다른 의미에서 심판의 날이 될지도 몰라. 거짓 신이 진짜 신을 심판하는 역천의 날."

혹은 신인이라는 단어 자체가 마신에게는 불경스럽게 느껴질지도 몰랐다.

마해의 신은 오직 마신 하나뿐.

그런데 800년 전 고작 키르샤와 결합한 인간이 감히 '신(神)'을 자청했다. 마신의 입장에서 이건 언젠가 심판해야 할 일이라고 느낄 수도 있었다.

"내 추측이 옳다면, 결국 그 심판의 날이 내일이 되는 것이지. 으으으. 하지만 내 입장에서 보면 진짜 신인은 내 선조시잖아? 나는 선조에게 큰일이 닥칠 것이라는 점을 미리 알고서도 마신이 두려워서 입을 꾹 다물 수밖에 없잖아? 으으으."

머리카락을 벅벅 긁던 레이나가 결국 원망의 화살을 법주들에게 돌렸다.

"저 멍청한 법주들이 진짜 신인을 죽게 만드는구나. 마신이라는 초월적 존재를 알아보지도 못하고 교리서만 들먹이다가 결국 신인께 해를 끼치는 놈들이야. 으으으."

그날 밤, 레이나는 뜬눈으로 밤을 새웠다.

그리고 거짓말처럼 이튿날이 찾아왔다.

10월 1일.

하라간이 세 번째 왕세자빈을 맞이하고, 여섯 후궁들을 들이는 날.

하라간을 위한 신전이 완공되어 행사를 벌이는 날.

홀리 생츄어리에서 선포한 심판의 날.

가짜 신인과 진짜 신인이 만백성 앞에 밝혀지는 날.

이 역사적인 날의 아침은 맑았다. 하늘엔 구름 한 점 보이지 않았다. 완공식을 앞둔 신전 전면에는 백성들이 구름처럼 모였다.

제단 가장 위쪽엔 하라간의 자리가 마련되었다.

그보다 한 계단 아래가 군나르의 자리였고, 이어서 하라간의 부인들이 착석하도록 예정되어 있었다. 북부의 군주들은 하라간의 부인들보다 한 계단 아래에 의자를 준비했다.

각국의 왕족들이 그다음.

귀족들이 그 밑.

홀리 생츄어리를 위한 자리는 없었다.

"그 괘씸한 놈들에게 뭘 하러 자리를 줘? 다 치워."

디포에우스의 말 한마디에 의자 여러 개가 사라졌다.

오전 9시가 되자 태양이 제법 높이 떴다. 구름처럼 모여든 백성들 사이로 귀족들이 속속 등장해 각자 배정된 자리에 착석했다.

이어서 각국의 왕족들이 마차를 타고 나타나 제단에 올랐다.

이때까지만 해도 백성들은 조용했다. 하지만 군주들이 하나둘 모습을 보이자 백성들 사이에서 탄성이 터졌다.

"와아, 저분이 헤닝 왕국의 후계자인 오르곤 님이신가 봐."

"저기 저 키가 크신 분이 류리크 님 아냐? 이번 남부 정벌 때 큰 공을 세우셨다는데?"

"헉! 군나르 님이시다."

이런 소란은 곧이어 쥐 죽은 듯이 잠잠해졌다. 대저택 하나를 통째로 옮겨 놓은 듯한 거대한 크기의 마차가 등장했기 때문이다.

쿠르르르릉.

180마리의 백마가 끄는 마차는 우렛소리를 내면서 신전으로 다가왔다. 황금으로 도금된 마차 위에선 신인을 상징하는 초대형 깃발이 힘차게 펄럭였다. 마차의 앞과 뒤에서 북을 치고 고동을 부든 악대가 함께 이동했다. 하라간의 친위대원들이 마차 옆쪽을 호위했다.

마차가 우뚝 섰다.

문이 열리고 하라간이 등장했다.

"와아아아아!"

"신인 만세! 만세!"

백성들이 하라간을 보고 울음을 터뜨렸다. 먼 길을 걸어
온 순례자들은 땅에 엎드려 키스를 했다. 세상을 뒤흔드는
듯한 함성 소리가 터져 올랐다.

하라간이 슬쩍 손을 들었다.

"우와아아아—"

백성들의 함성이 한층 고조되었다.

하라간의 뒤에서 클레이아와 잉그리드, 마리네가 차례
로 내렸다. 세 왕세자빈에 이어서 이쉬타르와 오이난테, 라
티파, 레다. 실보플레, 에실레드가 손으로 치맛자락을 잡고
하차했다.

하라간은 아홉 여인들에게 둘러싸여 제단을 올랐다.

"우와아아아!"

"오오오, 신인이시여."

백성들의 환호가 절정에 달했다.

그때였다.

쿠르르릉—

폭음과 함께 땅속에서 네모반듯한 철 덩어리가 튀어나왔
다.

아니, 이것은 철 덩어리라고 부르기에는 너무 컸다. 폭 30 미터, 너비 10 미터, 높이 20 미터나 되는 철 구조물은 신전 제단 옆 땅바닥에서 솟구쳐 우뚝 자리했다.

Chapter 6

하라간이 서 있는 제단의 높이가 18 미터였다.

갑자기 솟구친 철 구조물은 그보다 2 미터가 더 높았다.

그 철 구조물 위에서 8명의 법주들이 모습을 드러냈다. 법주들 뒤에는 32명의 종교 재판관들이 재판복을 입고 판결석에 앉아 있었다.

이 구조물의 정체는 아이언 코트(Iron Court: 철의 법정).

엄격한 종교 재판의 상징물이자, 철의 법정이라 불리는 아이언 코트가 나타났다. 아이언 코트에 앉은 8명의 법주들이 불타오르는 눈빛으로 하라간을 노려보았다.

"저것들이 감힛."

디포에우스가 벌떡 일어났다.

2 미터 높은 곳에서 하라간을 내려다보는 법주들의 표정은 아주 가관이었다.

"네놈들이 죽으려고 작정을 하였구나."

군나르가 수염을 부르르 떨었다.

화르륵!

잉그리드의 손에서는 실제로 뜨거운 화염이 솟구쳤다.

하라간이 손을 들었다.

"예이."

디포에우스가 다시 자리에 앉았다.

"끄으응."

군나르도 하라간이 했던 말을 떠올리며 다시 착석했다.

잉그리드도 불길을 가라앉혔다.

주변의 모든 왕족과 귀족, 백성들이 숨을 죽여 이 사태를 지켜보았다. 하라간은 백성들을 휙 둘러본 다음, 다시 법주들에게 시선을 주었다.

하라간의 무심한 표정에 법주들이 움찔했다.

솔직히 법주들 가운데 2명은 아직까지도 예지몽을 미심쩍어했다. 하지만 이미 주사위는 던져졌다. 법주들은 꿈속에서 본 다즈키르샤를 머릿속으로 되새기며 배에 힘을 딱 주었다.

"신전이 완공되어 신인에게 올리는 행사를 거행하기에 앞서, 우리 홀리 생츄어리에서는 지금부터 중대한 종교 심판을 열고자 하오."

법주들 가운데 한 명이 종교 심판을 입에 담았다.

하라간이 코웃음을 쳤다.

"심판이라? 나 외에 심판을 내릴 수 있는 자가 있던가?"

북부에서 심판을 내리는 자는 오직 신인뿐.

법주들이 뜨끔했다. 하지만 애써 용기를 내어 하라간의 말에 반박했다.

"물론 신인만이 심판을 내릴 수 있습니다. 하여 저희가 신인께 신전을 봉헌하는 의식을 치르기 전에 이런 절차가 필요한 것이옵니다. 저희의 봉헌을 받으시는 분께서, 진짜 신인이 맞는다는 사실을 먼저 만백성이 보는 앞에서 보이셔야 하지 않겠습니까?"

"내가? 왜?"

하라간이 반문했다.

법주들은 침을 꿀꺽 삼켰다.

하라간의 말이 옳았다. 신인이 스스로를 증명해야 한다는 법은 없었다. 교리서 그 어디에서도 찾아볼 수 없는 내용이었다.

"하면 내가 묻지."

"무엇을 말입니까?"

"내가 증명을 거절하면, 나는 신인이 아닌 것인가? 꼭 내가 증명을 해야만 신인인 것인가? 800년 전의 신도들은 신인에게 신의 자격을 증명하라고 요구하였는가?"

정리해 보면, 하라간의 질문은 두 가지였다.

첫째, 신인임을 증명해야 신인인가?

둘째, 800년 전의 신도들도 신인에게 이런 무례한 요구를 하였는가?

답은 명쾌했다. 교리서 그 어디에도 신인의 증명이 필요하다는 구절은 없었다. 또한 800년 전의 신도들 가운데 그 누구도 신인에게 증명을 요구하지 않았다.

법주들이 진땀을 흘렸다.

뒤에 배석한 재판관 가운데 한 명이 도우미로 나섰다.

"그 말씀이 옳습니다. 스스로 신인임을 증명할 필요는 없습니다. 또한 800년 전 아무도 신인께 그런 요구를 하지 않았습니다. 하지만 800년 전과 지금은 사정이 다릅니다."

"무엇이 다르지?"

하라간이 재판관에게 시선을 두었다.

재판관이 움찔했다. 하지만 두려움을 꾹 참고 말을 계속했다.

"신인께서는 홀로 오롯하신 분이십니다. 그렇게 홀로 오롯하실 때는 아무도 증명을 요구하지 않을 것입니다. 하지만 지금은 스스로를 신인이라 주장하는 다른 분이 나타나셨습니다."

또 다른 신인의 등장!

이 말에 백성들이 웅성거렸다. 귀족들이 서로의 얼굴을 마주 보았다. 왕족들 가운데 일부는 두 손을 모아 기도했다.

'옳거니.'

'우리의 말이 먹히기 시작했구나.'

'계속해. 계속해서 저 가짜를 몰아붙이라고.'

주도권을 잡았다고 판단한 법주들이 말 잘하는 재판관에게 응원의 손짓을 보냈다.

목청을 가다듬은 재판관이 하라간을 계속 압박했다.

"험험. 그러니 어쩌겠습니까? 판례에 보면 예전 사막 왕국에서 왕을 자청하는 자가 둘이 나타났는데, 그때도 어쩔 수 없이 신하들이 나서서 왕의 자격을 증명하는 시험을 치렀다고 합니다. 저희들 홀리 생츄어리의 사제들이 감히 신인께 증명을 청하는 것은 크나큰 무례이나, 과거 사막 왕국에서 있었던 판례를 보면, 어쩔 수 없는 절차이기도 합니다. 하오니 정중하게 청하옵니다. 스스로를 신인이라고 여기신다면, 부디 저희에게 신인을 증거할 수 있는 표징을 보여 주소서."

재판관의 혀는 기름을 칠한 듯 매끄러웠다. 하라간은 마음속으로 '오늘 저 혀를 썽둥 잘라 주어야겠구나.' 라고 생각했다.

하라간이 되물었다.

"하면 그자는 어디 있느냐? 나 말고, 신인을 자청했다는 자 말이다."

빠직!

재판관의 이마에 푸른 핏줄이 돋았다. 법주들도 마찬가지였다. 그들은 하라간이 가짜라고 믿었다. 그런데 가짜가 진짜 신인에게 막말을 하자 열이 받았다.

재판관이 빠르게 쏘아붙였다.

"그분께서 꼭 나타나실 필요가 있겠습니까? 스스로를 신인이라 자청하시는 분께서 먼저 신인이심을 증명하면 되는 것 아닙니까?"

"내가? 왜? 교리서에도 나와 있지 않은 일을 내게 요구할 셈인가?"

하라간이 했던 말을 되풀이했다.

좀 더 열이 받은 재판관이 결국 패를 까뒤집었다.

"좋습니다. 그렇다면 또 다른 신인을 소개할 수밖에요."

Chapter 7

재판관이 손가락으로 가리킨 곳은 높디높은 하늘 위였다. 구름 저 너머에서 열여덟 장의 황금빛 날개를 펄럭이며 메탈룸 다즈키르샤가 그 모습을 드러내었다.

[크롸롸롸롸—!]

[크우롸롸롸롸롸!]

[크롸롸!]

12개의 머리로부터 12개의 포효를 터뜨리며 강림한 다즈키르샤는 온 세상을 뒤덮을 만한 크기의 날개를 펄럭이며 내려와 백성들 앞에 자신의 본체를 드러내었다.

"헉!"

군나르가 자리를 박차고 일어섰다.

잉그리드가 두 주먹을 꽉 움켜쥐었다.

이 둘은 하라간이 걱정되어 가슴이 두근거렸다.

반면 레이나는 다른 의미에서 절망했다.

'저기 저 메탈룸 다즈키르샤가 진짜 신인일 가능성이 크구나. 젠장. 신인께서 마신에게 꿀꺽 잡아먹히는 모습을 내 눈으로 보게 될 줄이야. 그런 참담한 장면을 보면서도 나는 겁이 나서 아무런 행동도 할 수가 없어. 아아아, 젠장. 젠장.'

레이나는 머리카락을 쥐어뜯었다.

털썩, 털썩.

메탈룸 다즈키르샤가 등장하는 것만으로도 상당수의 왕족들이 무릎을 꿇었다. 귀족들도 그 자리에 엎어졌다. 심지어 하라간을 굳게 믿고 있던 백성들도 입을 쩍 벌리고 다리를 후들후들 떨었다.

재판관이 벌떡 일어나 손으로 하늘을 가리켰다.

"보셨습니까? 이분이 바로 신인이라고 자청하신 분이십니다. 이제 우리들 앞에 신인을 자청하는 분이 둘이나 나타났으니 어찌하겠습니까? 우리 홀리 생츄어리는 우리에게 주어진 임무를 다하여 진짜 신인과 거짓 신인을 구별하고자 합니다. 혹시 신도들 가운데 우리의 심판이 잘못되었노라고 주장할 분이 있으십니까?"

머리가 영특한 재판관은 단숨에 분위기를 홀리 생츄어리의 편으로 몰고 갔다.

그러는 사이 메탈룸 다즈키르샤가 스스슥 축소되어 사람의 모습으로 변했다.

디포에우스는 하라간의 혼인식을 만백성에게 보여 주기 위해서 신전 앞 군데군데에 대형 크리스털 화면을 설치해 놓았다.

그런데 홀리 생츄어리에서 이 크리스털 화면의 통제권을 몰래 훔쳐갔다. 곳곳에 설치된 크리스털 화면이 다즈키르샤의 변신 모습을 비춰주었다. 그 즈음 다즈키르샤는 완전히 사람으로 변신하여 아이언 코트 위에 우뚝 선 상태였다.

"아아!"

백성들이 탄성을 터뜨렸다.

가을날 햇빛에 비친 밀밭을 보는 듯 밝게 찰랑거리는 황금빛 머리카락.

금빛으로 풍성한 수염.

어깨가 딱 벌어진 당당한 체격.

온화한 듯하면서도 남성다운 얼굴.

크리스털 화면에 잡힌 중년 사내는 교리서에 묘사된 신인의 모습과 완벽히 일치했다.

"오오오, 이분이 진짜 신인이시다."

백성들 사이에서 노인 몇 명이 무릎을 꿇었다. 홀리 생츄어리에서 바람잡이용으로 미리 포섭해 놓은 노인들이었다.

노인들의 행동이 기폭제가 되었다. 백성들의 마음이 흔들렸다.

"어라? 진짜로 저분이 신인이신가?"

"대체 이게 어떻게 된 일이지?"

백성들이 웅성거리는 모습을 보였다. 귀족들과 왕족들도 동요하는 정도가 한층 심해졌다.

하라간이 피식 웃었다.

"외모가 곧 신인의 증명이라는 뜻인가? 그렇다면 나는 당장에라도 온 세상을 뒤져서 교리서 속 신인의 외모와 흡사한 사람들을 10명도 더 찾아올 수 있을 것 같은데?"

재판관이 빠르게 고개를 흔들었다.

"물론 외모가 신인의 증명일 수는 없습니다. 하여 저희들은 다른 것으로 증명을 삼고자 합니다."

"다른 것?"

하라간이 고개를 갸우뚱했다.

재판관이 빠르게 쐐기를 박았다.

"그동안 저희 홀리 생츄어리를 욕하는 신도들이 많았습니다. 감히 신인에게 무례하였다며 저희 사제들을 손가락질하곤 했지요."

여기서 말을 잠시 멈춘 재판관은 검지로 하늘을 가리켰다.

"하지만 저희 법주님들과 재판관들은 하늘을 우러러 단한 점의 부끄러움도 없습니다. 저희는 신도들의 손가락질을 받으면서도 저희의 할 일을 했으니까요. 그 결과 저희가찾아낸 문구가 바로 이것입니다. 교리서를 통틀어서 가장유명한 대목! 바로 카르발 전투!"

재판관이 손을 뻗자 크리스털 화면이 새로운 영상을 보여 주었다. 800년 전 카르발 전투의 장면을 재구성하여 연출한 영상이었다.

"저건 카르발 전투다. 그 유명한 카르발 전투야."

백성들의 시선이 온통 화면에 집중되었다.

영악한 재판관은 그 틈을 놓치지 않았다.

"그렇습니다. 카르발 전투야말로 신인의 위대함을 증명하는 역사적 사건이었습니다. 하여 저희 홀리 생츄어리에서는 요청합니다. 신인임을 주장하는 두 분께서는 800년 전 당신께서 보여 주셨던 이적을 여기 이 자리에서, 모든 신도들이 보는 앞에서 재현해 주십시오. 그러면 신도들 스스로 어느 분이 진짜 신인이신지 알게 될 것입니다."

재판관의 말뜻은 "진짜 신인으로 인정받고 싶으면 과거 카르발 전투에서 보였던 이적을 재현하라."는 것이었다.

"뭐어? 카르발 전투라고?"

"교리서에서나 보았던 그걸 여기서 볼 수 있단 말이야?"

백성들이 환호했다.

800년 전 욘 아르네 솔샤르는 적들의 요충지 세 곳을 12시간 만에 무너뜨렸다. 그 가운데 첫 번째 성은 마해의 마물들을 불러들여 점령했고, 두 번째 성은 키르샤의 파괴력으로 짓뭉개 버렸으며, 마지막 가장 큰 철옹성은 메테오 마법으로 박살 냈다.

그때 디포에우스가 벌떡 일어났다.

"집정관인 나 디포에우스가 만백성 앞에서 발언을 하겠소."

재판관이 눈을 찌푸렸다. 법주들도 디포에우스를 향해 도끼눈을 떴다.

디포에우스는 아랑곳하지 않았다.

"다들 눈을 감고 신인께서 처음 우리 앞에 나타나셨을 때를 떠올려 보시오. 당시 신인께서는 키르샤의 모습으로 우리 곁에 오셨소. 그러니 이미 증명은 끝난 것이오."

재판관이 곧바로 반박했다.

"집정관님, 조금 전 또 다른 신인의 본체는 보지 못하셨습니까? 그분은 더 크고, 더 위대한 본체를 우리에게 선보이셨습니다."

디포에우스도 물러서지 않았다.

"겉모습이야 환영의 권능으로 얼마든지 포장할 수 있는 법. 크기나 생김새가 중요한 게 아니오. 신인께서는 북부를 다시 통일하시면서 키르샤의 무력을 직접 보여 주셨소. 어디 그것뿐인 줄 아시오? 지금 이 자리에는 신인을 뫼시고 남부를 정벌한 전사들이 수두룩하게 있소. 그 전사들이 똑똑히 보았소. 신인께서 마해의 거대한 마물들을 불러와 적들의 성을 부수는 장면을 똑똑히 목격했단 말이오. 그러니 신인께서는 이미 증명을 끝마친 셈이오."

"옳소. 나도 그 위대한 장면을 내 눈으로 똑똑히 보았소."

노장 바루니우스가 벌떡 일어나 동의했다.

"나도 목격했소."

"나도, 나도."

참전 용사들도 여기저기서 일어나 증언을 보탰다.

백성들의 여론이 다시 하라간에게 쏠렸다.

재판관은 입술을 한 번 질끈 깨물고는, 상황을 반전시키기 위해 애썼다.

"오해하지 마십시오. 저희 홀리 생츄어리에서는 하라간 님께서 보여 주신 이적을 부정할 생각이 없습니다. 그저 지금 이 자리에 신인을 자청하는 분이 두 분이나 계시니, 진짜와 가짜를 가려야 한다는 생각뿐입니다."

디포에우스가 짜증을 했다.

"아, 이미 증명이 끝났다니까. 키르샤의 무력을 드러내어 북부를 통일하고, 마해의 거대 마물들을 소환하여 남부까지 하나로 만드신 분이 여기 계신데, 무슨 증명이 더 필요하단 말인가?"

"그건……."

난감해진 재판관이 금발의 중년 사내, 즉 욘 아르네를 돌아보았다.

욘 아르네가 미세하게 고개를 끄덕였다.

자신감을 얻은 재판관이 욘 아르네에게 시험에 임할 것을 권했다.

Chapter 8

"집정관님의 말도 일리가 있군요. 그러면 우선 이분께 요청을 드리겠습니다. 혹시 신도들에게 권능을 보여 주시겠습니까? 키르샤의 무력. 마물 소환. 마지막으로 메테오 마법. 이렇게 3개의 권능 말입니다."

재판관의 권유가 떨어지는 즉시, 욘 아르네의 몸이 허공으로 떠올랐다.

부웅—

양팔을 늘어뜨린 채 구름 높이까지 빠르게 상승한 욘 아르네는, 허공에서 다즈키르샤의 본체를 드러내었다.

후오옹!

허공에 나타난 다즈키르샤의 크기가 무려 수십 킬로미터가 넘었다. 사람들의 시야가 닿는 모든 범위가 메탈룸 다즈키르샤로 뒤덮였다. 마침 구름도 거의 없어 이 심해저 3층레벨의 어마어마한 풍모가 사람들 눈에 고스란히 드러났다.

"아아아."

백성들이 전율했다. 신앙심이 깊은 일부 부녀자들은 손으로 입을 막고 꺽꺽 울음을 터뜨렸다. 군나르도 부르르 몸서리를 쳤다.

"하라간."

군나르는 조금 불안한 눈빛으로 하라간을 곁눈질했다.

의외로 하라간은 침착했다. 그 모습을 보자 군나르의 마음도 다소 안정되었다.

잉그리드도 불안하기는 마찬가지였다.

하라간의 부인과 후궁들이 모두 바들바들 떨었다.

본체를 완전히 드러낸 욘 아르네가 열여덟 장, 즉 아홉 쌍의 날개를 활짝 펴고 20여 킬로미터를 활공했다. 그다음 신전 동쪽의 산봉우리 하나를 그대로 덮쳤다.

쿠쿠쿠콰콰콰콰!

산봉우리가 허물어지면서 산사태가 났다. 20 킬로미터 밖에서 벌어진 일이지만 그 진동이 신전 앞까지 그대로 전달되었다.

"어이쿠."

땅이 흔들리자 백성들이 엉덩방아를 찧고 고꾸라졌다. 제단 위의 귀족들이나 왕족들도 허둥지둥했다. 심지어 디포에우스나 바루니우스 같은 키르샤급 거물들도 가슴이 서늘했다.

재판관이 잔뜩 흥분하여 외쳤다.

"보셨습니까? 저것이 바로 신인의 본체입니다. 800년 전 카르발에서 이교도들의 요새를 단숨에 박살 낸 그 이적이란 말입니다."

재판관이 악을 쓰는 사이, 욘 아르네 솔샤르가 날개를 펴고 다시 신전 상공으로 날아왔다. 욘 아르네가 날개를 한 번 휘저을 때마다 태풍과도 같은 바람이 불었다. 사람들은 강풍에 몸이 흔들리고 먼지바람에 눈이 따가운 와중에도 기를 쓰고 욘 아르네 솔샤르의 위대한 모습을 올려다보았다.

높은 상공에 우뚝 멈춘 욘 아르네 솔샤르가 허공에 원을 그렸다. 직경 3킬로미터나 되는 커다란 원이었다.

그 원의 테두리가 황금빛 용암처럼 환하게 타올랐다. 원의 내부에서는 검푸른 물결이 일렁거렸다.

"마해다."

"마해가 열린다."

솔샤르들이 원의 정체를 알아보았다.

욘 아르네가 허공에 그린 원은, 마해로 통하는 통로였다. 그 통로가 활짝 열리자 마해의 마물들이 우르르 쏟아졌다. 그것도 연해 레벨이 아니라 해구 레벨의 귀족급 마물들이 튀어나왔다.

백성들이 기함했다.

귀족들이 부르르 몸을 떨었다.

왕족들 가운데 몇 명은 욘 아르네 솔샤르를 향해 아예 무릎을 꿇었다.

"오오오, 신인이시여!"

법주들 가운데 2명이 아이언 코트에서 벌떡 일어나 욘 아르네를 향해 납죽 엎드렸다. 이들은 가장 먼저 하라간이 가짜 신인이라고 주장했던 법주들이었다.

이제 백성들 가운데 절반 이상이 하라간을 의심하기 시작했다.

"저분이 진짜 아니야?"

"아무래도 저분이 맞는 것 같은데?"

백성들의 동요가 점점 증폭되었다.

다즈키르샤에서 탈바꿈하여 다시 사람의 모습으로 돌아온 욘 아르네 솔샤르가 하늘을 향해 오른손을 들었다. 욘 아르네의 입술이 저 먼 우주를 향해 달싹였다.

후오오옹!

욘 아르네의 주변으로 휘황찬란한 빛이 몰아쳤다. 그 빛은 욘 아르네의 몸을 나선형으로 빙글빙글 타고 올라갔다.

욘 아르네의 발 주변엔 둥그런 마법진이 형성되었다. 그 마법진에 새겨진 고대의 문자가 마치 살아 있는 생물처럼 툭 튀어나와 허공을 맴돌았다.

현재의 그 어떤 마법사도 흉내 낼 수 없는 경지. 헤닝이나 토브욘의 수준을 몇 배나 뛰어넘은 절대 마법사가 바로 욘 아르네 솔샤르였다.

마침내 욘 아르네의 마법이 우주를 움직였다.

아니, 메테오 마법은 이렇게 단시간에 펼칠 수 있는 것이 아니었다. 욘 아르네 솔샤르는 이미 오래전부터 우주에 떠도는 유성군들을 탐색했다. 그다음 인간 세상과 거리가 가장 가까운 유성군을 포착하여 마법의 힘으로 끌어당기기 시작했다.

강력한 마법을 우주까지 뻗어서 유성군의 궤도를 조금씩 바꾸고, 좀 더 가까이 끌어당기고.

이와 같은 오랜 작업 끝에 유성군 소환이 준비되었다.

그러니까 지금 욘 아르네가 만백성 앞에서 선보이는 메테오 소환은, 무려 6개월 전부터 차근차근 준비된 마법인 셈이었다.

그렇게 인간 세상으로 불러낸 유성군이 서서히 대기권으로 들어왔다.

욘 아르네 솔샤르는 기가 질릴 정도로 강력한 마법을 퍼부어 유성군의 낙하 속도를 조절했다. 또한 낙하 위치도 컨트롤했다.

메테오 소환을 이미 끝내 놓은 상태에서, 속도와 위치를 컨트롤 하는 것만으로도 마나가 뭉텅이로 소모되었다.

욘 아르네 솔샤르의 이마에 핏줄이 돋았다. 땀방울이 송골송골 맺혔다.

"으으음."

급기야 욘 아르네의 입술 사이로 신음까지 흘렀다.

메테오 소환은 그만큼 힘든 마법이었다.

"진짜다. 진짜로 유성이 날아오고 있어."

레이나가 입을 쩍 벌리고 하늘을 보았다.

레이나의 몸속에 들어 있는 영혼은 헤닝의 것. 헤닝 또한 위대한 마법사이기에 지금 욘 아르네 솔샤르가 행하는 이적이 얼마나 대단한 것인지 느낄 수 있었다. 헤닝의 감각에 메테오가 잡혔다. 그 메테오가 지금 무시무시한 속도로 대기권을 통과하여 이곳으로 날아오는 중이었다.

"으으윽."

기가 질린 레이나가 엉거주춤 몸을 움츠렸다.

그가가가각!

그 순간에도 메테오는 대기권을 통과하여 공기층과 강하게 마찰을 일으키는 중이었다. 그 마찰열 때문에 유성의 표면이 불타오르기 시작했다. 불꽃은 긴 꼬리를 만들며 허공을 가로질렀다.

Chapter 9

솔샤르들이 먼저 메테오를 발견했다.

"저기, 저기 좀 봐."

"어억! 유성이다."

조금 뒤에는 일반 백성들도 모두 메테오를 보게 되었다.

"으아아아아—"

백성들이 입을 쩍 벌렸다.

하늘을 일직선으로 불태우며 떨어지는 거대한 메테오!

시뻘건 불기둥이 하늘 꼭대기에서 시작하여 지상으로 떨어졌다. 공기를 찢어발기는 굉음이 사람들의 귀청을 뒤흔들었다.

쿠우와아아아앙! 쿠왕! 쿠왕! 쿠왕! 쿠왕!

지상에 낙하한 메테오는 하나가 아니었다. 유성군 십여 개가 한꺼번에 떨어지면서 산봉우리 하나를 그대로 날려 버렸다. 조금 전 다즈키르샤가 발톱으로 부숴 버렸던 산봉우리 바로 옆쪽 봉우리가 메테오에 의해 박살 났다.

쿠쿠쿠쿠쿠!

우주 저편에서 날아온 메테오는 산을 하나 부수고도 힘이 남아 지표면에 깊은 크레이터를 남겨 버렸다.

이 정도 충격이면 지진이 나고 열 폭풍이 몰아쳐야 정상이었다. 산이 하나 통째로 사라지면서 생긴 분진이 온 하늘을 뒤덮어 태양광을 차단해야 마땅했다. 최소한 아르네의 수도가 통째로 멸망해야 할 정도의 위력이었다.

그런데 백성들이 느낀 충격은 의외로 크지 않았다.

욘 아르네 솔샤르가 메테오가 떨어진 즉시 그 주변에 보호막을 쳐 준 덕분이었다.

산봉우리가 붕괴하면서 발생한 분진이 보호막 내부에서만 휘몰아치다가 서서히 가라앉았다. 지축이 뒤틀리면서 발생한 충격파도 보호막이 어느 정도 막아 주었다.

그렇게 보호막을 쳐 주었음에도 불구하고, 백성들은 꽤 많이 다쳤다. 땅이 흔들리면서 넘어져 낙상한 자, 폭발의 여파로 시력에 타격을 받은 자, 무너지는 건물 밑에 있다가 깔려서 다친 자.

하지만 백성들의 표정은 그리 나쁘지 않았다.

"신인이시다."

"이분께서 진짜 신인이셔."

"아아아, 교리서에서나 보았던 메테오 소환의 이적을 내 눈으로 보게 되다니!"

"신인이시여, 축복받으소서."

다들 울면서 엎드렸다.

백성들이 절을 하는 방향은 하라간 쪽이 아니었다. 욘 아르네가 서 있는 아이언 코트 방향이었다.

"에헴."

"역시 우리의 눈이 옳았어."

법주들이 어깨를 으쓱거렸다. 재판관들도 목에 힘을 딱 주었다. 그들은 욘 아르네를 향해서 머리를 조아리는 백성들을 보면서 희열을 느꼈다. 마치 스스로가 욘 아르네의 대리인이 된 기분이라고나 할까? 일부 재판관들이 땅바닥에 엎드린 백성들을 향해 "오냐. 오냐."라고 중얼거린 것은, 바로 이런 기분에 취해서였다.

끈질기게 하라간을 몰아붙였던 재판관이 벌떡 일어났다.

"자, 모두 똑똑히 목격하셨지요? 여기 계신 이분께서는 위대하신 본체를 소환하여 산봉우리 하나를 부셨습니다. 이어서 마해의 마물들을 소환하는 이적을 보여 주셨습니다. 마지막으로, 세상 그 누구도 흉내 낼 수 없는 대마법, 메테오 소환의 이적을 우리들에게 선보이셨습니다. 800년 전 신인께서 행하셨던 모든 이적을 그대로 재현하셨단 말입니다."

"옳소!"

"더 볼 것도 없소. 이분이 바로 신인이시오."

일부 사람들이 재판관의 말에 동의했다. 홀리 생츄어리에서 백성들 사이에 바람잡이로 심어 놓은 자들이었다.

대놓고 나서지는 않았지만, 신전 앞에 모인 백성들 가운데 90퍼센트 이상이 재판관의 말에 동조하는 분위기였다.

군나르가 남몰래 주먹을 말아쥐었다.

'여차하면 내가 나서서 시간을 벌어야겠구나. 우리 하라 간이 몸을 피할 시간을 벌어 주어야겠어.'

솔직히 군나르도 눈앞의 금발 머리 사내가 욘 아르네 솔 샤르일 것이라고 생각했다.

'어허허. 내가 신인과 맞서 싸우게 될 줄이야. 과연 내가 신인의 손아래 얼마나 버틸 수 있을까? 1분? 3분?'

군나르는 자신이 없었다. 하지만 하라간을 위해서는 자 신이 직접 나서야 한다고 생각했다.

잉그리드도 죽음을 각오했다.

'하라간 님께서 몸을 피하실 시간을 내가 벌어야 해.'

잉그리드의 치마 아래에는 벌써부터 붉은 꼬리가 드러나 기 시작했다. 잉그리드는 아이언 코트를 향해 뛰쳐나갈 타 이밍을 쟀다.

재판관이 이글거리는 눈으로 하라간을 노려보았다.

"자, 이제 하라간 님의 차례입니다. 물론 집정관님의 말 처럼 하라간 님께서는 이미 두 가지 이적을 선보이셨다지 요. 본체를 드러내어 북부를 통일하셨고, 남부 정벌 당시에 마물도 소환하셨다고 들었습니다. 본 심판장에서는 이 두 가지를 인정해드리겠습니다."

재판관은 감히 하라간의 이름을 마구 불렀다. 또한 마치 하라간에게 선심이라도 쓰는 것처럼 거들먹거렸다.

"저게 감히."

잉그리드가 이빨을 으드득 갈았다. 그녀는 '황금빛 다즈키르샤에게 찢겨 죽는 한이 있더라도, 저 얄미운 재판관 놈은 반드시 씹어 먹어 버린다.' 라고 결심했다.

반면 하라간의 표정은 여전히 변화가 없었다. 법주도 아닌, 재판관 따위에게 모욕을 당하고도 아무런 분노도 드러내지 않았다.

재판관이 하라간을 손가락으로 가리켰다.

"자, 이제 하라간 님께서 심판장에 서실 차례입니다. 앞의 두 가지는 인정해 드린다고 하였으니, 하라간 님께서는 메테오를 소환하시는 이적만 보여 주시면 됩니다. 검을 휘두르는 것 말고요, 교리서에 적힌 그대로 메테오를 선보여 주십시오."

재판관은 메테오 소환이 가능할 거라고 생각하지 않았다.

우선 하라간은 마법사가 아니었다. 그러니 날아오는 메테오를 뛰어난 검술로 쪼개 버릴 수는 있을지언정, 메테오를 불러오는 것은 불가능했다.

두 번째.

메테오는 단시간에 소환하는 것이 불가능했다.

생각해 보면 그 이유는 간단했다. 제아무리 초월적인 마법사라고 해도, 우주 저 멀리에 존재하는 유성군을 찾아서 인간 세상까지 끌고 오는 데 걸리는 시간은 엄청 길게 마련이었다. 심지어 욘 아르네도 6개월 전부터 미리 준비하여 메테오 소환 마법을 선보였을 뿐이다. 바로 이 자리에서 어떤 사람이 욘 아르네에게 "한 번 더 메테오를 소환해 주세요."라고 요청한다면, 욘 아르네는 그 청을 거절할 수밖에 없었다. 아니면 몇 개월 뒤에나 다시 보여 주겠다고 미뤄야 했다.

Chapter 10

하라간이 묵묵히 입을 닫았다.

그럴수록 재관관은 신이 났다.

"무얼 망설이십니까? 어서 심판장에 오르십시오. 그리하여 저희들에게 메테오 소환의 이적을 증명하여 주시기 바랍니다."

"크윽."

하라간 대신 군나르가 입술을 씹었다.

디포에우스와 바루니우스도 어금니를 꽉 물었다.

하라간의 친위대원들이 불같이 분노했다.

잉그리드는 벌떡 일어나 재판관에게 달려들려고 했다.

"그만."

하라간이 손을 들었다.

웅성거리던 백성이 한순간에 조용해졌다. 막 자리를 박차고 일어서려던 잉그리드도 다시 의자에 앉았다.

하라간은 천천히 일어나 제단 가장 높은 곳에 섰다. 하라간의 서늘한 눈빛을 받자 재판관이 움찔 몸을 떨었다. 법주들도 시선을 회피했다.

하라간이 입술을 떼었다.

"어리석은 자들이로다."

"무엇이 어리석단 말씀입니까?"

재판관이 배에 힘을 꽉 주고 되받아쳤다. 그는 원래 이렇게까지 배짱이 좋은 편은 아니었다. 하나 뒤에서 진짜 신인이 지켜본다고 생각하자 없던 용기도 생겨났다.

아니, 이것은 용기라기보다는 사명감이었다. 가짜의 가면을 벗겨 내고 진짜 신인을 세상에 알려야 한다는 사명감.

하라간은 홀리 생츄어리의 재판관을 상대하지 않았다. 아이언 코트 쪽은 쳐다보지도 않고 백성들을 향해 입을 열었다.

"본질이 중한가? 아니면 본질을 묘사한 글이나 표현이 더 중한가? 너희는 본질이 무엇인지를 파악하여라. 알맹이를 보지 못하고 교리서에 적힌 글자와 글귀에만 매달리는 자, 나는 그런 자를 품고 가지 않는다. 내가 이끌어 갈 세상에 그런 자는 필요 없다."

하라간의 선포는 단호했다.

재판관이 발작하듯 외쳤다.

"물론 교리서가 본질은 아닙니다. 하지만 본질을 가장 잘 표현한 것이 교리서이기도 합니다. 하라간 님의 말마따나 저희 사제들은 어리석습니다. 어리석기에 요청 드립니다. 우선 저희에게 메테오 소환부터 보여 주십시오. 800년 전에도 거뜬히 행하셨던 일을, 본질 운운하시면서 회피하지 마시고 우선 증명부터 해 주십시오."

공명심에 취한 재판관이 너무 나갔다. 동료 재판관이나 법주들조차도 이 발언이 위험하다고 느낄 정도였다.

"저놈이 감힛."

"으드득."

실제로 하라간을 추종하는 솔샤르들은 당장 무기를 뽑아 들고 재판관을 죽여 버릴 것처럼 노려보았다. 군나르와 잉그리드의 분노는 말할 것도 없었다.

하라간이 재판관과 무관하게 질문을 던졌다.

"신인이란 무엇인가? 교리서에는 신인을 어떻게 정의하고 있는가?"

잉그리드의 딸 오스트란드가 손을 번쩍 들고 대답했다.

"교리서 1장 1절에 신인에 대한 정의가 적혀 있습니다. 신인은 홀로 오롯하시며, 마해의 으뜸이시므로, 그 어떤 마물도 신인보다 위에 존재할 수 없다고 적혀 있습니다."

갑자기 교리서 1장 1절이 언급되자 법주들이 움찔했다.

하라간이 천천히 말을 이었다.

"그렇다. 그게 바로 신인이다. 홀로 오롯하며, 마해의 으뜸인 존재. 마해의 모든 마물들을 발밑에 둔 존재. 으뜸 중의 으뜸. 이것이 바로 신인의 정의이다."

하라간의 말 한 마디 한 마디는 백성들의 귀에 때려 박히는 것처럼 파고들었다. 백성들은 알 수 없는 마력에 사로잡혀 몸서리를 쳤다.

하라간의 웅변이 계속되었다.

"나는 이미 그런 존재이다. 나는 홀로 오롯하며, 마해의 으뜸이다. 그리하여 오직 나만이 신인일 수 있다. 신인이 마해의 으뜸인 존재라면, 이 세상에서 오직 나만이 신인인 것이다."

하라간이 말 한 마디 한 마디 내뱉을 때마다 주변 공기 밀도가 증가하였다. 사람들은 숨이 가빠져 헐떡거리며 들었다. 홀리 생츄어리의 사제들도 빨려 들 듯이 하라간의 말을 경청했다.

"그런데 내가 신인이라는 사실을 굳이 너희에게 증명하여야 하느냐? 나에 대한 정의를 어떻게 너희에게 증명할 것이냐? 너희 솔샤르들의 마물을 모조리 쳐 죽이고, 마해의 모든 마물들을 전부 다 도륙하여 내가 마해의 으뜸임을 증명하여야 하느냐? 너희는 그것을 원하느냐? 너희가 그걸 원한다고 해서 내가 그런 일을 행하여야 하느냐? 너희가 나를 판정하려 하느냐? 그렇다면 무슨 기준으로 신인인 나를 판정할 것이냐? 외모? 신인은 어떠한 외모로도 이 땅에 올 수 있다. 남성으로도, 또 여성으로도 올 수 있다. 권능? 신인의 권능이 어디 세 가지뿐이라더냐? 마해의 으뜸이라는 자리가 세 가지 권능만 보여 주면 인정을 받을 수 있는 자리인 줄 아느냐? 마해의 으뜸은 오로지 피로써 얻어지는 자리다. 마해의 으뜸은 다른 모든 마물들을 강제할 수 있을 때 얻어지는 자리다. 화려한 몸체를 뽐내고, 마물 몇 마리 소환하고, 유성 몇 조각 불러들였다고 정의되는 것이 아니란 말이다."

"헉헉헉."

사람들이 가쁜 숨을 몰아쉬었다. 주변 공기 밀도는 기괴할 정도로 높아져서 마치 물속에 잠수한 것 같았다.

그렇게 숨조차 쉬어지지 않는 와중에도 사람들은 홀린 듯이 하라간의 말만 들었다.

마침내 하라간이 손을 하늘로 치켜들었다.

"원한다면 보여 주마. 너희가 잣대에 맞춰서 광대놀음을 해 주마. 메테오 소환? 그까짓 하찮은 잔재주가 어떻게 나를 판정하는 잣대가 되는지 모르겠다만, 너희 앞에서 신인인 내가 광대가 되어 주마."

뿌드득!

하라간의 손아귀에서 무언가 부스러지는 소리가 들렸다.

하라간은 마법을 쓸 줄 몰랐다. 하라간은 오직 검에만 매진해 온 검수이며, 검 이외의 것에는 눈을 돌리지 않았다.

마신도 마찬가지였다. 마신은 그 존재 자체만으로도 이미 최강이라 마법 따위를 익힐 필요를 느끼지 않았다.

따라서 하라간의 '메테오 소환'은 욘 아르네 솔샤르의 메테오 소환과는 결을 달리했다. 이것은 소환이라는 단어로 불리기에는 부적합했다. 이것은 너무나 원초적이고 근원적인 권능이라 어찌 보면 황당할 정도였다.

너무나 저차원적인 방법.

너무나 당혹스러운 방법.

그래서 더더욱 무서운 방법.

하라간이 아니라면 그 누구도 사용할 수 없는 방법.

마법보다 더 무시무시하고, 작동 원리를 알게 되면 공포에 질릴 수밖에 없는 방법.

하라간은 그런 방법으로 메테오를 불러왔다.

하라간의 촉수 수억 개가 매달려 있는 발가락, 그 발가락 수천만 개가 모여서 이루어진 발, 그 발이 매달린 기다란 다리.

하라간이 지닌 수천만, 수억 개의 다리 가운데 하나가 대기권을 뚫고 우주로 뻗어 나갔다. 그 다리가 태양을 지나 은하를 넘었다. 그 다리에 달린 발이 인근 우주를 휘저어 아무렇게나 행성 하나를 붙잡았다.

인간 세상보다 더 커다란 행성이었다.

콰직!

하라간이 붙잡은 행성이 무지막지한 악력에 의해 그대로 바스러졌다. 하라간의 발은 그렇게 부스러진 행성의 조각을 움켜잡아 이곳 인간 세상으로 끌고 왔다.

부우와아아아악—!

행성의 부스러기가 하라간의 발에 붙잡혀 그대로 우주를 지나 대기권을 통과했다. 마찰열 때문에 행성 부스러기에 불이 붙었다.

부스러기라고 해서 우습게 볼 수는 없었다. 행성이 으스러지면서 생겨난 조각들은 그 하나하나의 크기가 대륙의 10분의 1 수준이었다. 조금 전 욘 아르네가 소환했던 유성군 따위와는 비교도 할 수 없을 정도로 거대했다.

그런 부스러기 몇 개가 동시에 대기권으로 파고든 것이다.

그렇게 합쳐진 부스러기 몇 개의 크기는 거의 달에 버금 갔다. 이건 메테오가 아니었다. 그냥 달이 통째로 지상으로 떨어져 세상을 불태우려는 것 같았다.

부우콰콰콰콰콰—

공기가 깡그리 증발했다. 행성 부스러기가 인력, 즉 잡아 당기는 힘을 발휘하면서 지상의 물체들이 허공으로 휙 딸 려 올라갔다. 온 하늘이 시뻘겋게 불탔다.

"으아아아아아악!"

사람들은 저마다 공포에 질려 미친 듯이 괴성을 질렀다.

미친 속도로 떨어진 행성의 부스러기가 대륙을 강타했 다.

Chapter 11

"우와아아아악—"

순간적으로 아르네 수도에 모인 모든 사람들이 허공 1 미터 높이까지 부웅 떠올랐다. 건물이 뿌리째 뽑혀 허공으 로 솟구쳤다.

도로도 완전히 뒤틀렸다. 공들여 만든 신전이 우르르 흔들려 붕괴했다. 이대로 세상의 종말이 찾아오는 것 같았다.

만약 하라간이 투명한 보호막을 쳐 주지 않았더라면, 대륙이 절반으로 쪼개졌을 뻔했다. 해저 산맥이 융기하고 지각이 부서져 인간 문명이 문을 닫았을 뻔했다. 엄청난 에너지를 견디지 못하고 차원의 벽이 뚫렸을 뻔했다. 그 여파가 이웃 차원인 마해와 천계에까지 미쳤을 뻔했다.

"우와아아아아아악—"

사람들은 아직까지도 비명을 질러 댔다.

사람들의 얼굴에 숨길 수 없는 공포와 눈물 자국이 가득했다.

다행히 세상은 멸망하지 않았다.

대륙을 강타한 행성 부스러지는 지표면을 뚫고 지저 맨틀까지 파고들었다. 용암이 분출하였다. 아르네 수도 서쪽 수백 킬로미터 일대가 생지옥으로 변했다. 멀쩡하던 초원이 완전히 황무지가 되었다. 그 와중에 홀리 생츄어리 건물도 소멸되었다.

그래도 사람은 아무도 죽지 않았다. 행성이 충돌할 때 허공으로 부웅 떠올랐다가 다시 떨어지면서 허리가 부러지고 팔다리가 박살 난 사람들은 여럿이었다. 하지만 목숨을 잃은 자는 없었다. 아르네 수도의 건물들도 대부분 박살 났다. 그래도 사망자를 만들지는 않았다.

사방은 고요했다.

하라간이 만들어 준 투명한 보호막 덕분에 분진이 날리지도 않았다. 행성 충돌 직후 발생해야 할 뜨거운 열 폭풍도 없었다.

그 고요한 세상의 한복판에서 하라간이 사람들을 둘러보았다.

"으으으."

하라간을 올려다보는 백성들의 눈은 공포로 점철되었다. 심지어 군나르와 잉그리드의 눈에도 공포가 가득했다. 레이나는 말할 것도 없었다.

이 자리에 있는 그 누구도 입을 열지 못했다.

하라간이 침묵을 깼다.

"너희가 원한다니 너희의 잣대로 나를 증명하였다. 이것이 나의 메테오다."

사람들이 침을 꿀꺽 삼켰다.

하라간이 손가락으로 백성들을 가리켰다.

"이제 너희의 차례이다. 너희는 과연 나의 백성이 될 자격이 있느냐? 마해의 모든 마물들이 내 발밑에 엎드려 머리를 조아린다. 그 마물들의 섬김만 받아도 나는 충분하다. 너희는 나를 섬길 자격이 있느냐? 지금부터 너희 스스로 그 자격이 있는지를 증명하여라. 너희가 나를 심판하고 판정하겠다고 오만을 떨었듯이, 나도 너희의 자격을 심판하리라."

쿠웅!

충격적인 이야기였다.

신인을 섬기는 신도가 될 자격이 있는지 여부를 스스로 증명하라니!

백성들이 울부짖었다.

"말씀을 거두어 주시옵소서. 신인이시여, 부디 어리석은 저희들을 신인의 울타리 밖으로 밀어내지 마시옵소서. 으흐흐흐흑."

"저희는 어떻게 자격을 증명해야 할지 모르옵니다. 부디 저희의 영혼을 내치지 말아 주시옵소서."

"마해의 마물들도 신인을 알아보는데, 인간인 저희가 신인을 제대로 알아보지도 못하고 큰 무례를 범하였습니다. 제발 저희의 오만을 용서하여 주시옵소서."

"우흐흐흑, 제발 용서를 구하나이다."

팔다리가 부러지고, 허리가 삐끗한 백성들이 땅바닥을 기어 하라간에게 손을 뻗는 장면이 참으로 안쓰러웠다.

아이언 코트 위의 법주들은 얼굴이 하얗게 질렸다. 재판관들은 사색이 되었다. 특히 하라간에게 건방을 떨었던 재판관은 온몸이 딱딱하게 굳었다.

하라간은 아이언 코트 쪽은 쳐다보지도 않았다.

하라간이 무너진 신전을 가리켰다.

"나는 너희들이 봉헌한 이 신전을 받지 않겠다. 무너진 신전은 너희 나름의 신을 위하여 사용하여라. 오직 자격이 있는 자들만이 내게 신전을 지어서 바칠 수 있다. 감히 나에게 잣대를 들이대는 너희들보다는 차라리 남부의 미개인들이 낫겠구나."

쾅쾅!

또 한 번의 충격이 사람들을 강타했다.

"아니 되옵니다. 저희를 버리고 남부인들을 신도로 택하지 마시옵소서."

"으흐흑, 그건 아니 될 일이옵니다."

백성들이 마구 울부짖었다.

하라간이 날개도 없이 허공으로 떠올랐다.

군나르, 토르와 같은 군주들.

디포에우스, 바루니우스 같은 충신들.

왕세자빈과 후궁들.

친위대원들.

이 정도의 소수 인원들만이 하라간과 함께 허공으로 부유했다. 하라간은 그들이 앉아 있던 제단째 뜯어내어 하늘로 둥실 떠오르게 만들었다. 투명한 촉수가 제단을 떠받쳐 하늘 높이 밀어 올렸다.

땅바닥에 남은 백성들이 악을 썼다.

"으아악, 저희를 버리지 마시옵소서."

"신인이시여, 부디 저희를 용서하시옵소서."

백성들의 절규가 한층 커졌다.

하라간은 듣지 않았다. 그저 백성들을 버리고 하늘 높이 사라져 갈 뿐이었다.

신전의 완공식은 이제 물 건너갔다. 하라간의 혼인식도 이곳에서 개최될 리 없었다. 신인에게 버림받은 백성들은 눈 깜짝할 사이에 광신도로 돌변했다.

"이게 다 저놈들 때문이다."

백성들 가운데 한 명이 아이언 코트를 가리켰다.

사람들이 그 말에 동조했다.

"맞아. 저기 저 홀리 생츄어리의 개자식들 때문에 우리가 신인께 버림받았어."

"저놈들을 때려 죽이자. 그래야 신인께서 우리를 다시 돌봐 주실 거야."

"어쩌면 그것이 자격의 증명일 수도 있지."

"맞아. 신인의 품으로 돌아갈 자격을 증명해야 하잖아. 나는 저기 저놈들의 목을 뽑아서 내 자격을 증명할 거야."

분노한 백성들이 아이언 코트를 향해 우르르 달려들었

다. 귀족들도 백성들과 함께 들고 일어났다. 무너진 신전 앞은 대규모 폭동으로 들끓었다. 마물과 결합한 솔샤르들이 폭동의 전면에 나섰다.

"어어엇?"

법주들은 망연자실한 얼굴로 그 자리에 주저앉았다.

재판관들의 눈에서도 생기가 사라졌다.

"신인이시여?"

"어라? 신인께서 어디로 가셨어? 대체 어디로 가셨냐고?"

몇몇 법주들이 욘 아르네의 행방을 찾았다.

"없어. 사라지셨어."

"아무 데도 없다고. 크허어."

법주들이 하얗게 질렸다.

Chapter 12

그 말이 사실이었다. 욘 아르네 솔샤르의 모습은 어디에서도 보이지 않았다. 욘 아르네만 믿고 하라간의 가면을 벗기려 들었던 법주들은 넋이 나갔다. 재판관들은 더더욱 당황했다.

그때였다. 아이언 코트에 기어 올라온 솔샤르들이 법주들과 재판관들을 덮쳤다.

"저놈들을 잡아라."

"저놈들 때문에 신인께서 진노하셨다."

분노한 솔샤르들 앞에서 법주들은 전혀 저항하지 못했다. 그럴 수밖에.

법주들과 재판관들의 존재 목적은 신인을 섬기는 것이었다. 그런 사제들이 신인으로부터 버림을 받았다. 가짜 신인을 진짜로 착각하고, 진짜 신인께 무례를 범하였다가 매몰차게 내동댕이쳐졌다. 이렇게 신으로부터 버림을 받은 사제를 과연 사제라고 부를 수 있을까?

결국 법주들은 현실 도피를 할 수밖에 없었다.

"설마 이게 꿈이겠지?"

"어허허. 우리가 꿈을 꾸는 걸게야."

"악몽이 어서 깼으면 좋겠다."

넋이 나간 법주들은 우르르 달려드는 광신도들을 보면서 이렇게 중얼거렸다.

우두둑, 뿌직.

재판관들이 먼저 광신도들에게 둘러싸여 팔다리가 찢겼다. 몸이 산산조각 났다. 이어서 법주들의 차례였다. 8명의 법주들은 광기의 파도에 휩쓸려 온몸이 해체되었다.

법주의 오른쪽 귀를 잡아 뜯은 광신도가 고래고래 소리를 질렀다.

"신인이시여, 제가 이 사악한 자의 귀를 뜯어냈나이다. 이것으로 저의 자격을 증명하오니, 부디 저의 불쌍한 영혼을 신인의 곁에 받아주소서."

"신인이시여, 제가 사악하고 거짓된 사제의 눈알을 뽑았나이다. 부디 저의 영혼을 받아 주시옵소서."

"저는 사악한 사제의 손가락을 뽑아냈나이다. 부디 저를 용서하여 주시옵소서."

백성들의 외침은 밤새도록 계속되었다.

심판의 날에 심판을 받은 것은 하라간이 아니었다. 결국 홀리 생츄어리의 사제들과 북부의 백성들이 하라간으로부터 심판을 받은 셈이었다.

두 달이 훌쩍 지났다.

심판의 날 이후 대혼란의 소용돌이에 빠졌던 북부는 서서히 안정을 찾아갔다. 적어도 표면적으로는 그렇게 되어 가는 것처럼 보였다.

실상은 아니었다.

심판의 날 이후 북부에는 새로운 계층이 생겼다.

심판을 통과한 자 VS 통과하지 못한 자.

이 두 층은 확연하게 차이가 났다.

하라간으로부터 자격을 인정받은 자들은 대문 앞에 하얀 천을 내걸어 신도의 징표로 삼았다. 안타깝게도 아르네 식민지에서 신도로 인정받은 수는 그리 많지 않았다. 디포에우스가 판정단의 대표 역할을 맡았다.

판정단으로부터 인정을 받지 못한 백성들은 대문에 검은 천을 내걸었다. 이건 하라간이 시켜서 한 일이 아니었다. 하라간은 신도가 아닌 자들에게 시선조차 두지 않았다. 그들을 위해 말 한마디 해 주지 않았다.

하라간으로부터 버림받은 비신도들은 검은 천을 통해 자신들의 슬픔과 자괴감을 표현하였다.

북부에서 신앙은 절대적인 삶의 지표였다. 신도와 비신도 사이의 계층 격차는, 귀족과 평민 사이의 격차보다도 더 컸다.

신도들은 비신도들을 멸시했다. 단순히 멸시만 하는 수준을 넘어서 같은 인간으로 쳐 주지도 않았다. 신도의 집안에서는 비신도 집안과 혼인도 하지 않으려 했다. 비신도들은 원로원에서도 모두 쫓겨났다. 하라간으로부터 버림받은 자들은 하루하루를 고통 속에서 살아야 했다.

이런 현상이 대륙 전체로 퍼져 나갔다.

디포에우스가 이끄는 판정단은 군나르 왕국과 룬드 왕국

을 가장 먼저 방문하여 백성들 한 명 한 명의 신앙심을 검증하고 신도의 자격을 부여해 주었다.

다행히 군나르 왕국엔 비신도가 거의 없었다. 사막 지역 백성들 대부분이 대문에 하얀 천을 매달고 뿌듯한 표정으로 그 천을 쓰다듬었다.

룬드 왕국도 마찬가지였다. 룬드의 백성들은 잉그리드의 현명함을 칭송했다.

나머지 왕국들은 목이 빠지게 판정단의 방문만 기다리는 처지였다. 덕분에 판정단의 대표인 디포에우스의 권력이 한층 강화되었다.

당연한 말이지만, 홀리 생츄어리는 완전히 해체되었다.

법주 8명과 재판관 32명은 심판의 날 당일 분노한 백성들의 손에 찢겨 죽었다. 800명의 집행자들도 종교 재판을 거쳐 모두 단두대에 올랐다.

하라간을 위해 지어진 신전은 메테오 한 방에 모두 부서졌다. 게다가 하라간은 그 신전을 봉헌 받지 않겠노라고 만천하에 공표해 버렸다.

그런 연유 때문에 하라간을 위한 새로운 신전이 군나르 왕국과 토레 왕국 국경 지대에 지어지기 시작했다. 광활하게 펼쳐진 숲의 일부를 밀고 건축 중인 새 신전은 현재 20 퍼센트가량 공사 진도가 나갔다. 북부의 각 왕국 및 남부 식민지들은 좀 더 두려운 마음으로 정성을 다해 신전을 지었다.

이 신전이 완공될 때까지 하라간은 아쿤 왕국의 별궁에 머물기로 했다.

"부쿤 대산맥의 경치가 좋으니 그곳에 머물러야겠다."

이것이 하라간의 뜻이었다.

신인의 한마디에 아쿤 왕국은 축제 분위기가 되었다.

"신인께서 우리 에실레드 마마를 총애하시나 봐."

"맞아. 그러니까 우리 왕국의 별궁에 머무르시겠지."

아쿤의 백성들은 이런 대화를 주고받으며 기뻐했다.

반면 아르네 수도의 분위기는 침울했다.

"신인의 후궁 한 명 배출하지 못하고, 결국 신인으로부터 버림까지 받다니. 아아아. 젠장."

"이게 다 홀리 생츄어리의 개자식들 때문이야."

"내 말이 그 말이야. 그 개자식들. 지들이 뭔데 감히 신인을 판정하겠다고 나서? 지들이 뭔데? 엉?"

분노한 아르네 백성들이 거리 곳곳에서 울분을 토했다.

그나마 이렇게 울분이라도 토하는 백성들은 하라간의 신도로 인정받은 자들이었다. 하루아침에 신인으로부터 버림받고 비신도로 분류된 백성들은 돌을 맞을까 두려워 저잣거리로 나오지도 못했다.

아쿤 왕국의 별궁에 머무르면서 하라간은 포로로 붙잡은

자들을 꼼꼼하게 세뇌시켰다. 마나의 벽 6단계를 돌파하면서 하라간은 마음의 검을 얻었다. 그 권능을 사용하면 사람의 기억을 조작하고 감정을 바꿔 놓는 것은 식은 수프 먹기였다.

림과 함 형제, 스켈레톤으로 변해 버린 피올로 대주교, 샤를르 위그 대제, 외팔이가 된 비딕 발루아 대공, 그 밖에도 많은 영웅들이 하라간의 휘하로 편입되었다.

디포에우스가 백성들의 신앙심을 재검증하며 대륙을 돌아다니는 동안, 수인족의 군주 토레와 바루니우스 장군은 하라간으로부터 새로운 명을 받았다.

"이제 에룬만 남았지. 동쪽의 섬을 마무리할 차례야."

수인족의 군주 토레가 하라간 앞에 양쪽 무릎을 꿇고 명을 받들었다.

[신인이시여, 이 토레가 앞장서겠나이다. 신인께 코빼기도 보이지 않는 저 오만한 에룬 왕실을 토벌하고 에룬 섬을 신인께 바치겠나이다.]

바루니우스도 동조했다.

"신인을 좇아 남부를 정벌하였던 병사들의 신앙심은 아직도 뜨겁습니다. 이 뜨거운 피가 식기 전에 저희를 전장에 투입하여 주시옵소서. 에룬 섬을 정벌하여 저희의 뜨거운 신앙심을 증명하겠나이다."

토레는 키르샤였다.

바루니우스도 키르샤였다.

에룬 왕국쯤은 2명의 키르샤가 나서면 충분히 점령할 수 있었다. 굳이 하라간까지 나설 필요는 없는 일이었다.

한데 하라간이 직접 움직이겠다고 했다.

"단순히 에룬 왕국만이 아니야. 마고 왕국에서 도망친 천족의 잔당들이 어디로 갔을 것 같나? 대륙을 다 뒤져도 놈들의 발자취는 목격되지 않았어."

"아!"

바루니우스가 무릎을 쳤다.

토레는 눈을 노랗게 빛냈다.

[그 날개 달린 뼈다귀들이 에룬 왕국에 숨어들어 있겠군요. 알겠사옵니다. 이 기회에 천족 놈들까지 싹 쓸어버리겠습니다.]

토레가 으르렁거렸다.

에룬 왕국 정복을 위한 전쟁 준비는 그렇게 시작되었다.

제7화
2차 대전쟁

Chapter 1

전쟁 준비는 그리 오래 걸리지 않았다. 룬드 왕국과 헤닝 왕국, 아쿤 왕국에 명을 내리자 눈 깜짝할 사이에 8,000척에 가까운 함선들이 모였다.

바루니우스는 이 가운데 4,000척만 소집했다.

함선 한 척당 전투병을 100명씩 태우면 400,000명이었다.

"그건 너무 많아. 보급선까지 포함해서 배는 4,000척을 끌고 가겠지만, 에룬 왕국을 정벌하는 데 그 정도 병력은 필요 없어."

병력만 많다고 무조건 좋은 게 아니었다. 바루니우스는

북부 각 왕국에서 300,000명만 소집하기로 결정했다. 그 다음 이 대군을 어떻게 나눠서 전개할 것인지 작전 계획을 가다듬었다.

라티파가 바루니우스를 위해 마력함을 투입해 주었다. 군나르 왕국에서는 타워의 마법사들을 동원하여 마력함 10기를 추가 건조해 놓았는데, 라티파는 여기에 기존의 마력함을 20기를 더 얹어서 총 30기를 바루니우스에게 제공했다.

12월 14일.

룬드 왕국 동쪽 해안에서 출정식이 열렸다.

"충! 성!"

항구에 도열한 전투병들이 하라간을 향해 일제히 무릎을 꿇었다. 하라간은 손을 들어 전투병들의 노고를 치하했다.

출정식을 마친 병력 가운데 250,000명은 2,500척의 함선에 나눠 타고 먼저 출항했다. 나머지는 1,500척의 보급선을 이용하여 약간의 시간 차를 두고 뒤따라오는 것으로 계획되었다.

전쟁의 총사령관을 맡은 토레와 바루니우스는 굳이 함선에 탑승하지 않았다. 그들은 하라간과 함께 마력함을 타고 에룬 섬으로 날아갈 예정이었다.

하라간은 이번 전투에서 잉그리드를 제외시켰다.

대신 레이나를 투입했다. 심판의 날 하라간의 무력을 경험한 탓일까? 레이나는 한층 더 경외심을 갖고 하라간을 대했다.

하라간은 샤샴도 마력함에 태웠다. 천족의 책사인 샤샴은 하라간이 두려워서 찍소리 못하고 전쟁터에 끌려갔다.

12월 25일.

에룬 섬 서쪽 해안에는 흰 눈이 휘몰아쳤다. 눈보라 때문에 한 치 앞도 분간하기 어려웠다.

휘이이이잉—

음산한 바람 소리가 마치 유령의 울음처럼 들렸다.

혹독한 날씨에도 불구하고 하늘에선 마력함 30기가 편대 비행을 했다. 꽁지에서 푸른 광채를 내뿜으며 하늘을 횡단하는 마력함들은, 멀리서 보는 것만으로도 탄성이 절로 나왔다.

바다 위에선 대규모 함대가 정박 중이었다.

이렇게 눈보라가 심한 날에 배를 운용하는 것은 미친 짓이었지만, 의외로 에룬 섬 해안가의 파도는 잠잠했다.

헤닝 왕국 워메이지(War Mage: 전투 마법사)들의 스테빌라이제이션(Stabilization: 안정화) 마법 덕분이었다.

해안에 안전하게 정박한 함선으로부터 북부의 정예병들이 내렸다.

[신인이시여, 여기서부터는 병사들과 함께 이동하겠습니다.]

토레가 하라간에게 고했다.

[저도 하선하겠나이다.]

바루니우스도 병사들과 동행하겠노라고 청했다.

"그렇게 해. 에룬의 궁전에서 보자고."

하라간의 허락이 떨어졌다. 토레와 바루니우스는 마력함에서 맨몸으로 뛰어내려 해안에 집결 중인 아군 병력과 합류했다.

매섭게 휘몰아치던 눈발도 이들 키르샤의 앞에서는 봄바람처럼 온순하게 돌변했다. 토레와 바루니우스는 250,000명의 병력을 둘로 나눴다.

바루니우스가 220,000명의 본진을 맡았다. 대규모 병력을 조율하며 전장을 지배하는 업무에는 토레보다 바루니우스가 더 적합하기 때문이었다.

대신 토레는 30,000명의 정예 기마군단을 지휘했다. 군나르 왕국에서 차출된 온바도 이 기마군단에 배속되었다.

[내가 먼저 가서 놈들의 혼을 빼놓도록 하지.]

토레가 바루니우스에게 손을 내밀었다.

바루니우스는 공손히 그 손을 맞잡았다.

"네, 군주님. 뒤쫓아 가겠습니다."

악수를 마친 토레가 30,000 기마병을 이끌고 먼저 출발했다.

　바루니우스도 본진을 정비하여 그 뒤를 따랐다.

　무슨 이유에선지 에룬 섬은 조용했다. 해안가에 보초병도 보이지 않았다. 하라간의 군대는 꽤 먼 거리를 진격할 때까지 적병을 만나지 못했다.

　그나마 몇 차례 요새 관문을 맞닥뜨리기는 했다. 성문이 활짝 열려 있고, 내부는 텅 빈 요새들이었다.

　[으으음. 이거 좋지 않군.]

　토레가 눈을 찌푸렸다.

　정상적인 상황이라면 토레의 기마병은 에룬 왕국의 병력들과 벌써 몇 차례를 부딪쳤어야 정상이었다. 그런데 요새가 이렇게 폐허로 변한 것을 보면, 에룬 왕국에 무언가 큰일이 벌어진 것이 분명했다.

　[아마도 천족들이 벌인 짓이겠지. 날개 달린 뼈다귀 놈들이 에룬 왕국을 망가뜨린 게야. 쯧쯧쯧.]

　토레가 육지로 이동하는 동안, 하라간은 마력함을 타고 에룬 섬 해안가를 크게 우회했다. 휘몰아치는 눈보라도 하라간의 마력함 편대를 위협하지는 못했다.

　"정말 크군. 이건 섬이라기보다는 새로운 대륙이라고 봐야 할 것 같아."

발밑으로 휙휙 지나가는 해안가 절벽을 굽어보면서 하라간은 에룬 섬의 크기를 다시 한 번 되새겼다. 이 섬의 면적은 북부의 몇몇 왕국들보다도 오히려 더 컸다. 하라간의 마력함 편대는 시계 방향으로 섬을 우회하면서 에룬 섬 전체를 한 바퀴 빙 둘러 정찰했다. 그다음 처음 출발지로 다시 돌아와 북동쪽 방향으로 기수를 틀었다.

토레와 바루니우스가 출발한 바로 그 방향이었다.

하루 뒤, 마력함 편대가 바루니우스의 본진을 따라잡았다.

고오오옹!

하라간의 마력함 편대가 머리 위에서 지나가자 북부의 병사들이 투구를 벗어서 흔들며 환호성을 질렀다.

"와아아아아—"

"신인 만세."

"만세. 만만세."

열렬한 환호를 받으면서 본진 머리 위를 통과한 마력함 편대는 이튿날 새벽 5시경에 토레의 기마군단과 합류했다.

하라간의 군대가 천족들과 맞닥뜨린 것은 그로부터 만 하루가 더 지난 시점이었다.

Chapter 2

12월 28일.

토레의 기마대는 에룬 왕국 수도 바로 앞의 황무지에서 천족 잔당들과 정면으로 충돌했다. 황무지 너머 저 멀리에 에룬 왕국의 기기묘묘한 궁전이 우뚝 서 있는 모습이 보였다.

[크허헝!]

심해저 1층 레벨의 마물 레오덴스가 출격했다. 말에서 뛰어내려 거대한 사자형 마물로 변신한 토레는 단 두어 걸음 만에 수 킬로미터를 뛰어넘었다. 그러곤 천족 진영 한복판에 뚝 떨어졌다.

"끼요오오옷!"

토레의 뒤를 이어 온바의 기마군단이 전력을 다해 말을 달렸다.

하늘에선 30기의 마력함이 푸른 불꽃을 뿜었다.

"이런!"

대원사가 얼굴을 악귀처럼 구겼다.

파오거 대평원 전투에서 하라간에게 패한 천족들은 이곳 에룬 섬을 제2의 근거지로 삼고자 했다. 에룬 섬의 솔샤르들을 무자비하게 죽이며 진격한 천족들은 두 가지 작전을 동시에 사용했다.

첫째, 에룬 왕국의 성들을 무너뜨려 천족의 영토를 확보하는 것.

둘째, 그때 죽인 솔샤르들을 천족으로 만들어 병력을 보충하는 것.

두 가지 작전은 의외로 수월하게 진도가 나갔다. 동쪽의 신비한 섬에 고립된 에룬 왕국은 별다른 저항도 하지 못하고 속수무책으로 천족들에게 밀렸다.

그렇게 천족들을 근거지를 확보하는 한편, 대원사는 적당한 인물을 납치해 천계의 전전대 여왕을 부활시켰다.

"영멸의 법진을 재구성하려면 1명이 더 필요하지. 우리에겐 전전대 여왕님이 필요해."

이것이 대원사의 주장이었다.

베레니케가 그 희생양으로 선택되었다. 과감하게도 대륙 중심부까지 침투하여 납치해 온 베레니케는 정말 최상의 재료였다.

완벽하게 뒤틀린 영혼.

완벽하게 우수한 체질.

이 두 가지를 한 몸에 갖춘 인재는 베레니케 말고는 없을 것 같았다. 대원사는 즉시 전전대 여왕의 부활 의식에 돌입했다.

좌원사와 우원사가 대원사의 의식을 도왔다. 그것만으로

부족하여 빛의 신장 플라비우스와 어둠 신장 막센도 전력을 다해 의식에 참여했다. 그렇게 피나는 노력을 기울인 끝에 전전대 여왕의 강림 의식이 거의 완성되었다.

때마침 천계의 여왕도 부상을 회복하고 떨쳐 일어났다.

"이제 되었다. 마해의 초거대 마물들이 눈치를 채기 전에 이곳 에룬 섬을 완전히 접수하자."

대원사의 주장처럼 천족들이 에룬 섬을 완전히 정복하려면, 에룬 왕국의 마지막 보루인 궁전을 함락시키는 것이 필요했다.

천족들이 즉각 힘을 결집했다. 그다음 에룬 궁전을 향해 우르르 날아갔다.

특이하게도 에룬 왕국의 궁전은 평지에 있지 않았다. 해발 8,000 미터가 넘는 척박한 산꼭대기에 우뚝 솟은 건축물이 바로 에룬 왕국을 다스리는 궁전이었다.

이 기기묘묘한 궁전은 생김새도 희한했다. 마치 신화 속의 거인이 거대한 검을 산꼭대기에 푹 꽂아 놓은 듯한 모양새였는데, 궁전의 높이가 무려 3,400 미터나 되었고 건물 내부에는 100개가 넘는 층이 존재했다.

대개 구름은 고도 3,000 미터 수준에서 형성되는 법.

따라서 산에 구름이 끼는 날에는 외부에서 궁전이 보이지 않았다. 날이 맑아 산봉우리가 드러나야 비로소 에룬 왕국의 궁전이 사람들 눈에 드러났다.

대원사는 바로 이 희한한 궁전을 손에 넣기 위해 천족 전사들을 다그쳤다.

"가라. 가서 저 괴상한 궁전을 빼앗아라. 저곳이 우리의 새 보금자리가 될 것이니라."

[넵.]

대원사의 명을 받은 천족 전사들이 날개를 활짝 펴고 산봉우리로 날아올랐다. 플라비우스와 막센을 비롯한 천족 수뇌부들도 모두 공격에 동참했다.

한데 에룬 왕국의 저항이 의외로 거셌다.

쩌저적! 쩌적!

궁전 가까이 접근한 천족 전사들이 알 수 없는 힘에 의해 온몸이 굳었다. 까마득한 상공에서 날개가 굳어 버린 효과는 치명적이었다. 천족 전사들은 비명도 제대로 지르지 못하고 추락했다.

물론 천족의 뼈는 금속보다 더 단단했다. 어지간한 높이에서 추락하는 정도로는 뼈가 부서질 리 없었다.

문제는 영혼 사망.

미지의 힘에 노출된 천족 전사들은 그 즉시 영혼이 부서졌다. 그렇게 혼이 바스러지고, 남은 뼈다귀만 빙글빙글 허공을 돌다가 지상으로 추락한 것이다.

대원사는 등골이 오싹했다.

"후퇴. 후퇴."

대원사의 지휘에 따라 천족 전사들이 한발 물러섰다.

플라비우스가 항의했다.

"대원사님, 왜 후퇴 명령을 내리셨습니까? 좀 더 몰아붙이면 저 궁전을 충분히 점령할 수 있습니다."

"나도 아군이 승리할 것이라고 믿네. 하지만 어떤 이유에서 우리 전사들이 추락하는 것인지 원인이 파악되지 않았어. 그렇지 않아도 아군 병력 한 개체 한 개체가 소중한 판국이라네. 이런 상황에서 아군의 피해를 무시하고 돌격 명령을 내릴 순 없어."

대원사의 말이 옳았다. 파오거 대전투에서 패배하면서 천족은 그 수가 치명적으로 감소했다. 이곳 에룬 섬에서 조금씩 천족 병력들을 늘리고는 있지만, 아직도 병력이 많이 부족했다.

플라비우스가 손으로 가슴을 두드렸다.

"하면 제가 나서겠습니다. 전사들을 희생시키지 말고, 저를 보내 주십시오. 제가 저 궁전의 보호 마법을 뚫겠습니다."

"으음."

대원사가 심각하게 고민했다.

병력을 아끼려면 일반 천족들을 돌격시키는 것보다 플라

비우스 한 명이 나서는 편이 훨씬 더 좋았다. 문제는 영멸의 법진이었다.

대원사는 결국 플라비우스를 말렸다.

"조금만 참게. 저 궁전에 걸린 보호 마법이 무엇인지 내가 알아낼 터이니, 조금만 참아 주게. 만에 하나 플라비우스 자네가 다치기라도 한다면 큰일이야. 자네가 다치면 영멸의 법진을 사용할 수 없고, 그러다 마해의 초거대 마물이 우리를 추격해 오기라도 한다면 큰일 아닌가."

이 또한 대원사의 의견이 옳았다.

"끄으응. 알겠습니다."

결국 플라비우스는 한 발 뒤로 물러섰다.

그때부터 대원사는 에룬 왕국의 궁전 주변에 걸린 보호 마법이 무엇인지 알아내느라 고심에 빠졌다. 좌원사와 우원사도 대원사의 일을 도왔다.

그렇게 삼원사가 식음을 전폐하고 고민했건만, 안타깝게도 보호 마법의 비밀은 풀리지 않았다.

"거참, 희한하구나. 미개한 인간들이 어떻게 이런 신비로운 마법을 창안했을꼬?"

대원사가 고개를 갸우뚱했다.

희한한 점은 또 하나 있었다. 천족들이 궁전을 빙 둘러싸고 공략을 하고 있건만, 궁전 내부에서는 아무런 반응이 없었다. 에룬 왕국의 그 어떤 병력도 궁전 밖으로 나오지 않았다. 그저 보호 마법만 믿고 궁전 안에 숨어 있는 듯했다.

"그것참, 알 수 없는 놈들이야."

대원사는 한 번 더 혀를 내둘렀다.

천계에서 궁전의 비밀을 풀고 보호 마법을 해제하기 위해 애를 쓸 즈음, 하라간이 이끄는 대규모 병력이 에룬 왕국에 상륙했다. 거침없이 진격한 하라간의 군대는 불과 사흘 만에 에룬 왕국의 수도에 도착했다.

정찰을 나갔던 천족 전사가 그 사실을 수뇌부에 알렸다.

대원사가 뒷목을 잡았다.

"컥! 마물들이 벌써 여기까지 쳐들어왔어?"

"이런. 아직 에룬 궁전을 점령하지도 못하였는데 이걸 어쩐단 말인가."

좌원사도 얼굴을 찌푸렸다.

우원사가 팔을 걷어붙였다.

"어쩌긴 뭘 어째? 당장 그 마물들부터 물리쳐야지."

어차피 천족의 입장에서는 더 이상 도망칠 곳도 없었다. 패잔병이 되어 천계로 되돌아간들 희망은 없었다. 천신의 은혜가 끊긴 이상, 천족은 서서히 말라죽을 터였다.

Chapter 3

천계의 여왕이 결단을 내렸다.

"영멸의 법진을 준비하세요. 여기서 끝장을 봅시다."

대원사가 어쩔 수 없이 수긍했다.

"휴우, 알겠습니다. 영멸의 법진으로 마해의 마물들과 싸울 준비를 하겠습니다."

좌원사와 우원사, 육대신장들이 결의에 찬 표정으로 자리에서 일어섰다.

천계 VS 마해.

마해 VS 천계.

두 세계의 2차 대전쟁이 이제 시작될 차례였다.

대원사를 중심으로 좌원사와 우원사가 자리를 잡았다. 빛의 신장 플라비우스와 어둠 신장 막센이 각자의 위치에 섰다. 마지막 남은 한 자리를 천계 여왕의 차지였다.

이상 6명이 육각형을 만들고는 양손을 가슴으로 보았다. 그들의 손바닥 사이에서 각기 다른 색깔의 빛이 터져 나왔다. 그 빛이 서로에게 연결되어 총 15개의 직선을 그렸다.

콰르르르—

육각형의 법진을 중심으로 세상이 허물어졌다. 천족 수뇌부들은 '이게 마지막이다.' 라는 절박한 심정으로 지난바 모든 에너지를 영멸의 법진으로 투입했다.

그렇게 쥐어짜고 또 쥐어짠 에너지가 영멸의 법진을 활성화시켰다. 탄력을 받은 법진이 여섯 천족의 여섯 종류 에너지를 6의 배수로 뻥튀기했다.

처음엔 6배.

이어서 36배.

그다음은 216배.

이런 식으로 증폭된 에너지는 결국 10,077,696배라는 어마어마한 숫자에 도달했다. 이 에너지가 영멸의 법진을 완전히 충전시켰다.

완성된 법진 위로 여성 한 명이 뛰어들었다.

다름 아닌 베레니케였다. 천족들에게 납치를 당한 베레니케는 무려 스무 장의 날개를 펄럭이며 날아와 법진이 증폭한 에너지를 온몸으로 받아들였다.

"끄으으으윽!"

베레니케가 이빨을 꽉 물었다.

베레니케의 몸에 착용된 천계의 삼신기가 영멸의 법진이 제공하는 에너지를 모두 빨아들여 하나로 합쳐졌다.

삼신기 합체 완료.

붉은 왕관으로 합쳐진 삼신기가 까마득히 높은 하늘로 후웅 날아올랐다. 빙글빙글 회전하면서 부유한 붉은 왕관은 강렬한 광채를 내뿜으며 점점 커졌다.

"아아—"

삼신기를 빼앗긴 베레니케가 짧은 비명과 함께 추락했다.

사실 그녀는 베레니케가 아니었다. 베레니케의 혼은 이미 파멸했고, 그 자리를 천계의 전전대 여왕이 차지했다.

천계의 여왕을 비롯한 수뇌부들은 쓰러진 베레니케에게는 신경도 쓰지 않았다.

"크으윽, 어서."

"어서. 어서!"

다들 최후의 한 방울까지 에너지를 쥐어짜서 영멸의 법진에 공급했다. 법진은 악착같이 착취한 에너지를 천만 배도 넘게 뻥튀기하여 붉은 왕관에 공급했다. 하늘 높은 곳에 걸린 붉은 왕관이 공포의 여왕을 만들어 내었다.

실체도 없이, 오직 영멸의 법진을 통해서만 임시적으로만 만들어지는 여왕이 또다시 인간 세상에 강림했다. 무려 수 킬로미터 높이까지 솟구친 여왕은 뿌연 수증기와 같은 형태로 존재를 드러내더니, 하라간의 군대를 향해 거대한 손을 뻗었다.

1차 대전쟁 당시 공포의 여왕은 맨손이었다.

그런데 지금은 그 거대한 손에 수증기처럼 창의 형상이 맺혀 있었다.

이것은 베레니케, 아니 천계의 전전대 여왕이 그만큼 강력한 존재이기 때문이다. 덕분에 공포의 여왕도 1차 대전쟁 당시보다 한 단계 더 발전했다.

[끼이잉.]

키르샤급 군주인 토레도 감히 공포의 여왕 앞에 서 있을 수가 없었다. 토레의 마물 레오덴스가 겁을 집어먹고 사타구니 사이로 꼬리를 말았다.

바루니우스의 마물 롤코도 레오덴스와 다를 바 없었다. 공포의 여왕을 마주한 순간 롤코는 거의 패닉 상태가 되어 버렸다.

심지어 다즈키르샤인 레이나도 공포의 여왕을 마주 보지 못했다.

"뒤로 빠져."

하라간이 엄지로 등 뒤를 가리켰다.

[휴우─]

[후와아.]

"하아악."

하라간이 앞을 막아 주자 레이나와 토레, 바루니우스가 비로소 숨을 내쉬었다. 공포에 질려 딱딱하게 굳었던 그들의 몸이 겨우 풀려났다.

쑤왕─

공포의 여왕이 하라간을 향해 거대한 창을 내질렀다. 형태가 뿌옇게 흐린 창의 길이는 줄잡아서 수 킬로미터는 되었다. 그 창이 꿀렁꿀렁 공기를 흔들며 하라간의 가슴으로 파고들었다.

"옜다."

하라간이 허공에 민치 하나를 휙 집어 던졌다.

휘리릭 회전하면서 날아간 민치가 허공에서 부와악 증폭되었다. 눈 깜짝할 사이에 20 킬로미터의 크기로 커진 민치는 이내 밀레노덴스로 변해 버렸다.

심해저 3층 가장 밑바닥.

그 깊고 어두운 세계를 쿵쿵 걸어 다니는 초거대 마물 밀레노덴스.

흡사 매머드를 연상시키는 밀레노덴스는 8개의 다리로 대지를 꽉 움켜쥐고, 6개의 상아를 하늘 높이 치켜들더니, 엄청나게 거대한 포효를 내뿜었다.

[뿌와아아아아아앙.]

강렬한 포효와 함께 산맥을 연상시키는 거대한 상아가 적의 가슴을 들이받았다.

이것이 끝이 아니었다. 밀레노덴스의 등에 구멍이 뻐끔뻐끔 열리더니 그 구멍으로부터 마물 화살 1,000발이 동시에 발사되었다.

공포의 여왕이 내지른 창이 밀레노덴스의 어깻죽지를 찔렀다.

[뿌우우워어어.]

밀레노덴스가 발광했다.

대신 밀레노덴스의 상아에 가슴이 찔린 공포의 여왕도 뒤로 쿵쿵 물러섰다.

원래 밀레노덴스의 크기는 대륙 전체를 합친 것보다 더 거대했다. 밀레노덴스의 상아 한 개가 부쿤 대산맥에 버금갔다.

하라간이 밀레노덴스의 크기와 무게를 확 줄여 버렸다. 본래 크기대로 소환하면 대륙이 그 무게를 버티지 못하고 붕괴하기 때문이었다.

비록 크기는 줄어들었지만, 밀레노덴스의 무지막지한 권능과 포악한 성질은 죽지 않았다. 단숨에 성벽을 허물어뜨릴 것 같은 마물 화살 1,000발을 동시에 쏘아 대면서 밀레노덴스는 공포의 여왕을 힘껏 밀어붙였다.

6개의 상아에 붙잡힌 공포의 여왕이 힘에서 밀려 뒤로 쭉쭉 미끄러졌다.

공포의 여왕이 반투명한 창을 번쩍 들어 밀레노덴스의 등을 찔렀다.

[뿌워어어억!]

비명을 지른 밀레노덴스가 자폭이라도 하듯이 상아를 터뜨렸다.

Chapter 4

투쾅! 투쾅! 투콰앙!

상아가 하나 터질 때마다 부쿤 대산맥이 통째로 붕괴하는 정도의 파괴 에너지가 쏟아졌다. 지상에서 이 정도 혈투가 벌어지면 에룬 섬이 바닷속으로 가라앉아야 마땅했다. 전투의 여파에 휘말려 하라간의 군대와 주변의 천족들도 모두 박살 나야 정상이었다.

하지만 피해는 주변으로 번지지 않았다. 하라간이 보호막을 쳐 준 덕분이었다. 공포의 여왕과 밀레노덴스는 하라간의 보호막 안에서만 싸웠고, 그 여파는 밖으로 새어 나오지 않았다.

콰악!

공포의 여왕이 또다시 창을 내리찍었다. 수 킬로미터나 되는 창이 밀레노덴스의 몸속으로 절반 가까이 박혔다.

밀레노덴스는 미친 듯이 상아를 폭발시켜 반격했다. 마물 화살도 쉬지 않고 난사했다.

그 노력이 빛을 발한 것일까? 하늘 높은 곳에서 부유 중인 붉은 왕관에 금이 조금 갔다. 공포의 여왕이 살짝 흐려졌다.

그만큼 공포의 여왕도 타격을 받았다는 반증이었다.

하지만 밀레노덴스가 받은 타격은 그보다 훨씬 더 컸다. 밀레노덴스의 몸에서 피가 철철 흘렀다. 8개의 굵은 다리가 후들후들 떨렸다.

꽈악.

공포의 여왕이 한 손으로 밀레노덴스의 목을 붙잡았다. 그다음 창을 높이 들었다가 힘껏 내리찍었다.

[뿌억!]

밀레노덴스의 머리가 하늘로 확 치켜 들렸다.

쿠웅, 쿵, 쿵, 쿵.

8개의 다리 가운데 뒤쪽 4개가 꺾여서 대지에 무릎을 꿇었다.

공포의 여왕이 밀레노덴스의 얼굴을 힘껏 움켜잡았다.

뿌직!

여왕의 손가락이 밀레노덴스의 눈알을 터뜨리며 파고들었다.

밀레노덴스가 고개를 휘저어 여왕을 뿌리쳤다.

그보다 한발 앞서 공포의 여왕이 밀레노덴스의 심장에 창을 쑤셔 박았다.

[뿌우어어어어—]

길고 구슬픈 울음과 함께 밀레노포스의 나머지 4개의 다리도 무릎을 꿇었다. 숨을 헐떡이는 초거대 마물을 향해 공포의 여왕이 창을 치켜들었다.

"여기 하나 더 있다."

하라간이 민치 하나를 추가했다.

휘리릭 허공으로 날아온 민치가 마해 밑바닥의 초거대 마물로 변신했다. 이번엔 섬광의 거인 부움이었다.

꽈아아앙!

부움이 두 주먹으로 힘껏 대지를 내리찍었다. 그다음 그 자리에서 번쩍 사라졌다가 공포의 여왕 뒤편 120도 위치에 나타나서 또 한 번 대지를 찍었다. 마지막으로 240도 위치에서 세 번째 공격을 퍼부었다.

이 3단 콤보가 하나로 합쳐졌다. 출렁거리는 충격파 3개가 공포의 여왕에게 집중되었다.

공포의 여왕이 비틀거렸다.

그 와중에도 공포의 여왕은 창을 내질러 부움을 공격했다.

부움이 번쩍 사라졌다가 또다시 3단 콤보 공격을 날렸다. 공간 이동을 자유롭게 하는 부움은 정말 상대하기 까다로운 마물이었다.

공포의 여왕이 연달아 적의 공격을 허용하며 휘청거렸다. 붉은 왕관에 형성된 실금이 좀 더 깊게 전파했다. 금이 간 곳으로부터 붉은 루비 같은 부스러기가 떨어졌다.

하라간이 놀리듯이 중얼거렸다.

"하나 더 줄까?"

민치 하나가 또다시 하늘로 날아올랐다. 이번 민치는 심해저 3층 밑바닥의 초거대 마물, 터를키르샤로 변했다.

등짝의 크기만 무려 23킬로미터나 되는 터를키르샤가 공포의 여왕을 들이받았다. 물론 진짜 터를키르샤는 이보다 훨씬 더 크지만, 하라간이 의도적으로 크기를 축소했다.

공포의 여왕이 반사적으로 창을 찔렀다.

밀레노덴스를 무차별적으로 타격했던 창이 터를키르샤의 등껍질은 뚫지 못했다.

방어력이 무지막지한 대신 터를키르샤는 공격력이 그리 강하지 못했다. 그 빈틈을 부웅이 메워 주었다. 공포의 여왕이 공격을 퍼부으면 터를키르샤가 막았다. 그사이 부웅이 번쩍번쩍 공간을 점프하면서 공포의 여왕에게 충격파를 날렸다.

하라간이 놀리듯이 민치를 하나 더 던졌다.

휘릭 날아간 민치가 초거대 마물 녹스 다즈키르샤로 변했다.

12개의 머리를 곤두세워 공포의 여왕을 노려본 녹스 다즈키르샤는 12개의 아가리를 쩍 벌려 거친 숨결을 내뱉었다.

녹스 다즈키르샤의 숨결은 곧 어둠이었다.

시커먼 어둠이 뭉쳐서 날아가 공포의 여왕을 칭칭 휘감았다.

부움, 터를키르샤, 녹스 다즈키르샤.

세 종류의 초거대 마물이 힘을 합치자 공포의 여왕도 상대하기 쉽지 않았다.

물론 공포의 여왕도 치명타는 입지 않았다. 대륙을 분쇄할 정도의 충격파를 정면으로 맞고도 공포의 여왕은 끄떡하지 않았다. 터를키르샤의 육탄 돌격을 받고도 여왕은 잘 버텼다. 녹스 다즈키르샤의 끈적끈적한 어둠에 휩싸이고도 여왕의 동작은 그리 느려지지 않았다.

대신 공포의 여왕에게 허락된 시간이 이제 점점 줄어들었다.

"끄으윽. 꾁. 아, 안 돼. 이제 한계야."

우원사가 먼저 비명을 질렀다.

대원사가 악을 썼다.

"안 돼. 우원사, 좀 더 버티게. 여기서 무너지면 끝장이야."

"끄아앗."

어둠 신장 막센도 어금니가 부서져라 버텼지만, 곧 한계에 달할 것 같았다.

좌원사와 플라비우스도 언제 쓰러질지 몰랐다.

그나마 천계의 여왕과 대원사가 영멸의 법진을 지탱했다. 천계의 여왕은 피눈물을 흘리며 하라간을 노려보았다.

'대체 저자가 누구인가? 신인이라 불리는 놈인 것 같은데, 어떻게 이런 초거대 마물을 자유롭게 소환한단 말인가? 크으윽. 천신께서 정녕 우리 천족들을 버리신단 말인가? 아아아, 천신이여 도와주소서.'

천계 여왕은 천신께 간절히 빌었다.

하라간이 천계 여왕을 돌아보았다.

"흡!"

하라간과 눈이 마주친 천계 여왕이 화들짝 놀랐다.

자신이 왜 이렇게 놀라는지 천계 여왕은 알지 못했다. 그저 가슴이 통째로 무너지고 온몸에서 힘이 빠진다고 느낄 뿐이었다.

"아아아."

천족 수뇌부들 가운데 가장 잘 버티던 천계 여왕이 제일 먼저 주저앉았다.

법진의 여섯 꼭짓점 중 하나가 무너진 여파는 치명적이었다.

"크악!"

법진의 모든 중력을 떠안게 된 대원사가 피를 토했다. 뇌속 핏줄까지 모두 터지면서 대원사는 백치가 되었다.

"크윽."

"컥."

연쇄 반응을 하듯이 좌원사와 우원사가 고꾸라졌다. 둘다 모세 혈관까지 모두 터져 즉사했다.

빛의 신장 플라비우스가 뒤로 뻥 날아갔다. 플라비우스의 몸은 만신창이가 되어 폭발해 버렸다. 어둠 신장 막센은 머리부터 발끝까지 모두 피를 쏟으며 절명했다. 이들 두 신장은 비명 한마디 지르지 못하고 갔다.

후우우우와아아앙—

영멸의 법진이 허물어지면서 어마어마한 에너지가 하늘로 솟구쳤다.

와장창!

하늘 높은 곳에 떠 있던 붉은 왕관이 깨졌다. 커다란 왕관이 다시 삼신기의 형태로 분리되는가 싶었다. 그렇게 분리된 삼신기마저도 금이 쩍쩍 가면서 박살 났다.

허공에서 금빛, 은빛, 그리고 붉은빛 가루가 푸스스 쏟아져 내렸다. 그 가루들이 죽은 듯이 쓰러져 있던 베레니케의 몸으로 흡수되었다.

[크악.]

베레니케가 벌떡 일어났다.

제8화

신들의 충돌

Chapter 1

[크와아악—]

총 스무 장의 날개를 펄럭이며 일어난 베레니케는 무지막지한 속도로 달려들어 하라간을 끌어안았다.

마치 자폭 공격이라도 하겠다는 태도였다.

"쯧쯧쯧."

하라간이 혀를 찼다.

'배덕녀 실비아를 닮았다는 이유로 너를 마구 구타한 적도 있었지. 그런데 이 꼴이 된 것을 보니 조금 안쓰럽기도 하구나.'

하라간이 베레니케에게 손을 뻗었다.

이미 베레니케의 영혼은 소멸된 상태였다. 그런데 몸뚱어리까지 처참하게 박살나게 만들 수는 없었다.

"편히 보내 주마."

하라간의 권능이 발휘되었다.

그때 이미 베레니케의 몸뚱어리에는 실금이 쩍쩍 간 상태였다. 베레니케의 몸속에서 폭발적으로 휘몰아치는 삼신기의 에너지가 금방이라도 베레니케의 피부를 뚫고 강렬한 폭발을 만들 듯했다. 실제로 베레니케의 몸이 바람을 채운 돼지 오줌보처럼 부풀었다.

"스톱."

하라간의 권능이 그 폭발을 저지했다.

베레니케의 몸에 흐르는 시간이 뚝 정지했다. 하라간이 뿜어낸 차가운 냉기가 베레니케의 몸으로 스며들어 피부에 뚫린 구멍들을 메웠다. 동시에 삼신기의 에너지는 베레니케의 몸에서 쭈욱 빨려 나와 하라간의 손바닥 속으로 흡수되었다.

터질 듯이 부풀었던 베레니케의 몸이 다시 정상으로 가라앉았다. 그 상태에서 베레니케는 마치 살아 있는 듯 생생한 모습으로 얼음조각이 되었다.

배덕녀 실비아가 얼음조각이 되어 버린 것처럼, 실비아와 꼭 닮은 베레니케도 얼음이 되어 그 몸을 보존하였다.

하라간이 손가락을 까딱였다.

베레니케의 몸이 지상에 사뿐히 내려앉았다.

천족 수뇌부 가운데 숨이 붙어 있는 자는 이제 천계 여왕과 대원사뿐이었다. 이 가운데 대원사는 백치가 되었다. 땅바닥에 엎어진 천계 여왕이 날개를 축 늘어뜨리고는 숨을 할딱였다.

하라간은 여왕을 물끄러미 바라보다가 손가락을 튕겼다.

스릉!

여왕의 주변에 투명한 보호막이 형성되었다.

"혼자 남은 너까지 죽일 필요는 없지."

하라간은 천족이 이 세상에서 완전히 없어지는 것은 원치 않았다.

"너를 통해 천족의 역사는 계속될 것이다."

하라간이 의지를 일으켰다. 공기 방울처럼 천계 여왕을 감싸고 있던 투명한 막이 펑 사라졌다. 그 속에 들어 있던 천계 여왕도 어디론가 자취를 감추었다.

하라간은 자신에게 주어진 권능으로 여왕을 다시 천계로 돌려보냈다. 여왕이 사라질 때 천족 잔당들도 함께 천계로 돌아갔다. 하라간은 천계의 책사 샤삼도 여왕 곁에 돌려보내 주었다. 클로테스를 비롯한 천족들도 모두 천계로 가 버렸다.

이제 전쟁은 거의 막바지였다.

천족들을 물리치고 에룬의 궁전으로 올라가면서 하라간은 병력 대부분을 산 아래 남겨 두었다.

하라간은 에룬 왕국 점령을 위해 250,000명이나 되는 대군을 데려온 것이 아니었다. 에룬 왕국의 수뇌부들을 처단하고 적의 항복을 받아 내는 일은 하라간 스스로 할 생각이었다.

"그 후 에룬 왕국에 남아서 식민지를 건설하고 치안을 유지하려면 병력이 필요하지."

이것이 하라간이 대군을 섬에 끌고 온 이유였다.

하라간은 식민지의 총독도 이미 낙점해 두었다.

"바루니우스."

"신인이시여, 말씀하소서."

"그대가 남아서 이곳 에룬 식민지를 다스리도록 해."

"명을 따르겠나이다."

바루니우스는 1초도 망설이지 않고 하라간의 뜻을 받들었다.

하라간이 바루니우스에게 고개도 돌리지 않고 말을 이었다.

"아르네 수도에 있는 가족들도 모두 이곳으로 데려와. 이것으로 그대 가족들의 죄는 상쇄하도록 하지."

"아!"

바루니우스가 그 자리에 엎어져 눈물을 글썽였다.

바루니우스의 핏줄 가운데는 홀리 생츄어리의 집행자가 한 명 있었다. 홀리 생츄어리가 신인으로부터 버림을 받을 때, 그곳에 속한 모든 사제들이 백성들 손에 찢겨 죽거나 종교 재판을 거쳐 처형당했다. 하지만 바루니우스의 핏줄만큼은 죽지 않았다. 하라간이 바루니우스의 공을 봐서 용서해 주었기 때문이다.

그래도 백성들의 눈은 곱지 않았다. 바루니우스 집안사람들은 하루하루 주변의 눈치를 보며 살아야 했다. 바루니우스의 얼굴에도 늘 수심이 가득했다.

하라간이 그 점을 헤아렸다.

"이곳에서라면 눈치를 보지 않아도 될 거야."

하라간이 툭 던진 한마디에 바루니우스가 오열했다.

"흐흐흑, 감사하옵니다. 신인의 은혜에 감사드리옵니다. 우흐흐흐흑."

바루니우스는 하라간이 멀어질 때까지 그 자리에 엎드려 눈물만 펑펑 쏟았다.

마력함을 타고 해발 8,000 미터 높이로 올라가자 에룬 왕국의 독특한 궁전이 눈앞에 가까이 다가왔다.

"다 왔군."

하라간이 마력함에서 내려 궁전 앞에 섰다.

레이나가 하라간의 오른쪽 뒤에 자리했다. 토레는 왼쪽 뒤편을 맡았다. 하라간은 딱 이 2명만 산꼭대기에 데려왔다.

하라간이 레이나에게만 들리게 뇌파를 보냈다.

[레이나.]

[말씀하십시오.]

[이제 곧 세상에서 볼 수 없는 신들의 전투를 목격하게 될 것이다.]

[신들의 전투! 설마 마신께서 천신과 한판 붙는 것이옵니까?]

레이나는 하라간이 마신이라는 사실을 알고 있는 유일한 사람이었다. 레이나의 가슴이 두근두근 뛰었다.

하라간이 빙그레 웃다가 정색을 했다.

[그럴 가능성은 거의 없다고 본다만, 만에 하나 내가 대적자에게 패할 수도 있겠지.]

[헉!]

[만약에 그럴 기미가 보인다면, 너는 즉시 포탈을 열고 별궁으로 달려가 나의 가족들을 보호하라.]

[가, 가족분들을 말씀이십니까?]

레이나가 말을 더듬었다.

하라간이 표정을 풀고 다시 웃었다.

[물론 그럴 가능성은 거의 없지. 이 싸움은 내가 이긴다.]

하라간은 확신에 차서 말했다.

레이나가 주먹을 꽉 쥐고 부르르 떨었다.

'으으으. 마신과 천신의 전투를 내 눈으로 보게 될 줄이야. 으으으. 이 어마어마한 장면을 보는 것만으로도 나는 인생 최고의 순간을 맞이한 셈이구나.'

이런 희열이 레이나를 흥분케 만들었다.

다른 한편으로는 걱정도 되었다.

'만에 하나 마신께서 천신에게 패한다면, 그 뒤는 어떻게 되는 것일까? 과연 나의 미약한 힘으로 마신의 가족분들을 지켜 낼 수 있을까? 어디로 도망쳐야 하지?'

레이나의 눈에 비친 마신 하라간은 절대자였다.

그런 절대자를 꺾은 천신이라면 레이나가 어디로 도망치든 찾아내어 단숨에 찢어발길 것 같았다. 레이나는 난생처음 진심을 다해 하라간을 응원했다.

'제발 마신께서 승리하시기를. 제발, 제발.'

Chapter 2

레이나가 눈을 꽉 감고 기도하는 동안, 에룬 왕국 궁전의 문이 열렸다. 궁전 안에서 4명의 여인이 걸어 나왔다.

큰언니 에이프는 아르네 식민지에서 머물면서 하라간의 뒷조사를 했었다. 그러다가 홀리 생츄어리가 문을 닫을 때 도망쳐서 이곳 에룬의 궁전으로 돌아왔다. 귀여운 소녀처럼 보이는 외모와 달리, 에이프의 실제 나이는 500살이 넘었다.

둘째 오키드(Orchid: 난초)는 헤닝 왕국에 침투하여 헤닝의 행방을 추적하는 임무를 부여받았다. 그러다 최근 주인의 부름을 받고 자매들과 합류했다. 오키드는 몸이 늘씬하고 귀가 뾰족한 엘프의 모습이었다.

셋째 크리센써멈(Chrysanthemum: 국화). 줄여서 멈(Mum)은 룬드 왕국에서 잉그리드에 대한 정보를 수집하던 인물이었다. 그녀도 최근 에룬의 궁전으로 복귀했다. 미이라처럼 온몸을 붕대로 칭칭 감은 것이 멈의 특징이었다.

막내 뱀부는 에이프와 함께 에룬 섬으로 복귀했다.

이들 4명의 자매들 가운데 2명은 하라간의 눈에 익었다.

"아르네 수도에 있던 녀석들이군."

하라간이 아는 척을 했다.

에이프와 뱀부가 움찔했다.

하라간이 시선을 살짝 들었다.

4명의 시녀들만 밖에 내보내 놓고, 그 주인인 아라크 (Arak)는 성문 마루에 올라 한가롭게 전투를 지켜보는 중이었다.

에이프가 먼저 입을 열었다.

"신인의 얼굴을 직접 대면하는 것은 처음이네요."

"……."

하라간은 대꾸가 없었다.

살짝 빈정이 상한 듯, 에이프가 톡 쏘아 주었다.

"그런데 참 수완이 참 좋네요. 욘 아르네는 또 언제 포섭했데요? 그는 우리 주인님이 키운 사냥개였는데."

레이나가 기겁했다.

'허억, 신인이신 욘 아르네 님이 사냥개라고? 저년들이 욘 아르네 님을 키웠다고? 이게 대체 무슨 소리야? 그리고 마신께서 언제 욘 아르네 님을 포섭하셨단 말이지?'

하라간은 여전히 묵묵부답이었다.

에이프가 건방진 포즈로 손가락을 까딱였다.

"끝까지 모르는 척할 거예요? 뭐, 그러시든가. 하지만 우리에게는 사냥개가 한 명 더 있죠. 원래 우리가 키운 사냥개는 아니었는데, 최근 우리 쪽에 와서 꼬리를 흔들지 뭐예요. 이름이 벨커스라고, 욘 아르네의 대체품으로는 제법 쓸 만해요."

에이프의 말이 떨어지기 무섭게 온몸이 수증기로 이루어진 벨커스가 스스슥 모습을 드러내었다.

800년 전 욘 아르네의 절친한 친구.

은둔 수호자들을 길러 내어 남부 연합을 마물들의 손에서 지켜 낸 남부의 대스승.

그 벨커스가 아라크의 편에 서서 하라간의 앞을 막았다.

하라간이 비로소 입을 열었다.

"벨커스라면 정중한 대접을 받을 자격이 있지. 욘 아르네."

"마신이시여, 부르셨나이까."

놀랍게도 하라간의 등 뒤에서 욘 아르네 솔샤르가 환상처럼 모습을 드러냈다. 인간 최초로 마해를 발견하고, 마정석을 이용하여 마해의 마물들과 결합하는 방법을 북부인들에게 전파한 진짜 신인. 그 욘 아르네 솔샤르가 등장과 동시에 하라간에게 한쪽 무릎을 꿇었다.

[욘!]

벨커스가 파르르 진동했다.

에이프는 부들거리는 입꼬리를 억지로 붙잡으며 함빡 미소를 지었다.

"설마 하고 떠봤는데 진짜였네요. 주인님의 명도 없었는데 함부로 궁전을 떠나서 홀리 생츄어리에 이상한 예지몽을 내리고, 심판의 날과 같은 이상한 행사를 기획하고, 심지어 주인님의 소개장을 위조하여 나까지 속였죠? 호호호호. 그때부터 주인님께선 당신을 배신자라고 예측했거든요. 그런데 역시 그 예측이 맞았네요. 오호호호."

여기서 말을 끊은 에이프는 당장에라도 찢어 죽일 것 같은 눈빛으로 욘 아르네를 노려보았다.

"이런 충성심도 없는 것 같으니. 배은망덕하게도 네놈이 감히 우리 주인님을 배신해? 욘 아르네여, 입이 있으면 말해 봐라. 800년 전, 누가 너에게 마해의 비밀을 알려 주었느냐? 800년 전 누가 너에게 마정석을 이용하여 마해의 마물들을 불러오는 비법을 전수해 주었느냐? 바로 주인님이시다. 아라크 님 덕분에 네놈은 북부의 신인이 되었다. 그런데 네가 그런 은혜를 받고도 감히 배신을 해? 이런 찢어죽일 놈."

'으헉? 이건 또 무슨 소리야? 저 계집들의 주인이 신인께 마정석 사용법을 알려 주었다고?'

레이나가 화들짝 놀랐다.

토레도 충격을 받아 휘청거렸다.

반면 욘 아르네의 표정은 담담했다. 하라간도 표정 변화가 없었다.

이번엔 벨커스가 끼어들었다.

[욘, 이 어리석은 친구여. 마정석을 사용하여 마해의 마물들을 인간계로 소환하는 것은 절대 안 된다고 내가 누누이 충고하지 않았던가. 그런 짓을 벌였다가는 결국 인간계를 파멸로 이끌 뿐이야.]

욘이 옛 친구를 향해 빙그레 웃었다.

"그러는 자네는, 봉인석과 봉인골을 사용하여 마정석의 기능을 중단시키는 방법을 인간들에게 알려 주었지 않은가. 천족들이 봉인골을 자유롭게 사용하게 된 것도 모두 자네가 뒤에서 지식을 전달했기 때문 아닌가?"

[나는 마땅히 해야 할 일을 한 것뿐이야. 마정석을 이용하며 마물의 힘을 끌어다 쓰는 것을 막아야지. 인간계를 보호하려면 그 수밖에 없었지. 그때 내가 자네를 막았듯이, 오늘도 내가 자네를 막아야겠네.]

벨커스는 욘을 막아야 한다는 확고한 신념으로 가득했다.

욘이 피식 웃었다.

"이거 아이러니하군. 인간계를 수호한다는 자네가 아라크와 손을 잡다니 말이야. 아라크야말로 우리 세계, 아니 우리 차원을 멸망시킬 원흉이라네. 그녀가 내게 마정석의 사용 방법을 알려 준 것도 바로 그 가증스러운 목적을 달성하기 위해서지."

[흥! 어쨌거나 마정석을 사용하여 마해의 마물들을 인간계로 끌어들인 장본인은 자네가 아닌가? 그 결과 저기 저무시무시한 마신까지 인간계에 튀어나왔어. 그러니 어쩌겠는가? 내가 이 이방인들과 손을 잡고서라도 마신을 다시마해에 봉인할 수밖에.]

벨커스가 고집스레 주장했다.

말싸움이 길어지는 듯하자 아라크가 개입했다.

[에이프.]

"네, 주인님."

아르크의 명을 받은 에이프가 한 걸음 오른쪽으로 이동했다. 뱀부도 덩달아 오른쪽으로 자리를 옮겼다. 이들은 자연스럽게 레이나의 앞을 가로막는 모양새가 되었다.

한편 엘프족의 오키드와 미이라 여인 멈이 왼쪽으로 향했다. 두 사람 앞에는 욘 아르네가 위치했다.

마지막으로 벨케스는 토레 앞으로 자리를 잡았다.

Chapter 3

에룬의 궁전 앞 공터에서 3대 3의 대결 구도가 형성되었다.

에이프와 뱀부 VS 다즈키르샤 레이나.

오키드와 멈 VS 다즈키르샤 욘.

벨커스 VS 토레.

원래 벨커스는 옛 친구이자 오랜 라이벌이었던 욘 아르네와 싸우고 싶었다. 하지만 다즈키르샤로 진화한 욘을 상대하기엔 자신이 역부족이라는 사실을 잘 알았다.

하라간이 뒤로한 발짝 물러선 것이 신호탄이 되었다. 그 즉시 욘이 본체를 현신하여 산꼭대기 옆 상공으로 날아올랐다.

"가자."

네 자매 중의 둘째 오키드가 욘 아르네 솔샤르를 향해 벼락처럼 쏘아졌다. 오키드의 손에선 활도 들지 않는데 새하얀 화살이 발사되었다.

멈도 몸을 날렸다. 멈의 몸에 칭칭 감긴 붕대가 휘리릭 풀리더니, 용수철처럼 날아가 욘 아르네를 공격했다.

메탈룸 다즈키르샤인 욘 아르네가 허공에 금속 방패를 소환하여 적의 공격을 막았다.

티이잉!

멈의 붕대는 그 방패를 뚫지 못하고 튕겨 나왔다. 멈은 잉그리드를 상대할 때도 힘겨워하던 수준이었다. 당연히 다즈키르샤인 욘 아르네의 적수가 되지 못했다.

반면 오키드는 달랐다.

"심해저 밑바닥의 초거대 마물이라면 모를까, 갓 다즈키르샤가 된 네놈 정도는 거뜬히 이겨 주마."

오키드의 장담과 함께 새하얀 빛의 화살이 욘 아르네의 금속 방패를 퍽퍽 관통했다.

욘이 의지를 일으켰다.

허공에 금속 가시가 우두둑 돋아나 오키드를 찔렀다.

오키드는 허공에서 횡으로 스텝을 밟으며 새하얀 빛의 화살을 연달아 발사했다. 난사하듯 쏘아진 화살군이 수백 개의 금속 가시를 하나하나 정교하게 파괴했다.

[홀드.]

욘이 속박 마법을 펼쳤다.

순간적으로 오키드의 몸이 굳었다. 그 틈을 노려 금속 가시가 오키드의 심장을 향해 벼락처럼 날아들었다.

멈의 붕대가 옆에서 파고들어 오키드를 채 갔다.

억지로 홀드 마법을 떨쳐 낸 오키드가 욘을 향해 다시 화살을 난사했다. 이번엔 욘 아르네가 금속의 벽을 만들어 적의 공격을 막았다. 에룬의 궁전 서쪽 상공에선 빛의 화살과 금속 물질이 화려하게 맞부딪쳤다. 하늘 전체가 번쩍번쩍 빛났다.

한편 동쪽 하늘에서도 치열한 전투가 시작되었다. 다즈

키르샤로 현신한 레이나가 디설루션 마법으로 적들을 압박했다. 모든 사물을 원자 단위로 분해해 버리는 강력한 마법이 에이프와 뱀부를 에워쌌다.

에이프는 금발을 찰랑이며 허공으로 떠오르더니, 주황색 스태프(Staff: 마법 지팡이)를 마구 흔들었다. 스태프로부터 흘러나온 주황색 문자가 레이나의 디설루션을 막아 내었다.

허공에서 빛과 빛이 충돌했다.

그사이 뱀부가 뛰어들어 쌍검으로 허공에 십(十) 자를 그었다. 반달처럼 생긴 검의 기운이 레이나를 가로세로로 베어 갔다.

레이나는 그 자리에서 꺼지듯이 사라졌다가 뱀부의 등 뒤에서 나타났다.

"헙."

뱀부가 헛바람을 집어삼켰다.

레이나의 거대한 발톱이 뱀부의 허리를 쓸었다.

위기의 순간, 에이프가 어느새 둘 사이에 끼어들어 주홍색 스태프로 레이나의 발톱을 막았다.

그가각!

수백 미터가 넘는 크기의 발톱과 맞부딪치자 주홍빛 스태프가 부러질 듯 휘었다.

"크윽."

에이프가 이빨을 꽉 물었다.

겨우 한숨을 돌린 뱀부가 쌍검을 휘둘러 레이나의 옆구리를 공격했다.

[크롸롸롸—]

[크롸롸.]

레이나의 12개 머리가 크게 휘어 뱀부의 공격을 이빨로 막아 내었다. 동시에 레이나의 온몸에서 뿜어진 달무리 같은 빛이 에이프와 뱀부를 동시에 뒤덮었다.

광역 디설루션 작렬!

"안 돼!"

에이프는 뱀부의 허리를 낚아채고는 눈 깜짝할 사이에 공간을 점프하여 에룬의 궁전 뒤편으로 피했다. 레이나의 광역 디설루션이 그 뒤를 바짝 쫓아 에룬 성을 덮었다.

원래는 광역 디설루션에 노출되는 즉시 에룬의 궁전이 해체되어야 정상이었다. 그 어떤 광물이나 암석도 디설루션에 노출되면 원자 단위로 분해되기 마련이니까.

그런데 놀랍게도 궁전이 멀쩡했다. 오히려 레이나가 타격을 받아 뒤로 밀렸다.

[쿠우우롸롸롸—]

분노한 레이나가 수십 킬로미터나 넘는 거대한 몸체를 날려 에룬의 궁전을 들이받았다.

궁전이 아무리 크다고 해도 레이나보다 더 크지는 않았다. 궁전이 아무리 튼튼하게 지어졌다고 해도 다즈키르샤인 레이나보다 더 단단할 수는 없었다. 궁전에 제아무리 온갖 방어 마법이 설치되었다고 해도 레이나의 몸 주변에는 모든 마법을 무력화시키는 기운이 감돌았다.

따라서 레이나가 들이받으면 에룬의 궁전이 무너져야 정상이었다.

[크왁!]

한데 이번에도 레이나가 거칠게 뒤로 튕겨 나왔다. 반발력 때문에 레이나의 상체가 온통 피투성이로 변했다.

반면 에룬의 궁전은 멀쩡했다.

이런 기현상은 욘 아르네에게도 적용되었다.

욘 아르네의 무지막지한 공격에 밀린 오키드가 에룬의 궁전 뒤로 숨었다. 멈이 온몸을 붕대로 변환하여 둘째 언니를 뒤쫓았다.

욘 아르네는 레이나에 버금가는 거대한 몸체를 날려 적들을 추격했다. 그것만으로도 부족하여 욘 아르네의 몸 주변엔 금속 방어구가 척척 달라붙었다.

그 모습이 마치 금속으로 이루어진 수십 킬로미터 크기의 산이 통째로 밀려드는 것 같았다.

그 압도적인 위력.

그 압도적인 중량.

한데 결과는 의외였다.

꽈아앙!

신화 속의 거인이 거대한 해머로 종을 후려친 것처럼 어마어마한 금속음이 사람들의 귀청을 찢었다.

[끄읏.]

그와 동시에 욘 아르네가 답답한 신음을 토했다.

욘과 정면으로 충돌한 에룬의 궁전은 털끝만큼의 흔들림도 없었다. 반면 욘 아르네는 레이나처럼 피투성이로 변했다.

벨커스와 토레도 다를 바 없었다. 레오덴스의 모습으로 변신한 토레가 붉은 광선을 난사하고, 세 가닥의 꼬리를 마구 휘둘렀다.

벨커스는 온몸을 수증기처럼 퍼뜨려 레오덴스의 공격을 피했다.

쉽지 않았다. 레오덴스의 꼬리는 물리적인 공격이라 벨커스에게 큰 타격을 입히지 못했지만, 붉은 광선이 문제였다. 한 번에 50다발씩 날아오는 광선에 스칠 때마다 벨커스의 몸을 구성하는 수증기가 치이익 증발했다.

[치잇. 역시 키르샤와 상대하는 것은 무리구나.]

결국 벨커스는 에룬의 궁전으로 후퇴했다.

[이 노옴.]

토레가 벼락처럼 몸을 날려 앞발로 벨커스를 후려쳤다.

그때 이미 벨커스는 궁전 안으로 숨어든 뒤였다. 토레의 거대한 앞발이 에룬의 궁전 성벽을 후려쳤다.

뻐엉!

가죽 북 터지는 소리와 함께 토레의 앞발이 피투성이가 되어 날아갔다. 궁전 성벽에 걸린 반탄력은 키르샤급 마물의 신체를 박살 낼 정도로 강력했다.

[크왁.]

토레가 고통스레 비명을 질렀다.

Chapter 4

"전초전은 이만하면 된 것 아닌가?"

아라크가 하라간에게 물었다.

한 걸음 뒤에서 부하들의 전투를 지켜보던 하라간이 앞으로 나섰다. 그러면서 검을 한 자루 뽑아 땅바닥에 늘어뜨렸다.

아라크가 하라간의 앞을 막았다. 아라크의 눈동자에 황금빛 테두리가 돋아났다.

이것은 죽음의 눈, 사안(死眼).

이 시선과 마주친 모든 생명체는 생기를 잃고 죽음의 늪에 빠진다. 아무리 강력한 다즈키르샤도 사안 앞에서는 견딜 수 없었다. 욘 아르네와 레이나가 동시에 덤벼들어도 아라크의 상대는 되지 못했다.

하라간은 예외였다.

하라간은 아라크의 사안을 태연하게 마주 보았다.

"역시 마신이구나. 그분께서 직접 방문하실 만한 가치가 있어."

아라크가 의미 모를 말을 지껄였다.

그 순간 하라간의 검이 꿈틀했다.

뚝!

아라크 주변의 시간이 멈췄다. 아라크 주변의 공간이 이 세계와 분리되었다. 공간검과 시간검이 하나로 합쳐져 아라크를 도려내었다.

눈 깜짝할 사이에 아라크는 시간과 공간의 미아가 되어 영원히 좁은 공간에 갇힐 뻔했다.

와장창!

유리 깨지는 소리와 함께 부서진 공간의 파편이 사방으로 튀었다. 그 파편에 맞닿은 모든 사물이 허물어졌다. 땅이 무너지고, 바위가 사라졌다.

그 속에서도 에룬의 궁전만은 멀쩡했다.

"으헉!"

깊은 심해로 딸려 들어갔다가 겨우 빠져나온 사람처럼, 아라크가 숨을 크게 몰아쉬며 다시 이 세계로 돌아왔다.

"이게 대체 무슨 권능이냐?"

아라크는 진심으로 놀란 듯했다.

하라간이 고개를 갸웃했다.

"어라? 공간의 벽을 깨뜨리고 뛰쳐나올 정도였어?"

하라간이 파악한 아라크는, 심해저 가장 밑바닥의 초거대 마물도 거뜬히 해치울 만큼의 강자이지만 공간의 벽을 깨뜨리고 차원을 넘나드는 수준은 되지 않았다.

"공간의 벽은 공포의 여왕도 깨뜨리기 힘든데?"

영멸의 법진을 통해 소환한 공포의 여왕도 공간의 벽을 허물어뜨리기는 쉽지 않았다. 물론 공포의 여왕이 모든 에너지를 쏟아 부으면 공간의 벽을 깨고 차원을 뛰어넘는 것도 가능했다.

하지만 조금 전 아라크가 보여 준 것처럼 정확하게 이곳 차원으로 돌아온다는 보장은 없었다. 그저 벽을 깨뜨리며 계속해서 다른 차원으로 넘어가다가 결국 에너지가 고갈되어 쓰러질 것이다.

반면 아라크는 벽을 깨고 이곳 차원으로 정확하게 돌아왔다.

"한 번 더 해 봐라."

하라간이 다시 한 번 검 끝을 움직였다.

뚝!

시간검이 아라크의 시간을 멈춰 버렸다. 공간검이 아라크의 공간을 도려내어 다른 차원으로 보냈다. 그것도 그냥 날려 보낸 것이 아니었다. 아라크의 팔다리와 몸통을 잘라 각기 다른 차원으로 나눠 보냈다. 아라크의 사지는 유리 벽에 갇힌 것처럼 봉쇄되어 까마득한 미지의 차원으로 보내졌다.

"크헙."

와장창 공간이 깨졌다. 아라크가 다시 하라간 앞으로 돌아왔다. 숨을 할딱이는 아라크의 얼굴이 창백한 잿빛으로 질려 있었다. 아라크의 팔다리에는 붉게 핏물이 맺혀 잘렸던 흔적을 남겼다.

"너 이놈, 잘도 이런 짓을 하는구나. 헉헉헉."

아라크가 황금빛 테두리를 가진 눈으로 하라간을 노려보았다.

"호오?"

하라간이 호기심 가득한 눈으로 아라크를 응시했다.

그러다 무언가를 알아보았는지 쾌재를 불렀다.

"옳거니. 너 문지기구나."

"뭐?"

"차원을 자유롭게 오가는 문지기. 그 특성 때문에 차원의 벽을 넘어 쉽게 이곳으로 되돌아올 수 있는 거야. 후후후."

하라간이 입맛을 다셨다.

아라크는 갑자기 등골이 쭈뼛 섰다.

'위험하다. 이자는 진짜로 위험해.'

하라간에 대한 경계심이 극도로 올라간 순간, 하라간의 검 끝이 또 움직였다.

아라크는 반사적으로 손목에 박힌 마정석을 눌렀다. 아라크의 진짜 힘이 드디어 풀려 나왔다. 아라크의 온몸이 허공에서 해체되는가 싶더니, 마치 멈이 보여 준 것처럼 그녀의 온몸이 가죽끈으로 변해 허공으로 솟구쳤다.

하라간의 검이 그 끈을 토막 쳤다.

아라크는 차원 저편으로 가닥가닥 끊겨서 갇혔다가, 다시 풀려나며 하나로 합쳐졌다. 다시 길게 이어 붙여진 아라크의 가죽끈이 에룬의 궁전 꼭대기로부터 거꾸로 쏘아져 내려오며 하라간을 공격했다.

'계속 피하기만 해서는 하라간의 손에서 벗어날 수 없다.'

이렇게 판단한 아라크는 죽음을 각오하고 하라간에게 온 에너지를 쏟아 부었다.

마해 가장 밑바닥의 초거대 마물보다도 더 강력한, 초거대 마물 몇 마리를 동시에 찜 쪄 먹을 만한 에너지가 아라크로부터 쏟아졌다.

"훗. 진작 그렇게 나와야지."

하라간이 아라크를 향해 검을 뻗었다. 검 끝으로부터 풀려 나온 아지랑이 같은 기운이 아라크의 긴 가죽끈을 통째로 휘감았다.

[흡!]

아라크가 헛바람을 집어삼켰다. 그녀가 퍼부은 가공할 에너지는 어디로 사라졌는지 찾아볼 수도 없었다. 그 와중에 아라크가 존재하는 공간 자체가 싹 도려내어진다는 느낌을 받았다.

조금 전 하라간은 아라크를 이곳과 바로 인접한 차원으로 날려 보냈다. 그래서 아라크는 비교적 손쉽게 이곳으로 되돌아올 수 있었다.

이번에는 좀 달랐다. 하라간이 보내 버리려는 곳은 이곳에서 아주 먼 차원. 그것도 각기 멀리 떨어진 차원으로 아라크의 몸을 갈가리 찢어서 보내 버릴 요량이었다.

그렇게까지 멀리 찢어지면 아라크의 능력으로는 복귀가 불가능했다. 그저 우주의 저편에서 소멸되어질 뿐.

아득한 절망감에 아라크가 눈을 질끈 감았다.

'도와주세요.'

막다른 절벽에 몰린 아라크는 간절하게 도움을 요청했다.

그 간절한 기도가 응답을 받았다.

[그만하지.]

쩌렁쩌렁 울리는 음산한 뇌파가 하라간의 뇌를 직접 강타했다.

이건 하라간 세상의 언어가 아니었다. 난생처음 듣는 소리였다. 그래도 뇌파는 정확하게 그 의미를 하라간에게 전달했다.

하라간의 입꼬리가 귀에 걸렸다.

"왔구나!"

드디어 왔다.

드디어 대적자와 만났다.

그토록 오랜 기다림이 이제야 결실을 맺었다. 마신의 깊은 허기짐이 드디어 포만감으로 바뀔 때가 되었다.

Chapter 5

하라간이 검을 더욱 깊게 쑤셔 넣었다.

[끼야악!]

아라크가 비명과 함께 빨려 들 듯 허공으로 도망쳤다.

하라간의 검이 그 뒤를 바짝 쫓았다.

그때 이적이 벌어졌다. 청명한 하늘을 뚫고 거대한 손이 불쑥 내려왔다. 회색빛 창백한 손은 에룬의 궁전 상층부를 꽉 거머쥐었다.

구구구구궁—!

해발 8,000미터의 고산이 뿌리째 들썩였다. 거대한 손은 놀랍게도 에룬의 궁전을 통째로 뽑아서 하늘로 치켜들었다.

이건 검이었다. 에룬의 궁전 자체가 한 자루의 거대한 검이었다. 회색빛 손이 그 거대한 검을 들어 하라간을 후려쳤다.

"캬하—, 좋구나."

하라간이 활짝 웃었다.

마나의 벽 4단계를 돌파하면서 얻은 공간검과, 5단계의 시간검, 6단계의 마음의 검이 하나가 되어 하라간의 검 끝에서 쏘아져 올라갔다.

어디 그뿐인가.

하라간의 투명한 촉수 수억 개가 아가리를 쩍 벌리며 일어났다. 그 촉수를 매단 발가락이 힘껏 뻗었다. 그 발가락이 매달린 발 전체가 모습을 드러냈다. 그 발과 연결된 다리가 태양 저편까지 지나서 한 번 접힌 다음 다시 인간 세

상으로 들어왔다. 그 다리들이 모여서 지탱하는 거대한 마신의 몸통이 이 세계에 현신했다. 몸통에 박힌 마신의 진짜 입이 한껏 아가리를 벌렸다.

쩌우우우억!

마신의 진짜 입은 그 크기를 헤아릴 수 없었다. 그 입이 한 번 벌어졌다가 꽉 다물면 은하 전체를 다 삼키고도 부족할 것 같았다.

에룬의 궁전과 하라간의 검이 정면으로 맞부딪쳤다.

다즈키르샤의 공격도 100퍼센트 튕겨 내 버리는 것이 에룬의 궁전이 가진 힘이었다.

하지만 하라간의 검 앞에서는 단단함이 통하지 않았다. 하라간의 검은 단순히 물체를 베는 수준이 아니었다. 그 물체가 머무르는 공간 자체를 조각조각 나누고, 그 물체에 걸린 시간을 토막토막 내 버리는 힘이 있으므로, 세상 그 어떤 물체라고 해도 버틸 수 없었다.

에룬의 궁전도 당연히 하라간의 검에 잘려 나갔다. 거대한 검신이 조각조각 흩어졌다.

그 순간 회색빛 손이 에룬의 궁전에 힘을 불어 넣었다. 아교처럼 끈적끈적하고도 음습한 기운이 잘린 부위를 다시 붙잡았다. 무너지는 공간을 다시 세워 일으켰다. 쪼개진 시간을 다시 이어 붙였다.

"이이익!"

하라간이 어금니를 꽉 물었다.

하라간의 검이 에룬의 궁전을 다시 쪼갰다.

에룬의 궁전으로부터 흘러나오는 음습한 기운도 하라간을 쪼개 갔다.

두 힘이 허공에서 격돌했다.

그사이 하라간의 본체가 에룬의 궁전을 지나 회색빛 손을 타고 올라갔다. 하라간의 본체 아가리가 150도 각도로 한껏 벌어져 회색빛 손을 삼켰다.

우두둑!

회색빛 손이 마신의 아가리에 박혀 그대로 목구멍으로 넘어갔다. 하라간은 대적자의 손을 한입 크게 뜯어 먹은 다음, 이어서 입을 한 번 더 벌려 상대의 팔뚝까지 뱃속으로 쳐넣었다.

대적자도 그냥 당하지 않았다.

좌악—

무언가 빨려 나가는 소리가 들렸다.

마신의 피가, 마신의 살점이, 마신의 생기가 대적자에게 착취당했다. 대적자는 불과 한 호흡 만에 마신의 생명력 상당 부분을 흡수했다.

마신의 촉수 수십만 개가 불과 0.001초 만에 생기를 빼앗기고 메말라 버렸다. 그 촉수와 연결된 발가락이, 발이, 마신의 다리가 후두둑 부서져 버렸다.

하라간이 아가리를 벌려 대적자의 팔뚝 하나를 떼어 먹는 동안, 대적자도 하라간의 신체 일부의 생명력을 앗아가 버렸다.

와장창!

에룬의 궁전이 허공에서 박살 났다. 그 파편이 산맥이 쿵쿵 내리꽂혀 구멍을 내었다. 하라간의 검은 에룬의 궁전을 부수고도 힘이 남아 대적자의 어깨를 깊게 베었다.

[큭!]

하라간의 뇌에 대적자의 비명이 들렸다.

하라간은 아가리를 좀 더 크게 벌려 대적자의 상처 입은 어깨까지 뜯어 먹었다. 에룬의 궁전을 잃은 회색빛 손이 살점을 모두 뜯어 먹히고 뼈만 남아서 빈 허공을 휘저었다.

[크으읏.]

대적자가 다시금 신음을 토했다.

"우욱."

하라간도 얼굴을 잔뜩 구겼다.

불과 몇 초가 더 흐르는 사이에 하라간의 본체 다리 몇 개가 더 부서졌다. 대적자가 생기를 빨아들이는 흡입력은 상상을 초월할 정도로 강력했다. 이곳 인간 세상쯤은 불과 몇 호흡 만에 전부 다 흡수해 버릴 정도로 엄청났다.

이 정도 흡입력이라면 마해 마물들의 생명력을 모두 갈취하는 데에도 불과 몇 분 걸리지 않을 것 같았다.

"크와."

하라간이 고통을 무릅쓰고 입을 쩍 벌렸다. 수천만 개의 다리로 대적자를 꽉 붙잡고 한입 크게 뜯어 먹었다.

그렇게 씹어 먹은 대적자의 피와 살이 마신의 배를 채웠다. 단 한 입만 먹어도 배가 빵빵해질 정도로 대적자는 에너지가 넘쳤다.

하지만 배를 채운 만큼 하라간도 신체를 빼앗겼다. 하라간은 벌써 다리를 100개도 넘게 잃었다. 대적자와 접촉한 모든 신체 부위로부터 생명력이 뭉텅이로 빠져나갔다. 대적자는 어마어마한 흡수의 권능으로 하라간을 잡아먹으려고 들었다.

하라간은 상상을 초월하는 거대한 입과 무수히 많은 촉수로 대적자를 뜯어 먹으려고 들었다.

하라간에게 집어삼켜진 대적자의 손이 다시 재생되었다. 대적자는 하라간으로부터 빼앗은 에너지를 사용하여 뜯어먹힌 팔을 다시 만들어 내었다.

하라간도 대적자의 살과 피를 이용하여 말라붙은 다리와 발, 발가락과 촉수를 다시 일으켜 세웠다.

"크아아앗."

하라간이 닥치는 대로 촉수를 뻗었다.

멀리 도망쳐 벌벌 떨던 에이프와 뱀부가 그 촉수에 빨려 들어와 우그적 씹혔다.

"안 돼."

오키드가 큰언니를 구하려고 화살을 날렸다가 또 다른 투명한 촉수에게 걸렸다. 촉수는 상대의 머리부터 발끝까지 한입에 집어삼켰다. 붕대로 변한 멈이 도망치다가 하라간의 촉수에 붙잡혀 쪼르륵 흡수되었다.

네 자매를 집어삼킨 하라간의 촉수는 아라크를 향해 이빨을 들이밀었다.

대적자가 반응을 보였다.

네 자매가 잡아먹혀도 눈 하나 깜짝하지 않던 대적자였다. 그런데 아라크가 위기에 처하자 즉각 또 하나의 손을 이 세계에 집어넣었다.

오른손으로 하라간의 본체를 붙잡아 생명력을 갈취하면서, 대적자는 왼손으로 아라크를 감싸 안아 다른 차원으로 빼냈다.

"어딜 내빼려고?"

하라간이 곧장 달려들어 검을 휘둘렀다.

"아악!"

아라크의 가슴이 쩍 갈렸다. 피가 분수처럼 뿜어졌다.

[이익.]

대적자는 악착같이 달려드는 하라간의 아가리에 자신의 오른손을 처박았다. 그러곤 하라간이 그 회색빛 팔뚝을 뜯어 먹는 사이 어깨를 뚝 끊어 버리고는 다른 차원으로 물러났다.

"헉헉헉."

하라간이 양손으로 무릎을 짚고 숨을 헐떡였다.

대적자와 짧게 싸우는 동안, 하라간은 적의 팔뚝을 다섯 번이나 뜯어 먹었다. 적의 가슴살도 크게 한입 먹었다.

그 한 입, 한 입이 너무나 큰 포만감을 주었다. 그렇게 한 입, 한 입 먹을 때마다 하라간의 핏속에 새로운 에너지와 새로운 권능이 흘러들어 왔다.

대신 하라간도 본체의 다리 수천 개를 잃었다. 대적자에게 갈취당한 생명력은 결코 쉽게 생각할 수준이 아니었다.

Chapter 6

"헉헉헉, 젠장. 더럽게 세네. 만약 내가 하라간과 하나가 되어 두 배 이상 몸집을 부풀리지 않았더라면 어려운 싸움이 될 뻔했어. 헉헉헉."

그렇게 숨을 몰아쉬던 하라간이 히죽 웃었다.

"하지만 이제 알았다. 나의 대적자여. 너와 나의 전투력은 서로 엇비슷하지만, 그래도 내가 조금 앞선다. 네가 생명력을 갈취하는 속도와 내가 포식을 하는 속도는 거의 비슷해. 하지만 나의 검이 너의 검술보다는 조금 더 위야. 후후후."

물론 이대로 시간이 흐르면 다시 전세가 역전될 것이다. 하라간이 이곳 차원에 머무르는 동안, 대적자는 다른 차원을 차례로 흡수하면서 점점 더 강해질 테니까.

"그런데 그런 이점은 이미 사라졌지. 네 팔뚝을 포식하면서 내게도 너의 권능이 생겨났거든. 문지기의 힘을 이용하여 차원의 벽을 자유롭게 뛰어넘을 수 있는 힘. 원하는 차원으로 넘어갈 수 있는 권능. 후후후. 이제는 여기서 네가 찾아오기만을 기다릴 필요 없어. 내가 너에게 찾아가마. 나의 대적자, 성혈의 바하문트여."

하라간이 눈을 번쩍 빛냈다.

성혈의 바하문트.

로열 블러드 콘라드를 아비로 두고, 성혈의 뱀파이어 모네레를 어미로 둔 절대자.

모든 흡혈자들의 신(神).

날개 달린 사자를 신수(神獸)로 삼는 자.

오랜 옛날, 피핀 차원을 정복할 당시 바하문트는 숨을 한 번 들이쉬는 것만으로도 80 킬로미터 안쪽의 모든 생명체의 생명력과 피를 흡수할 수 있었다.

그 바하문트가 문지기의 힘을 손에 넣었다.

피핀 차원을 떠난 바하문트는 새로운 차원을 하나씩 병탄하면서 점점 더 많은 피와 생명력을 갈취했다. 처음엔 호흡을 통해 80 킬로미터 영역의 생기를 흡수했다면, 나중에는 들숨 한 번에 행성 하나의 모든 생기를 흡착하는 것도 가능해졌다. 그러다 급기야 한 호흡 만에 하나의 차원을 통째로 흡수해 버리는 수준이 되었다.

이제 어지간한 차원은 바하문트의 성에 차지 않았다. 바하문트는 자신과 상대가 될 만한 적수들을 찾아 온갖 차원을 떠돌았다.

4대 신수.

궁극적으로 바하문트가 찾아다니는 대상은 4대 신수들이었다.

파멸을 상징하는 냉혹의 뱀.

탐욕을 상징하는 광기의 매.

나태를 상징하는 투명 마수.

"그들이라면 나 바하문트의 고독함을 달래 줄 수 있겠지."

이렇게 생각한 바하문트는 차원의 벽을 차례로 넘어 4대 신수들에게 접근했다.

이때 가장 먼저 바하문트에게 포착된 대상이 바로 투명 마수, 즉 마신이었다. 바하문트는 헤아릴 수 없이 많은 차원 가운데 투명 마수가 존재하는 곳을 찾아내기 위해 호위장인 티아라와 카라를 파견했다.

둘 중 카라가 먼저 투명 마수를 발견했다.

카라는 쾌재를 불렀다.

하지만 안타깝게도 투명 마수가 웅크리고 있는 마해 속으로는 차원의 문을 직접 열 수 없었다. 마해는 오직 이곳 인간계를 통해서만 연결되었다.

"그렇다면 인간계와 마해를 연결하여 투명 마수를 이곳으로 불러내면 되겠지."

이렇게 판단한 카라는 곧장 바하문트를 위한 준비에 들어갔다.

카라(Kara)를 거꾸로 표기하면 아라크(Arak).

아라크라고 이름을 바꾼 카라는 욘 아르네라는 뛰어난 마법사에게 마정석의 사용법을 알려 주었다. 원래 마정석은 바하문트의 세계에서 플루토라는 거신 병기를 구동할 때 사용하는 에너지원이었다. 바하문트는 이 마정석을 이용하여 생물형 플루토를 구동했다.

이 점에 착안한 아라크는 마정석으로 마물을 구동하는 방법을 발명해 내었다. 결국 아라크는 피핀 차원의 궁극병기 플루토를 이곳 세계에 전파한 셈이었다.

그 후 욘 아르네는 북부의 신이 되었다.

아라크는 "욘 아르네를 부려서 마해의 마물들을 차례로 불러오다 보면, 결국 투명 마수도 불러낼 수 있을 것."이라 믿었다. 또한 투명 마수와 라이벌이라고 알려진 천신도 불러낼 수 있을 것이라 생각했다.

아라크의 계획은 척척 들어맞았다.

결국 북부에 투명 마수가 등장했다.

다만, 아라크가 미처 생각하지 못한 순간에 투명 마수, 즉 마신이 먼저 이 땅에 기어올라 왔다는 것이 변수였다. 또한 마신이 아라크의 예상보다 훨씬 더 강하다는 점도 문제였다. 욘 아르네가 배신을 하여 마신 편에 섰다는 점도 아라크가 예상치 못한 점이었다.

그 결과 아라크, 아니 카라는 하라간의 손에 죽을 뻔했다. 그런 카라를 구하려다 바하문트도 제법 큰 상처를 입고 철수했다.

"흐흐흑, 죄송합니다."

카라가 바하문트 앞에 엎드려 눈물을 보였다.

바하문트는 가만히 카라의 어깨를 두드려 주었다.

균형 잡힌 상체를 드러낸 채 회색빛 얼굴로 허공을 올려다보는 바하문트의 표정은 그리 나쁘지 않았다. 바하문트의 온몸에 새겨진 괴기스러운 문신들이 마치 살아 있는 것처럼 꾸물꾸물 움직였다.

"적이 약했더라면 오히려 실망했을 거다. 나는 만족한다."

바하문트가 으스스한 음성으로 뇌까렸다.

"흐흐흑."

카라는 더욱 서럽게 울었다.

이웃 차원에서 카라가 오열하는 동안, 하라간은 히죽히죽 웃었다.

"바하문트여, 한 달. 딱 한 달만 기다려라. 이 세상을 대충 정리한 다음, 곧바로 너를 찾아가 주마."

하라간의 입가에 군침이 잔뜩 고였다.

굳이 바하문트만이 목적은 아니었다. 대적자를 찾아가는 동안 발견되는 모든 차원이 마신의 먹잇감이었다.

마신에게 차원의 벽을 뛰어넘을 수 있는 권능이 주어진다는 것은, 다른 차원의 생명체에게는 재앙이 들이닥친 것이나 다를 바 없었다.

하라간의 눈이 굶주림으로 번들거렸다. 에룬의 궁전이 허물어지고, 인간 세상을 완전히 통일한 업적 따위는 하라간의 뇌에 들어오지도 않았다.

하라간은 아직도 배가 고팠다.

문지기들의 비밀

Chapter 1

부쿤 대산맥 깊은 동굴 속.

북해부터 시작해서 남쪽 바다까지, 서해부터 시작하여 극동의 에룬 왕국에 이르기까지, 역사상 최초로 전 대륙을 통일한 하라간이 이곳을 방문했다.

친위대원들도 하라간의 행적을 알지 못했다. 오직 욘 아르네와 벨커스만이 하라간과 동행했다.

마법에 조예가 깊은 욘 아르네가 동굴 속 좌표를 계산하여 공간 이동 포탈을 열었다. 하라간이 동굴로 이동했다. 벨커스는 억지로 끌려오듯이 그 뒤를 따랐다.

동굴 벽에는 퍼즐 조각이 있었다. 벨커스가 오랜 시간 공을 들여 맞추던 조각이었다.

"이 동굴에서 힌트를 얻어 마해를 찾았다고?"

하라간의 물음에 욘 아르네가 공손히 고개를 끄덕였다.

"그렇습니다."

욘 아르네는 사사롭게는 하라간의 선조였다. 하지만 욘과 마신 사이의 관계는 무려 800년 전부터 시작되었다. 800년 전 욘 아르네가 아라크의 부추김을 받아 마해에 처음 입수했을 때부터 마신은 욘과 은밀한 접점을 만들어 놓았다.

욘이 키르샤와 결합한 것도, 그 후 다즈키르샤까지 진화한 것도, 모두 아라크의 공이 아니라 마신의 배려 덕분이었다.

하라간이 벨커스에게 고개를 돌렸다.

"그대도 이곳을 통해 천계와 연결되었다지?"

"……."

벨커스는 대답하지 않았다.

하라간이 피식 웃었다.

"아직도 승복하지 못하나 보군. 욘 아르네가 마해의 마물들을 인간계로 끌어들인 것이 여전히 잘못이라고 생각하나 보지?"

"……."

벨커스가 고개를 살짝 숙였다.

하라간이 뒷말을 이었다.

"만약 욘이 마해의 문을 열지 않았다면, 그리하여 내가 이 땅에 현신하지 않았다면 성혈의 바하문트를 누가 막았을까? 벨커스, 그대가 그토록 아끼는 인간들은 단 한 호흡만에 바하문트에게 모든 생기를 빼앗기고 바짝 말라 죽었을 것이야."

"으음."

벨커스가 드디어 신음을 흘렸다. 에룬 섬에서 벌어졌던 신들의 전투를 되새겨 보면, 하라간의 말은 틀리지 않았다. 결국 마음속으로 승복한 벨커스가 고개를 푹 떨구었다. 그러면서 눈빛으로 욘에게 용서를 빌었다.

욘은 딱히 옛 친구를 비웃거나 폄하하지 않았다. 그저 무덤덤한 낯빛으로 동굴 벽의 퍼즐을 바라볼 뿐이었다.

"800년 전 저와 벨커스가 이 동굴로부터 힌트를 얻은 것은 사실입니다. 퍼즐 조각을 통해 각자 마해와 천계의 존재를 알게 되었습니다. 그런데 이 퍼즐은 여전히 풀리지 않는 숙제입니다. 이것만 풀리면 뭔가 새로운 비밀을 알게 될 것 같은데, 여기서 막혔습니다."

하라간이 퍼즐을 살펴보았다.

출렁거리는 바다 밑에는 마물들이 생생하게 조각되어 있었고, 그 가장 밑바닥에 마신이 꿈틀거렸다.

바다 위 창공에는 구름이 가득했으며, 천족들이 구름 위에서 뛰놀고, 그보다 한 층 위에선 천신이 세상을 굽어보는 중이었다.

퍼즐은 완벽해 보였다.

그런데도 다음 단계로 넘어가지 않는다는 점이 이상했다.

하라간이 퍼즐 조각들을 흥미롭게 보았다. 그러곤 입을 열었다.

"거참 희한하단 말이지."

"무엇이 희한하단 말씀이십니까?"

욘 아르네가 물었다.

하라간이 동굴 벽을 향해 손을 뻗으며 대답했다.

"이 동굴을 만든 자가 대체 누구지? 누구이기에 인간계와 천계, 마해 사이의 비밀을 꿰뚫어 보고 이런 퍼즐을 남겼을까?"

하라간이 말을 하는 동안 퍼즐 조각들이 드르륵, 드르륵 소리를 내면서 움직였다. 네모반듯한 퍼즐 조각들은 서로 위치를 바꾸며 이동하더니, 이내 하나의 벽화를 완성했다.

조금 전의 벽화와는 크게 차이가 없었다. 다만, 하늘과 바다의 위치가 바뀐 것이 유일한 차이였다.

"엇?"

욘 아르네눈 눈을 동그랗게 떴다.

[바다! 바다가 하늘보다 위라고?]

벨커스도 깜짝 놀라서 소리쳤다.

하라간이 답을 주었다.

"마해가 천계보다 위에 있지."

하나로 합쳐진 벽화 속에서 마해가 위에 있었고, 마해의 가장 밑바닥에서 거미를 연상시키는 모습의 마신이 꿈틀거렸다.

그리고 두꺼운 층을 지나 구름 아래 천신의 광휘가 문어발처럼 퍼져 나오는 장면이 이어졌다. 천족들은 그 광휘를 우러러보며 천신을 찬양했다.

[이게 사실입니까? 그렇다면 마신과 천신이 이렇게 서로 바짝 붙어 있다는 뜻입니까?]

벨커스가 하라간에게 물었다.

"아니."

하라간이 고개를 가로저었다.

"마신과 천신은 하나야."

[네에?]

"헙!"

벨커스와 욘 아르네가 동시에 놀랐다.

하라간이 손가락으로 본인을 가리켰다.

"원래부터 하나였다고. 바로 나. 이 벽화는 내가 마해의 밑바닥에 머리를 내밀고, 천계의 구름 아래로 다리를 뻗은 모습을 묘사한 거야. 천계에 가루처럼 떨어지는 저 부스러기들, 천족들이 천신의 은혜라고 부르는 것은 사실 내가 마해의 마물들을 잡아먹은 부스러기가 에너지로 변해서 떨어진 것들이라고. 그런데 희한하네? 대체 누가 나의 본질을 꿰뚫어 보고 이런 퍼즐 조각을 인간계에 남겼을까?"

하라간이 의문을 표하는 동안, 완성된 퍼즐이 강한 빛을 내뿜었다.

후왕! 쿠르르릉.

벽화가 그려진 동굴 벽이 열리면서, 그 뒤쪽 공간이 드러났다.

Chapter 2

이 공간은 인간계의 공간이 아니었다. 만약 벽화 뒤의 공간이 인간계에 실존하는 장소였다면, 이미 벨커스가 동굴 벽을 강제로 뜯어 그 속에 들어갔을 것이다.

이 공간은 새로운 차원에 해당했다. 그리고 그 차원은 오직 벽화가 맞춰질 때만 열리도록 설계되었다.

"이제 만나게 되는 것인가? 이 벽화를 남긴 선지자를 말이야."

하라간이 거침없이 안으로 들어갔다.

욘과 벨커스도 두근거리는 심정으로 하라간을 쫓았다.

벽화 뒤에 열린 공간은 협소했다. 그 협소한 공간 속에는 배가 불룩하고, 눈이 작으며, 머리와 수염이 검은 노인이 앉아 있었다.

노인은 이미 오래전에 죽은 듯했다.

노인의 등 뒤에는 글이 한 바닥이었다. 전혀 읽을 수 없는 이세계의 언어였다. 욘과 벨커스는 그 뜻을 이해할 수 없어 그저 문자의 형태만 머릿속에 담아 두었다.

하지만 하라간에게는 이 기괴한 문자가 저절로 이해되었다.

나의 이름은 종리권……

차원의 문을 열고 닫는 모든 문지기들의 시초.

스스로를 문지기의 시초라 일컫은 노인은 오랜 이야기를 풀어놓았다.

간단하게 설명하면 다음과 같았다.

차원과 차원 사이의 벽은 모두 일정한 두께가 아니란다.

석류 껍질을 까 보면 그 속에 석류 알갱이들이 잔뜩 박혀 있는데, 이 석류알 하나하나가 한 개의 차원이라는 설명이었다.

그러므로 석류 알갱이 하나로부터 이웃 알갱이로 이동하는 것이 '하차원 이동'. 그리고 아예 석류 껍질을 뚫고 밖으로 나가서 또 다른 석류 속으로 들어가는 것이 '상차원 이동'이라고 종리권은 정의했다.

종리권은 바로 이 상차원 이동을 통해 이곳 석류 속으로 뛰어들어 왔다고 했다. 마왕 베리오스라는 아주 무시무시한 존재를 피해서 도망치다가 어쩔 수 없이 상차원 이동을 하게 되었다는 설명도 글에 적어 놓았다.

문제는 상차원 이동이 주는 엄청난 변화였다.

하차원 이동과 달리 상차원 이동을 하게 되면, 차원이 처음 생성될 때의 무한 에너지를 온몸으로 거치게 되는데, 이 '무한 에너지 씻김' 과정을 통해 무생물이 영성을 띄고 생물로 변하기도 하고, 평범하던 인간이 신으로 올라서기도 하며, 벌레 한 마리가 하나의 행성으로 변할 수도 있다고 했다.

'그러니까 이 종리권이란 노인이 마왕 베리오스의 법보인 투명마검을 훔쳐서 상차원 이동을 했단 말이지?'

하라간이 심각하게 중얼거렸다.

하라간의 표정이 심각한 이유는 딱 하나였다.

놀랍게도 내가 훔쳐 온 투명마검이 상차원 이동을 통해 생명체로 변해 버렸다. 무한 포식과 무한 증식이 가능한 마물, 즉 마신으로 변한 것이다. 4대 신수 가운데 투명 마수가 바로 내가 가져온 투명마검 때문에 생성된 것이란 말이다. 아아, 노부 때문에 이곳 차원의 생명체들이 마신의 아가리 속으로 처먹히게 생겼으니 장차 이 업보를 어찌 갚을 것인가!

종리권은 이런 글귀로 한탄스러운 마음을 표현했다.

하라간은 기가 막혔다.

'하! 그러니까 내가 고작 검 한 자루였단 말이야? 뭐야, 이거.'

이어지는 글은 더 충격적이었다.

투명마검만이 문제가 아니었다. 나는 마왕으로부터 투명마검을 훔쳐 내기 위해 남해제의 신물인 적양갑(赤陽甲)을 빌렸었다. 그런데 그만 그 법보도 상차원 이동을 통해 영성을 얻어 버렸다. 4대 신수 가운데 하나인 '냉혹의 뱀', 혹은 '파멸의 뱀'이 바로 적양갑으로부터 비롯되었음이다.

이 부분을 읽고서 하라간은 입술을 꾹 깨물었다.

"으음."

하라간이 재빨리 다음 글귀를 더듬었다.

하여 노부는 스스로 문지기 일족의 시초가 되어 이 석류 속의 모든 알갱이들, 즉 모든 차원을 조사하기 시작하였다. 그 결과 이 석류 속의 두 절대강자를 찾아내었으니, 그들이 바로 '성혈의 사자'와 '광기의 매' 이다. 이제 노부의 업보를 바로잡을 길은 하나밖에 없다. 원래 이곳의 주인이었던 성혈의 사자와 광기의 매를 부추겨, 투명마검과 적양갑을 제거하는 것. 그 길만이 노부의 업보를 바로잡을 수 있을 것이다. 하여 노부는 우선 성혈의 사자를 이 차원으로 유인하기로 계획했다. 부디 그가 투명마검을 없앨 수 있기를 희망한다. 또한 광기의 매에게 문지기의 권능을 주어 파멸의 뱀, 즉 적양갑을 찾아가도록 만들 것이다. 아아아, 어리석은 노부의 행동이 부디 바로잡히기를 기원한다.

여기에서 종리권의 이야기는 종료되었다.

"허!"

하라간이 허탈한 표정을 지었다.

"왜 그러십니까? 혹시 무슨 내용인지 읽으셨습니까?"

욘 아르네가 물었다.

하라간은 대답하지 않았다.

'내가 이 종리권이라는 노인의 문자를 읽을 수 있는 것은, 아마도 내가 종리권과 같은 세상에서 탄생했기 때문이겠지? 이 글은 진짜다.'

이렇게 판단한 하라간이 손을 저었다.

파스스.

벽에 음각된 글자들이 그대로 부서져 내렸다.

"앗!"

[아니 왜 부숩니까?]

욘과 벨커스가 깜짝 놀랐다.

하라간이 피식 웃었다.

"별 내용 아니야. 그러니 신경 쓸 필요 없어."

마신의 말이었다. 욘과 벨커스는 뭔가 억울했지만, 감히 항변하지는 못했다.

하라간은 뒷짐을 지고 종리권의 공간을 벗어났다.

'후훗. 종리권이라는 노인이 헛수고를 하였군. 성혈의 사자가 나를 없앤다고? 어림없는 일이지. 거꾸로 내가 성혈의 사자를 먹어 치워 주마. 그리고 나머지 두 마리의 신수도 모두 잡아먹어 주지. 후후후.'

먹음직한 대적자가 3명이나 된다는 것은 무척이나 기쁜 일이었다. 하라간은 진심으로 이 상황이 즐거웠다.

〈완결〉

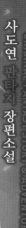

사 도 연 판 타 지 장 편 소 설

ORIGINAL FANTASY STORY & ADVENTURE

『용을 삼킨 검』, 『신세기전』 사도연 작가의 신작!

『두 번 사는 랭커』

여러 차원과 우주가 교차하는 세계에 놓인 태양신의 탑, 오벨리스크.
그리고 그곳에 오르다 배신당해 눈을 감아야 했던 동생.
모든 걸 알게 된 연우는 동생이 남겨 둔 일기와 함께
탑을 오르기 시작한다.

dream
books
드림북스

전생자

『죽지 않는 무림지존』『천지를 먹다』『마검왕』
베스트셀러 작가 나민채의 신작!

[시간 역행을 하시겠습니까?]
[모든 능력이 리셋 됩니다.]
[날짜를 선택 하여 주십시오.]

"1985년 2월 28일. 내가 태어났던 날로."

★
dream
books
드림북스